aufbau taschenbuch

AUFBAU VERLAGSGRUPPE

Angeline Bauer war ausgebildete Tänzerin, bevor sie freie Autorin wurde. Sie lebt in der Nähe von Ingolstadt.

Im Aufbau Taschenbuch Verlag erschien bisher von ihr der Roman »Hahnemanns Frau«.

Ambra muß mit ansehen, wie ihre Eltern getötet werden – nur weil sie anders sind und es verstehen, Seife zu sieden. Ihr gelingt die Flucht – auch weil der junge Mathieu, der ihr beisteht, in Notwehr einen Mord begeht. Die beiden beschließen, nach Paris zu gehen, um dort ihr Glück zu finden. Doch ein düsterer Verfolger hat sich an ihre Fersen geheftet, und zu allem Überfluß gerät Ambra auch noch in die Ränkespiele einer Contessa, die mit besonderen Düften einen einflußreichen Adeligen in ihr Bett locken will.

Das abenteuerliche Leben einer Seifensiederin – packend und mit viel Atmosphäre erzählt.

Angeline Bauer

Die Seifensiederin

Roman

Aufbau Taschenbuch Verlag

ISBN-10: 3-7466-2277-8
ISBN-13: 978-3-7466-2277-4

1. Auflage 2006

Umschlaggestaltung Preuße & Hülpüsch Grafik Design
unter Verwendung einer Buchmalerei von Simon Bening, ca. 1530
Druck und Binden GGP Media GmbH, Pößneck
Printed in Germany

www.aufbau-taschenbuch.de

Es gibt Dinge, die man geschehen lassen muß,
auch wenn man weiß,
daß sie sich gegen einen wenden.

Erster Teil

1.

Februar 1666,
Zentralmassiv, Frankreich.

Sie rutschten einen Abhang hinunter. Etwas verfolgte sie. Kein Mensch, ein Mensch wäre lauter gewesen. Man hätte das Knirschen des Schnees unter den Schuhen gehört, das Knacken von Ästen, das Keuchen von der Anstrengung.

Es mußte ein Tier sein.

Am Morgen, als sie von Arthun aufgebrochen waren, hatte man ihnen gesagt, daß sie nur immer dem Lauf des Flusses folgen müßten. Vielleicht fünf oder sechs Stunden bis Marly, dort gäbe es dann ein Wirtshaus. Sie *waren* dem Fluß gefolgt, aber sie hatten Marly auch nach acht Stunden noch nicht erreicht. Inzwischen war es dunkel, zu dunkel für einen, der den Weg nicht kannte.

Armand blickte auf. Die Wipfel der Bäume, darüber der Mond. Wolkenfetzen schoben sich davor, immer dichter wurden sie. Noch kein Licht einer menschlichen Behausung weit und breit, dafür dieses Wesen, das sie verfolgte, seit in Liberas Fuß die blutende Wunde klaffte. Wie ein Schatten klebte es an ihnen.

Er griff nach dem Messer in seiner Tasche. Immerhin, ein Messer besaß er. Doch was würde es ihm und den beiden Frauen schon nützen, wenn ein Rudel Wölfe über sie herfiele?

Er hatte den Gedanken noch nicht zu Ende gedacht, als er ihn auch schon wieder verwarf: Nein, es waren keine Wölfe. Kein Rudel, auch kein Streuner. Was immer es auch sein mochte, es war gefährlicher als ein Wolf. Vielleicht doch ein Mensch. Oder der Teufel.

Am Fuße des Abhanges blieben sie keuchend liegen. Ambra beugte sich über Libera, ihre Mutter, die leise wimmerte. Sie wischte ihr mit dem Rock den Schweiß von der Stirn, sah dann ihren Vater an. »Und wenn wir ihr mehr von der Paste geben?«

Armand schüttelte den Kopf. Die Paste aus Schlafmohn und anderen Kräutern half, den Schmerz zu ertragen, aber sie mußten vorsichtig damit sein. »Zu viel davon, und sie verliert das Bewußtsein.«

Sie hatten darüber nachgedacht, eine Bahre zu bauen und Libera zu tragen. Aber Ambra war erst siebzehn Jahre alt, und wenn sie ihre Mutter an Länge auch um eine Handbreit überragte, so war sie doch nicht kräftig genug, über eine weite Strecke so schwer zu tragen.

Armand zog seine Frau hoch und packte sie sich auf die Schulter. So gingen sie weiter.

Seit sie den Abhang hinuntergerutscht waren, befanden sie sich in der Schlucht. Vorher hatten sie den Fluß nur von oben gesehen, nun war er direkt neben ihnen. Der Mond spiegelte sich auf seiner Oberfläche. Zwischen Fluß und Fels war kaum Platz genug, daß drei nebeneinander gehen konnten.

Plötzlich machte der Fluß eine Kehre nach rechts und floß wieder in die Richtung, aus der sie gekommen waren. Armand starrte auf die schwarze Felswand, die sich am anderen Ufer vor ihnen erhob, und fluchte leise. Fluß, Felsen, dichtes Unterholz im Wald – sie saßen in der Falle.

Die Bestie war die ganze Zeit hinter ihnen gewesen, doch nun befand sie sich plötzlich rechts, ein Stück über ihnen. Er spürte es, obwohl er sie nicht sehen konnte. Auf einmal war ihm klar, daß das vermaledeite Etwas sie gar nicht verfolgt hatte. Nein, es hatte sie vor sich her in eine Falle getrieben. Die Falle war der Fluß.

Armand blieb stehen. Er ließ Libera von der Schulter gleiten. Mit dem unverletzten Fuß fing sie sich ab, Ambra griff ihr unter die Arme und hielt sie fest.

Noch einmal sah Armand nach oben. Die Wolkendecke riß wieder auf. Der Mond war fast voll, der Schnee spiegelte sein blasses Licht wider.

Plötzlich konnte er die Bestie erkennen. Kein Wolf, kein Mensch, es war ein Hund, der nur einen Steinwurf von ihnen entfernt stand. Er war viel größer als ein Wolf und hatte Pranken wie ein junger Bär. Das Tier zog die Lefzen hoch, ein Knurren war zu hören.

Armand entriegelte die Sprungfeder seines Messers. Mit leisem Klicken klappte es auf, und für einen kurzen Moment blitzte das blanke Metall im Mondlicht.

Dieses Geräusch schien der Hund zu kennen, sofort duckte er sich.

Sie hielten den Atem an, und auch das Tier hielt den Atem an. Dann winselte es plötzlich. Es kauerte geduckt da und winselte. So starrten sie sich an. Drei Menschen und ein Hund, so groß wie ein Kalb.

Armand dachte nach. Obwohl er schon zweiundvierzig Jahre alt war, fühlte er sich stark genug, einen Mann niederzuringen, aber mit diesem Hund wollte er es nicht aufnehmen. Würde auch er sich noch verletzen, wären sie endgültig in dieser verdammten Höllenschlucht verloren.

»Wir kommen heute nicht mehr weiter. Wir müssen Feuer machen und die Morgendämmerung abwarten.« Er half Libera, sich zu setzen, lehnte sie gegen einen Baum.

Mit angstvollem Blick sah sie ihn an. Sie wußte wie er: Selbst wenn es ihnen gelang, Feuer zu entfachen, würden sie vielleicht erfrieren. Sie hatten nicht viel mehr bei sich, als sie am Leibe trugen, und ihre Schätze, die in kleinen Taschen in Liberas Unterrock verborgen waren. Genug, um in Paris ein neues Leben zu beginnen, aber nicht genug, um in dieser Wildnis zu überleben.

Trotzdem, sie hatten keine Wahl.

Holz lag genug herum. Armand zog vorsichtig einen der Äste zu sich heran. Der Hund hob die Lefzen, knurrte leise. Armand ging zwei Schritte, faßte einen anderen Ast und schob ihn zu den Frauen hin. Sie redeten nicht. Sie wußten alle, worum es ging. Der Hund, die Frauen, er.

Sie brachen die Äste und Zweige. Es knackte so laut in der Dunkelheit, daß es sich anhörte, als würden ganze Bäume zerbersten.

Was sie brauchten, um Feuer zu machen, hatten sie bei sich. Armand zwirbelte ein Stück der Kordel auf. Feuerschläger und Stein schlugen leise klickend aneinander. Feuchtes Holz zu entzünden war für einen wie ihn, der einen Schiffbruch und siebzehn Jahre auf einer Insel wie Perim überlebt hatte, eine leichte Übung. Das Biest dort drüben hingegen machte ihm Sorgen.

Als das Feuer knisterte, atmeten sie alle auf. Sogar der Hund. Er kroch ein Stück näher. In seinen Augen sah man die Flammen lodern.

Armand nahm einen brennenden Zweig und hielt ihn über die Wunde an Liberas Fuß. Sie war in der Dunkelheit in eine Schnappfalle geraten, die eisernen Zinken hatten sich durch ihren Schuh hindurch in ihr Fleisch gebohrt. Sie hatten sie aus der Falle befreit und ihr gegen die Schmerzen etwas von der Paste aufs Zahnfleisch gestrichen. Danach hatten sie Ambras Unterrock in Streifen gerissen, Libera einen Stock zwischen die Zähne geklemmt, einen der Lappen mit Branntwein aus der Zinnflasche beträufelt und dann ihren Fuß verbunden.

Gehen konnte sie nicht mehr, Armand mußte seine Frau tragen. Später, als ihn die Kraft verließ, hatten sie Libera zwischen sich genommen, ihre Arme um ihre Schultern gelegt und sie mit sich geschleppt. Jeder Schritt war eine Qual für sie alle, und Libera war dabei vor Schmerzen halb ohnmächtig geworden.

Auch Ambra beugte sich nun über die Wunde. In ihren großen, dunkelbraunen Augen nistete Angst. Angst um die Mutter, Angst um den Vater und um ihr eigenes Leben.

An einem anderen Ort hätte ihr Vater die Verletzte mit Hilfe der Paste in einen tiefen Schlaf versetzt. Er hätte die Wunde gereinigt, den Fuß geschient, Maden in die Wunde gesetzt und ihr Stunde um Stunde einen Sud von heilenden Kräutern eingeflößt.

In dieser Wildnis aber war auch er machtlos.

Ihre Eltern waren Heilkundige. In der anderen Welt, aus der sie kamen, hatten sie Kräuter getrocknet und zur Heilung verschrieben, Wunden behandelt, wenn nötig auch in Fleisch geschnitten. Außerdem hatten sie Seife gesiedet und den Saft gegorener Früchte destilliert. Dafür hatten sie Fisch bekommen, Korn oder Stoff oder was man sonst noch brauchte. Man lebte, man gab, was man hatte, und wer nichts hatte, gab seine Arbeitskraft.

Das Leben auf Perim war nicht einfach gewesen, aber auch nicht schlecht. Sie hatten ein gewisses Ansehen genossen. Der Schiffbrüchige und die Sklavin, ein Mann und eine Frau, denen ein zweites Leben geschenkt worden war. Wenn Gott sie so liebte, mußten die Menschen sie achten.

Sie hatten es gut gehabt, bis die große Welle gekommen war.

Zwei Söhne hatten Armand und Libera an das Meer verloren, nur Ambra, das älteste ihrer Kinder, war ihnen geblieben. Ihr Haus war zerstört worden, der ganze Ort wie vom Erdboden verschluckt. Wären die Eltern und Ambra nicht gerade, als das Meer über das Land herfiel, auf dem Berg gewesen, um wilde Durrha zu ernten, hätten auch sie ihr Leben verloren.

Zuerst wollte Libera ihren Söhnen in den Tod folgen, doch dann hatte sie in die dunklen, von Trauer gebrochenen Augen ihrer Tochter gesehen und erkannt, daß ihr Kind sie noch brauchte. Also mußte sie weiterleben – doch nicht auf Perim. Nicht angesichts dessen, was sie verloren hatten!

Libera wollte fort, in die Heimat ihres Mannes, nicht ahnend, wie kalt es dort war. Nicht ahnend, daß dort Scheiterhaufen brannten, daß die Menschen von Ungeziefer aufgefressen wurden und stanken wie die Pest, weil sie sich nicht wuschen, und daß es schon eine Sünde sein konnte, arm zu sein, die Wahrheit zu sagen und Kranke zu heilen.

Als Libera elf Jahre alt gewesen war, starben ihre Eltern am Fieber, und ihr Onkel verkaufte sie an einen Händler. »Es gibt zu viele Mädchen auf der Insel und zu wenig von allem, was man zum Leben braucht«, sagte er, und sie nickte und fügte sich.

Der Händler brachte sie nach Shibam und verkaufte sie an Salem Handum, einen reichen Kaufmann, der sie zuerst in seine Küche schickte und zwei Jahre später in sein Bett holte. Dennoch war er gut zu ihr, und als er entdeckte, daß sie nicht nur schön, sondern auch klug war, erlaubte er ihr, zusammen mit seinen drei Töchtern das Lesen und Rechnen zu erlernen und die Kräuterkunde, denn er handelte mit Kräutern, Gewürzen, Kaffee, Weihrauch und Seifen, die in seinem Hause hergestellt wurden.

Libera war ihm weiterhin zu Diensten, darüber hinaus aber wurde sie fast wie eine Tochter behandelt.

Dann kam Salem Handum eines Tages von einer seiner Reisen zurück und sagte: »Pack ein, was du hast! Ich werde dich an einen Mann verschenken, der aus einer anderen Welt kommt, einem Land, das Frankreich heißt.«

Zusammen waren ihr Herr und der Fremde auf einem Schiff gereist und vor Perim, im *Bab el Mandeb*, dem Tor der Tränen, gesunken. Sie hatten dabei alles verloren, ihr ganzes Hab und Gut, und der junge Mann verlor sogar seinen Vater, mit dem er auf dem Schiff gewesen war. Ihm jedoch, Liberas Herrn, hatte er das Leben gerettet, und darum war Salem ihm etwas schuldig.

Es war Armand, dem sie geschenkt wurde. Armand Lebrun aus Marseille, ein großer, schlanker Mann von fünfundzwanzig Jahren. Sein Haar war so dunkel wie ihres, aber seine Augen hatten die Farbe des Meeres.

Um Salem Handum nicht zu beleidigen, hatte Armand das Mädchen als Geschenk angenommen. Als sie aber das Haus des Kaufmanns verlassen hatten, sagte er ihr: »Du bist frei und kannst gehen, wohin du willst.«

Sie ging nicht, sondern blieb bei ihm, nicht nur, weil sie ohne ihn verloren gewesen wäre, auch weil sie ihn liebte, vom ersten Augenblick an.

Und er liebte sie.

Damals gab er ihr diesen Namen. Libera, die Freie. Er sollte sie immer daran erinnern, daß sie nicht seine Sklavin war. Ein Geschenk, ja, aber nicht sein Besitz.

Von dem Geld, das Armand von Salem Handum für einen Neuanfang bekommen hatte, wollten sie eine Schiffspassage nach Frankreich kaufen. Als sie jedoch sahen, daß ihnen danach nicht genug bleiben würde, um in Frankreich ein Leben in Würde zu führen, ließen sie sich nach Perim übersetzen.

Die Insel war Liberas Heimat, dort war sie aufgewachsen. Dreiundfünfzig Menschen und ein Vulkan. Ihr Onkel lebte nicht mehr, ihre Schwestern waren verheiratet oder verkauft, einen Bruder hatte sie nicht. Trotzdem erlaubte man ihnen zu bleiben. Sie waren zwei »Wiedergeborene«, von Gott geliebt, das war der Schlüssel zu den Herzen der Menschen.

Armand und Ambra hielten ihre Köpfe noch immer über die Wunde an Liberas Fuß. Als Armand seinen Finger auf das malträtierte Fleisch legte, stieß sie einen Schrei aus. Mit flehendem Blick sah sie ihn an. Nun, da sie gezwungen waren, die Nacht hier zu verbringen, konnte er ihr doch mehr von der Paste geben. Dann würde sie in ein Delirium sinken, und der Schmerz würde Flügel bekommen.

Armand nickte seiner Tochter zu. Ambra hob den Rock ihrer Mutter an und suchte in den verborgenen Taschen des Unterkleides nach der Medizin. Als sie wieder aufsah, bemerkte sie, daß der Hund näher gerobbt war. Im Schein des Feuers sah man nun seinen Atem dampfen. Als das Mädchen mit dem Finger über die Paste strich und dann in Liberas Mund fuhr, um die Paste auf dem Zahnfleisch zu verreiben, zitterte ihre Hand aus Angst vor dem Tier. Nie zuvor hatte sie einen so großen Hund gesehen. Schwarz das Fell, ein Gebiß wie ein Wolf, in den Augen spiegelte sich der Widerschein der Flammen. Er sah aus, als wäre er der Hölle entkommen.

Libera legte sich zurück. Unter den Kopf schoben sie ihr das Bündel, in dem sie ein paar wenige Gegenstände mit sich führten. Ihr Körper wurde bald schwerer, die Klagelaute gingen in ein Säuseln über.

Wieder hob Ambra den Kopf, wieder war der Hund näher gerückt.

Armand hielt das Messer in der einen Hand, den brennenden Ast in der anderen. Er mußte handeln. Vielleicht sollte er mit dem Ast nach dem Köter werfen, vielleicht würde ihn das Feuer in die Flucht schlagen. Ambra aber war dem Hund am nächsten, und wenn er sich in blinder Wut auf sie stürzte, wäre sie verloren.

Während Armand noch über all das nachdachte, stand seine Tochter plötzlich auf. Sie bot sich dem Hund an. Sollte er sie töten! Vielleicht würde es ihrem Vater gelingen, der Bestie noch im Sprung das Messer ins Herz zu rammen. Sie hoffte darauf. Wenn nicht, dann wäre es wenigstens ein schnelles Ende.

Sie stand da wie ein Baum. Sie war bereit.

Doch der Hund sprang nicht. Er duckte sich, er winselte, er kroch noch ein Stück näher und leckte den Schnee vor Ambras Füßen.

Ganz langsam fiel sie auf die Knie, streckte dem Hund ihre zitternde Hand entgegen, legte ihre Finger auf seine Schnauze, und dann lachte sie. Ihr Lachen war leise und ein wenig irre, ging bald in Weinen über.

Armand zog das Messer zurück. Er starrte den Hund an. Tausend Gedanken gingen ihm durch den Kopf. Daß das Vieh einem Menschen gehört haben mußte. Daß es nun offensichtlich herrenlos war und herumirrte. Daß es sich ihnen anschließen wollte und daß es sie beschützen konnte. Daß sie Fleisch hätten, wenn es ihm gelänge, den Hund zu töten, ja, auch daran dachte er. Doch der wesentliche Gedanke kam ihm erst im Traum, als er erschöpft, mit dem Rücken gegen einen Baum gelehnt, für einen kurzen Moment eingeschlafen war.

Ein Hund, so groß wie ein Kalb! Ein Hund, so stark wie ein Löwe! So ein Hund konnte eine Bahre ziehen!

In den frühen Morgenstunden mußte Armand neues

Holz besorgen. In der Nähe lag nichts mehr, er mußte ein Stück den Hang hinaufgehen. Als er aufstand, hob der Hund die Lefzen und knurrte, doch als Ambra eine Hand auf seinen Kopf legte und leise auf ihn einredete, ließ er Armand gehen.

Mit einer Fackel in der Hand verschwand er, kam bald mit Ästen und Zweigen zurück, brach sie und warf sie ins Feuer. Die Flammen loderten höher. Dann erzählte er Ambra, wovon er geträumt und was er sich ausgedacht hatte, um Libera aus der Schlucht zu schaffen.

Über den Bäumen schimmerte ein silbriger Streifen Licht. Die Dämmerung setzte ein. Im Vertrauen auf die Wachsamkeit ihres neuen Gefährten hatten sie sogar ein wenig geschlafen. Nun machte sich Armand auf, nach Ästen und Zweigen zu suchen, die sich zu einer Bahre zusammenfügen ließen. Ambra riß den Rest ihres Unterrockes in schmale und breitere Streifen. Damit schnürten sie die Zweige zusammen. Am Ende lag eine Bahre mit einer Gabeldeichsel vor ihnen und ein Geschirr für den Hund, das sie an der Deichsel befestigt hatten.

Als sie mit allem fertig waren, hoben sie Libera auf die Bahre, und Armand schlüpfte mit dem Oberkörper durch die Deichsel. Das Geschirr für den Hund hing vor seiner Brust. Er zog, Ambra ging neben ihm her, der Hund trottete neben Ambra her.

Man hörte ihre Schritte im Schnee, das schleifende Geräusch der Bahre, ihr angestrengtes Keuchen und Liberas Stöhnen. Auch ihren Hunger hörte man im Gedärm. Doch sonst war es still, als ob es nur sie in diesem Wald gäbe.

Nach einer Weile zog Ambra die Bahre. Der Hund beobachtete jede ihrer Regungen. Lange hielt sie nicht durch, vielleicht vier- oder fünfhundert Schritte, dann fiel sie keuchend auf die Knie.

»Ich kann nicht mehr.«

Der Hund winselte. Er fuhr mit seiner Schnauze in den Schnee und leckte Ambras Hand. Sie stand auf, redete auf ihn ein. »Guter Hund! Du bist stark. Du mußt einfach nur ziehen.« Sie schob das Geschirr über seinen Kopf, so daß es fest auf seiner breiten Brust lag.

Armand hielt dabei das Messer in der Hand, legte den Finger an die Verriegelung. Als Ambra sein besorgtes Gesicht sah, lachte sie. »Er wird mir nichts tun. Niemals! Ganz sicher nicht.«

»Komm!« Sie ging einfach los. Der Hund folgte ihr. Als er von dem Gewicht, das ihm unvermutet gegen die Brust schlug, zurückgerissen wurde, jaulte er auf. Er sah Ambra nach und bellte. Sie kümmerte sich nicht um ihn, ging einfach weiter.

Wieder lief er los, wieder wurde er zurückgerissen, aber dann stemmte er sich mit aller Macht und ganzer Wut gegen das, was ihn am Weitergehen hinderte. Seine Pfoten sanken tiefer in den Schnee, er jaulte und kläffte. Auf einmal gab das Gewicht nach. Er zog, er zerrte, und so folgte er Ambra. Sie lachte. »Dich hat uns der Himmel geschickt!«

Die Sonne stand bereits hoch, als sie auf den Weg mit den Wagenfurchen stießen. Sie waren tief in den Boden gegraben. Erleichterung stand auf ihren Gesichtern. Wagenfurchen! Das bedeutete, daß Menschen in der

Nähe wohnten. Sie folgten der Spur aus dem Wald, dann sahen sie in der Ferne einen Kirchturm und rauchende Schlote über schneebedeckten Dächern. Es konnte Marly oder ein anderer Ort sein. Egal, Hauptsache, sie waren der Höllenschlucht entkommen.

2.

Das Haus lag am Ortsrand, es war eine jämmerliche Bruchbude. Die Wohnstube war so niedrig, daß Armand stehend mit dem Kopf beinahe an die Decke stieß. Viel gab es nicht – eine Feuerstelle zum Kochen, über der ein Kessel hing, einen Tisch und eine Bank, und in der Ecke eine Bettstatt mit einem Strohsack. Neben der Stube befand sich eine kleine Kammer mit einer schäbigen Truhe und einem Kasten zum Aufbewahren von Trockenfleisch, Mehl, Bohnen und was man sonst noch so brauchte, um den Winter zu überstehen. Von der Stube wiesen ein Fenster und eine Tür nach vorne auf den Weg, eine Tür nach hinten auf den Hof. Auf dem Hof waren ein halb verfallener Stall, ein Bretterverschlag und eine Mistgrube. Hinter der Mistgrube ein Feld und drei Obstbäume, die aber so alt waren, daß sie wohl kaum noch tragen würden.

Es war die einzige Bleibe, die sie bekommen konnten. Den schwarzen Hund wollte keiner in der Nähe haben, die Frau war sterbenskrank, der Mann hatte einen Blick, der den Leuten nicht geheuer war, und das Mädchen war so schön, daß nur der Teufel dahinterstecken konnte.

Wo sie auch klopften und fragten, hatte man sie weggeschickt. Doch dann kam ihnen einer nachgelaufen, zog sie mit sich, bot ihnen diese Kate an. Besser als nichts. Armand bezahlte die Pacht im voraus für einen Monat, sie gingen hinein und zogen die Tür hinter sich zu.

Sie legten Libera auf die Bettstatt und deckten sie mit ihrem Wolltuch zu, dann sank Ambra auf die Bank und weinte vor Erschöpfung und vor Scham. Noch nie hatte sie so hausen müssen.

Auch der Hund war kraftlos zusammengebrochen, nur Armand blieb auf den Beinen. Er sah sich um und suchte nach Holz zum Heizen. Im Bretterverschlag auf dem Hof fand er ein paar Scheite und ein altes, halb verrottetes Möbelstück, an dem er riß und zerrte, bis es in Stücke zerfiel. Das war seine Art, seiner Wut und seinem Entsetzen über all das Luft zu machen.

Er schichtete das Holz neben der Kochstelle auf und zündete ein Feuer an, dann ging er in den Ort, um das Nötigste zu besorgen.

Als die Tür knarrend ins Schloß gefallen war, wickelte sich Ambra die Lappen von den Füßen und streckte sie dem Feuer entgegen. Sie waren blau von der Kälte und rot verkrustet vom eigenen Blut. Das Fleisch lag an drei Zehen und an einer Ferse blank.

Zuvor hatte sie ihre Füße nicht gespürt, doch jetzt, vor dem Feuer, wo es langsam warm wurde und sie Ruhe fand, war es, als würden sie von tausend Nadeln durchstochen.

Tränen liefen ihr über die Wangen. Das Feuer knisterte. Draußen schlug eine Tür im Wind.

Dann stöhnte Libera, und Ambra sah auf, sah ihre Mutter an, die im Delirium den Kopf hin und her warf. Vielleicht träumte sie von Feuerbällen, die auf sie zurollten. Oder von schwarzen Löchern, in die sie hinabfiel, immer und immer tiefer.

Nach einer Weile war sie wieder still. Ambra drehte sich in die andere Richtung und blickte auf den Hund. Einen Moment dachte sie, er sei tot. Doch plötzlich hob und senkte sich sein Brustkorb. Einatmen, ausatmen und nichts mehr. Ambra zählte bis sieben, dann wieder einatmen, ausatmen. Der Hund war so erschöpft, daß er die Anstrengung des Atmens vermied, solange es nur möglich war.

Der Hund – sie konnten ihn nicht länger nur Hund nennen. Er hatte ihnen aus der Schlucht geholfen. Ohne ihn hätten sie Libera aufgeben müssen, oder sie wären alle verreckt. Also hatten sie ihm ihr Leben zu verdanken, und darum brauchte er einen Namen.

Der Name mußte etwas Großes bedeuten. Ambra dachte darüber nach. Derweil starrte sie ins Feuer, und das Feuer gab ihr die Antwort.

»Shibam!«

Auch auf Perim hatte sie oft ins Feuer gesehen, wenn sie abends zusammensaßen, um Tee zu trinken. Dann hatten ihre Eltern von früher erzählt, ihr Vater von seinen Reisen nach Indien und Afrika, ihre Mutter von der Wüste und der Stadt, in der sie gelebt hatte, bevor sie mit Armand auf die Insel gegangen war. Von den Karawanen, wie sie kamen oder fortzogen, von den Männern, die Kakaobohnen ab- und Weihrauch aufluden oder um Gewürze feilschten. Von den Basaren, den Karawansereien. Von den Kalkschlägern und Seifensiedern draußen vor der Stadt und von den Häusern, die so hoch waren, daß sie an den Himmel stießen!

Wenn man hinuntersah von ganz oben, dann kamen einem die Menschen so klein vor wie Hühner. Und wenn man hinaufsah und oben winkte einer mit einem Schleier, dann dachte man, eine Taube flöge aus dem Fenster davon. An die fünfunddreißig Schritt hoch waren die Häuser, sieben, acht Stockwerke, aus Lehm hochgezogen! Von oben hatte man einen Blick über die Wüste, unvorstellbar weit. Man konnte vom Dach aus sehen, ob die Kalkschläger etwas taten oder nur faul herumlagen, ob die Seifensieder in ihren Kesseln rührten, ob eine Karawane kam oder ob fremde Krieger wieder einmal versuchen wollten, die Stadt zu stürmen.

»Ja«, sagte sie laut, »Shibam – so wie die Stadt der hohen Häuser hieß, so werde ich dich nennen.« Sie probierte es aus. »Shibam, Shibam.« Erst leise, dann lauter, und da hob der Hund den Kopf und sah sie an, als würde er begreifen, daß sie ihn meinte.

Armand kehrte zurück. Er hatte sich zwei an den Füßen zusammengebundene Hühner über die Schulter geworfen. Sie waren geschlachtet, ausgenommen und gerupft, und ihre Köpfe hingen schlaff herab. In den Händen trug er einen Zuber, und im Zuber hatte er Brot, Mehl, einen Ziegensack mit etwas Milch, eine Kelle, eine Holzschüssel und zwei kleinere Kessel. In einem der Kessel schwammen das Blut und die Innereien der Hühner.

Ihr Vater stellte alles auf den Tisch, griff in die Tasche seiner Jacke, holte vier Eier heraus und legte sie vor Ambra hin. Dann ging er mit dem leeren Kessel hinaus, füllte ihn mit Schnee, kam zurück und schüttete den Schnee in den großen Kessel über dem Feuer.

Alles geschah ohne ein einziges Wort. Hin und wieder warf er einen Blick auf seine Frau. Einmal, als Ambra aufstehen wollte, um ihm zur Hand zu gehen, drückte er sie auf die Bank zurück, schob ihr die Hühner hin und sein Messer, damit sie ihnen noch die Köpfe und Füße abschnitt und den Kropf herausholte.

Als das Wasser geschmolzen und handwarm war, schöpfte er etwas davon in die Schüssel und ging damit zum Zuber.

»Komm her und setz dich.« Er hob Ambras Füße in den Zuber. »Ich werde sie dir waschen. Es wird weh tun.«

Er ließ das Wasser darüberlaufen. Ambra schrie vor Schmerzen auf, zog den Fuß zurück. Ihr Vater hielt ihn fest, goß weiter, wusch die Füße, erst den einen, dann den anderen. Dann holte er aus Liberas Unterrock die Zinnflasche mit dem Branntwein, tränkte einen Lappen damit und tupfte die Wunden ab.

Ambra brüllte. Sie brüllte, weil es nicht auszuhalten war, aber sie brüllte auch, weil es ihr guttat zu brüllen. Zwölf Tage waren sie gegangen. Von Marseille über Avignon und Mende und weiter Richtung Clermont, das noch in unerreichbarer Ferne schien. Erst recht Paris, das ihr Ziel war. Zwölf Tage hatte sie nicht geklagt, nicht einmal gestern, als sie glaubte, sterben zu müssen. Aber heute wollte sie schreien! Schreien für das ganze Leid zwölf qualvoller Tage.

Draußen vor dem Haus ging eine Nachbarin vorbei. Sie hieß Lisette. Als sie drinnen ein Weib schreien hörte, bekreuzigte sie sich und lief schnell weiter. Wer so schrie, der mußte den Teufel im Leibe haben!

Das erste, was Ambra sah, als sie die Augen öffnete, war das Feuer mit dem dampfenden Kessel darüber. Dann nahm sie ihre Mutter wahr, die hinter ihr lag und stöhnte. Ambra drehte sich zu ihr um. Noch immer hatte sie Fieber, aber ihr Körper war nicht mehr so heiß wie gestern.

Gestern! Ambra erinnerte sich. Sie hatten die Hühner gekocht. Shibam hatte die Köpfe und die Klauen, die Knochen, das Blut und eine gute Portion vom Fleisch bekommen. Er hatte es sich verdient. Dann hatten sie für Libera etwas Brühe mit Mehl angedickt, ein Ei in die Suppe geschlagen und sie ihr eingeflößt. Schließlich hatten sie selbst gegessen. Die Hälfte vom Fleisch, die Hälfte von der Brühe.

Danach hatten sie sich hingelegt und geschlafen, als wären sie tot. Zu dritt auf der Bettstatt. Ohne auch nur einmal aufzuwachen. Die ganze Nacht durchgeschlafen, bleischwer und traumlos.

Nun versuchte Ambra sich aufzurichten. Ein Schmerz fuhr ihr messerscharf in den Rücken. Sie zog die Luft ein und stieß sie wieder aus.

Plötzlich ging die Tür auf. Armand kam hinter Shibam herein. Der Hund lief gleich zu ihr und leckte ihr die Hand.

»Du bist wach?« Ihr Vater trat zu ihr und strich ihr liebevoll übers Haar. Sein Lächeln sollte ihr Mut machen. »Laß mich deine Füße ansehen.« Er wickelte die Lappen ab und betrachtete sie, erzählte ihr dabei, was er von den Nachbarn erfahren hatte. »Heute ist Markt. Ich werde hingehen und besorgen, was uns noch fehlt. Am anderen Ende der Stadt wohnt eine Kräuterfrau, bei der kann ich bekommen, was ich brauche, um Liberas und deine Wunden zu versorgen. Arnika, Benediktenkraut, Wacholderbeeren … Ich werde sehen, was sie hat. Bis ich zurückkomme, gib deiner Mutter den Rest Brühe mit Ei und eingeweichtem Brot. Und fülle den Zuber halb voll Schnee, damit er unterdessen schmelzen kann.«

Er wickelte Ambras Füße in frische Lappen und schob ihr Holzschuhe hin, die er im Schuppen gefunden hatte. Sie zog sie an, dann stand sie auf und bereitete die Morgenmahlzeit zu.

3.

Das Unglück kommt zumeist leise. Auch die Lebruns hatten nichts geahnt, bis es keine Möglichkeit mehr gab, ihrem Schicksal zu entkommen.

Zwei Wochen hatten sie in Marly gelebt, ohne sich um die Leute zu kümmern. Wenn Ambra und ihr Vater auf den Markt gingen, dann starrte man ihnen nach. Wie schön es war, das schwarzhaarige Mädchen mit den dunkelbraunen Augen seiner arabischen Mutter und der hochgewachsenen Gestalt seines französischen Vaters. So schön, daß man den Blick kaum von ihm lassen konnte. Die einen sagten, bei so viel Schönheit müsse man Gott preisen. Die anderen sagten, bei so viel Schönheit könne nur der Teufel im Spiel gewesen sein. Alle waren sich indes einig, daß es nichts Gutes mit sich brachte, wenn so eine den Männern die Köpfe verdrehte.

Ihrem stattlichen Vater dagegen sahen die Weiber nach. Wußte man, was für Begehrlichkeiten ihnen dabei im Kopf herumspukten? Sogar die scheuesten unter ihnen konnten es nicht lassen, wenigstens für einen Moment den Blick zu heben und ihm in die Augen zu sehen, Augen, so klar wie der Himmel nach einem Gewitter. Ein dunkles Blau von einem Leuchten durchflutet. Eine Tiefe, in der man sich verlieren konnte. Ein Tor zu seiner Seele. Dann dieses Lächeln, wenn ihm etwas gefiel oder auch wenn ihm etwas zu dumm erschien. Es war nicht mehr als ein Zucken um seinen Mund, aber konnte nicht auch ein einziger Funke ein Feuer entfachen?

Nur die Frau hatte noch keiner so richtig gesehen. Daß sie Fieber habe und krank sei, erzählten die einen. Daß sie vom Teufel besessen sei und irre Augen habe, meinten die anderen. Und daß sie es mit einem Hund triebe, der so groß sei wie ein Kalb, und dabei schreie wie eine Wahnsinnige.

Es störte die Lebruns nicht weiter, daß man sie von allen Seiten mißtrauisch beäugte und sich die Mäuler über sie zerriß. Sobald Liberas Fuß verheilt sein würde und sie wieder laufen konnte, würden sie diese Stadt auf Nimmerwiedersehen verlassen.

Doch dann begannen die Menschen an Durchfall zu leiden. Innerhalb weniger Tage wurden 157 Bewohner der Stadt dahingerafft. Vor allem die Alten und die Kinder traf es. Ausgemergelt und verschrumpelt wie runzelige Äpfel sahen sie aus, grün waren sie im Gesicht, und sie starben wie die Fliegen.

Von den Lebruns wurde keiner krank, obwohl im Nachbarhaus gleich die ganze Familie zu Grabe getragen wurde. Das hatte nichts mit Zauberei zu tun. Es war, weil sie sich wuschen, weil sie ihren Kot in einem Loch vergruben und weil sie den Sud von aufgegossenen Kräutern und Wurzeln tranken. Doch für die anderen konnte das nicht mit rechten Dingen zugehen. Und daß er, dieser Mann mit den seltsamen Augen, bei der Hebamme in der Jakobsgasse so oft ein- und ausging, machte ihn nur noch verdächtiger. Man wollte auch gesehen haben, daß er getrockneten Salbei anzündete und damit durchs Haus lief und Sprüche murmelte. Eines schien den Menschen in Marly sicher: Mit den Fremden war der Tod in die Stadt gekommen!

Zuerst munkelte man nur hinter vorgehaltener Hand, aber als Lisette, der Nachbarin, ihr einziges Kind starb, da wollte sie ihren Mund nicht länger halten. War das gerecht? Ihr Roland kam unter die Erde, und dieses Pack im Haus neben ihr, das schuld an allem hatte, durfte leben?

Mit ihrem toten Kind auf den Armen rannte sie über die Straße, die Finger in das leblose Bündel gekrallt, die Lippen zusammengepreßt. Ohne zu rufen oder an die Tür zu pochen, stemmte sie sich mit der Schulter dagegen und stieß sie auf. Die Tür krachte gegen die Wand, Schnee flog mit ihr in die Stube. Lisette hielt anklagend den Leichnam hoch, tat noch einen Schritt hinein – doch dann blieb sie wie angewurzelt stehen. Was sie da zu sehen bekam, war gotteslästerlich und ekelerregend: Da saß die Frau vollkommen nackt in einem Zuber und verdrehte wollüstig die Augen. Die Tochter massierte ihr mit einem Stück Seife die Brüste, der Mann kniete vor ihr, seine Hände in den Zuber getaucht. Lisette konnte sich denken, was sie dort taten.

Die Scham trieb ihr die Röte ins Gesicht. Rückwärts stolperte sie wieder hinaus. Sie bekreuzigte sich dreimal und lief schreiend davon, das tote Kind an die Brust gepreßt.

Armand sprang auf. Er stieß die Tür wieder zu und schob den Riegel davor. Dann drehte er sich um und starrte Libera an.

Sie war blaß geworden, ihre Lippen bewegten sich murmelnd. Dreizehn Monate hatte sie in Marseille gelebt, lange genug, um zu verstehen, wie die Menschen in Frankreich dachten. Sie sah ihren Mann an, sah ihre Tochter an, aus ihren Augen sprach Angst.

Libera quälte sich auf, stand nun zitternd auf dem unverletzten Fuß im Zuber, den anderen hielt sie angewinkelt hoch. Die Wunde war inzwischen verheilt, doch die Knochen schmerzten noch. Auf zwei Krükken humpeln konnte sie, aber nicht laufen, und daß sie jetzt laufen mußten, wenn ihnen ihr Leben lieb war, brauchte ihnen niemand zu sagen.

Ambra griff nach einem Tuch, um ihre Mutter abzutrocknen. Eine Weile ließ Libera sie gewähren, dann hielt sie plötzlich den Arm ihrer Tochter fest. »Hol den Unterrock mit unseren Schätzen. Zieh ihn an und lauf, so schnell du kannst!«

»Aber wohin denn? Und was ist mit euch?«

»Kümmere dich nicht um uns! Du mußt fliehen!«

Ambra schüttelte den Kopf. »Nein, ich werde bei euch bleiben. Auf Gedeih und Verderb!« Sie half der Mutter aus dem Zuber und hielt ihr das Unterkleid hin. Trotz und Verzweiflung standen ihr im Gesicht.

Da ging der Vater statt ihrer in die Kammer und kam mit dem Unterrock zurück. Als sie sich immer noch weigerte, ihn anzuziehen, packte er seine Tochter und schüttelte sie. »Versteh doch, wir haben nur diese eine Chance!«

In den Taschen war ihre ganze Habe versteckt. Die sieben Fläschchen mit Duftölen waren ein Vermögen wert. Dazu die Mohnpaste, das Päckchen mit *Ambre gris*, die fünf Stück Seife, die chirurgischen Instrumente, die Goldmünzen – das war ihre Zukunft.

»Wenn man diese Dinge hier findet, wird man sie uns nehmen, und man wird uns umbringen, aus Aberglaube oder aus Habgier. Du bist jung und hast Kraft. Du mußte diesen Besitz retten. Und wir selbst, wir kommen schon zurecht. Wir sind schließlich klüger als der ganze Pöbel zusammen. Nur keine Angst, mit denen werden wir schon fertig!« Es war, als würde er sich selbst Mut zusprechen.

Dann sagte der Vater noch, daß sie an der Sankt-Jakobs-Kapelle warten solle, die sich oben auf dem Berg, etwa eine Stunde entfernt, befand. Vielleicht würde es ein paar Tage dauern, aber dann würden er und Libera nachkommen.

Zögernd stieg Ambra in den Unterrock. Armand steckte ihr auch noch den Feuerstein und den Feuerschläger, die Kordel, die Flasche mit dem Alkohol, das Messer und einen Kanten Brot in die Taschen. Dann warf er ihr zu ihrem eigenen auch noch Liberas großes schwarzes Wolltuch über und schob sie zur hinteren Tür.

Der Hund war draußen festgebunden. Armand wollte den Strick lösen, damit er Ambra begleiten und beschützen konnte, aber da wurde vorne schon gegen die Tür gepocht, und es schrien aufgebrachte Stimmen, daß man ihnen öffnen solle.

»Du mußt los! Geh!«

Ambra wollte ihren Vater umarmen.

»Geh!«

»Und Shibam?«

»Ich binde ihn später los. Er wird schon nachkommen und dich finden. Du mußt jetzt um unser aller Zukunft willen gehorchen und laufen, so schnell du kannst!«

Armand schloß die Tür hinter ihr, ging zur vorderen Tür und verstärkte den Riegel mit einem Besenstiel. Doch der Pöbel ließ sich nicht aufhalten. Das morsche Holz splitterte unter den Tritten und Hieben. Man wollte das Haus stürmen und das »vermaledeite Pack« zur Rechenschaft ziehen.

Armand und Libera nahmen sich an den Händen und starrten sich fassungslos an.

Dann warf jemand eine Fackel ins Haus. Sie fiel auf die Bettstatt, der Strohsack fing Feuer.

Auch an der hinteren Tür pochten sie inzwischen, traten dagegen, grölten und schrien. Es ging um Gottes Gerechtigkeit, und sie hatten ihren Spaß dabei.

Ambra konnte entkommen. Zwischen dem Schuppen und dem Stall des Nachbarn schlüpfte sie hindurch und gelangte ungesehen auf die Felder. Hinter sich hörte sie das Geschrei der Menschen und das rasende Gebell des Hundes. Sie lief so schnell sie konnte, doch das Gelände war schwierig. Die Furchen unter der Schneedecke brachten sie zum Stolpern. Immer wieder strauchelte sie und fiel auf die Hände.

Einmal blieb sie keuchend liegen. Warum floh sie? Sie hatte doch nichts getan! Und was hatte das alles für einen Sinn? Was hatte das Leben für einen Sinn, wenn die Menschen so dumm und so voller Haß waren?

Dann lief sie doch weiter.

Hinter dem Friedhof begann der Wald. Im Schutz

der Bäume blieb sie stehen, um sich umzublicken. Das Haus konnte sie von hier aus nicht sehen, es lag hinter der hohen Friedhofsmauer, aber sie bemerkte Rauch, der den Himmel schwärzte.

Sie stellte sich vor, was passiert sein mochte. Vielleicht war den Eltern in der Aufregung die Kerze umgefallen. Altes Gebälk brannte wie Zunder, ein einziger Funke konnte genügen, und alles stand in Flammen!

Doch vielleicht brannte ja gar nicht ihr Haus, sondern das des Nachbarn. Vielleicht hatte auch nur jemand einen alten verlausten Strohsack angezündet oder Laub, das noch vom Herbst übriggeblieben war.

Ambra ging weiter. Sie mußte einen Hang hinauf, und bald wurde er so steil, daß sie alle viere brauchte, um hinaufzukommen. Manchmal hielt sie sich auch am herabhängenden Geäst fest und zog sich ein Stück hoch. Dabei fiel von den Bäumen Schnee auf sie herab. Sie keuchte, sie stürzte, sie blieb liegen und weinte.

Dann erreichte sie endlich den Weg. Hier ging es leichter. Hastig setzte sie einen Fuß vor den anderen, immer weiter den Berg hinauf.

Der Lärm aus dem Ort war nun nicht mehr zu hören. Gespenstisch still war es hier oben. Einmal krachte es hinter ihr, und sie fuhr herum und sah, daß unter dem Druck des Schnees ein dicker Ast vom Baum gebrochen war und nun auf dem Weg lag. Der Schnee rieselte nach.

Wie sie da so stand und über die Schulter zurücksah, fiel ihr Blick auf ihre Fußspuren. An die hatte sie gar nicht gedacht. Was, wenn man sie suchte und die Fußspuren fand?

Sie brach ein paar Zweige von einem Strauch und fegte damit über den Schnee. Es nützte nichts, man sah ihre Tritte trotzdem.

Sie warf die Zweige hin und hob den Blick zu den Wipfeln der Bäume. Es dämmerte schon. Höchstens noch eine Stunde, dann würde es dunkel sein. Das war gut für sie und zugleich schlecht. Gut, weil man sie bei Dunkelheit nicht verfolgen konnte. Schlecht, weil sie den Wald nicht kannte und sich im Dunklen nicht zurechtfinden würde. Nur ein einziges Mal war sie bei der Kapelle gewesen. Eine kleine Hütte mit einem Betstuhl vor einer Mutter Gottes und einem Bild vom Heiligen Jakob.

Ambra ging weiter. Dabei sah sie nach rechts und nach links. Sie mußte einen Unterschlupf finden – irgend etwas, das ihr Schutz bieten konnte.

Dann kam sie an einen steilen Fels, den die Leute hier *Nasfels* nannten. Er lag etwa dreißig Schritt oberhalb des Weges. Ambra kniff die Augen zusammen und starrte auf eine Verdunkelung, halb hinter einem Baum verborgen. Von hier unten sah es aus wie der Eingang zu einer Höhle.

Sie mußte es herausfinden.

Als sie oben ankam, blieb sie erst einmal liegen. Sie keuchte, ihr Atem dampfte. Nach einer Weile richtete sie sich auf und starrte in das Loch. Es war mannshoch und düster, sie konnte nichts sehen als Schwärze. Sie rief hinein und wartete ab. Es geschah nichts.

Ambra blickte sich um. Ein langer Stock hing ein Stück weiter oben im Geäst. Sie zog ihn herunter, stieß damit in die Höhle hinein und klopfte den Boden ab.

Der Boden war eben, und es kam nichts aus der Höhle heraus. Es brüllte nichts und fauchte nichts.

Endlich wagte sie es und ging hinein. Den Stock hielt sie dabei wie einen Speer vor sich.

Plötzlich stieß der Stock gegen etwas. Ambra zuckte zusammen, ihr Herz klopfte. Sie stieß noch einmal zu, um sicher zu sein: Ja, es war die Wand. Dann drehte sie sich nach rechts, stocherte in die Dunkelheit. Auch hier stieß der Stock an. Dasselbe nach links. In diese Richtung konnte sie noch zwei Schritte gehen, bis sie den Widerstand fühlte.

Erleichtert ließ sie den Stock sinken. Die Höhle war nicht zu groß, das beruhigte sie. Und es schien nichts Gefährliches darin zu leben.

Einen Moment stand sie da und dachte nach. Dann warf sie den Stock hin und ging wieder hinaus. Es war schon sehr dunkel, sie sah kaum noch die Hand vor Augen. Sie suchte nach Holz für ein Feuer. Es gab genug Schneebruch, Zweige, die im Geäst hingen oder im Schnee steckten. Sie wußte, daß man ein Feuer weithin sehen konnte. Das war gefährlich, aber ohne Feuer würde sie erfrieren.

Sie wählte dünne Zweige, die sie brechen konnte, fand manchmal auch ein kurzes dickes Stück. Sie schleppte alles in ihren Unterschlupf. Dann ging sie und aß Schnee. Sie versuchte, nicht zu denken. Nicht an den Brand im Dorf, nicht an die Eltern, nicht an Shibam und erst recht nicht an ihre Angst.

Als ihr Durst gelöscht war, ging sie zurück in die Höhle und machte Feuer. Sie knickte kleines Geäst von den Zweigen, legte es übereinander, suchte in den

Taschen ihres Unterrocks nach der Kordel, zwirbelte sie ein Stück auf, griff nach dem Feuerschläger und dem Feuerstein und schlug beides aneinander, daß die Funken sprühten.

Es dauerte nicht lange, bis eine kleine Flamme aufloderte.

Ambra brach Äste und legte nach. Sie starrte ins Feuer, hielt ihre klammen Finger darüber und weinte. Sie fragte sich, wann das Unglück seinen Anfang genommen hatte. Aber wer konnte schon sagen, wo man Grenzen überschritt, wo das Glück aufhörte und das Unglück begann?

4.

Ambra fuhr mit der Hand in die Tasche ihres Rockes und zog das letzte Stück Brot heraus. Ein paar Bissen Brot und Schnee, das war alles, was sie seit drei Tagen gegessen hatte.

Morgens, wenn sie wach wurde, ging sie hinauf zur Kapelle. Die Hoffnung, ihre Eltern dort anzutreffen, half ihr, die Nacht zu überstehen.

Doch die Eltern kamen nicht, auch Shibam tauchte nicht auf.

Dunkelheit, Hunger und Kälte waren schlimm, aber die Einsamkeit war schlimmer, und daß sie nicht wußte, was passiert war. Warum ließen die Eltern sie hier so lange warten? Was sollte sie jetzt tun?

Vielleicht nach Marly zurückgehen. Nach den Eltern und Shibam suchen. Die Nachbarn oder den Pfaffen fragen, der wußte doch auch sonst immer alles. Oder die Hebamme. Oder auf den Markt gehen. Heute war Markttag! Bestimmt würde ihr Vater dort einkaufen.

Ambra beschloß, noch ein letztes Mal bei der Kapelle zu warten, doch wenn die Eltern bis Mittag nicht kamen, würde sie in Marly nach ihnen suchen. Drei Tage und Nächte im Wald alleine waren genug.

Um zur Kapelle zu gelangen, mußte sie, bevor sie auf den Weg kam, ein Stück den steilen Hang hinauf. Schon gestern hatte sie sich einen Stock zurechtgeschnitten, um sich damit abzustützen. Sie rammte ihn in den Schnee. Er sank drei oder vier Handbreit ein, bevor er auf den Boden stieß. Sie zog sich daran hoch, rammte den Stock wieder in den Schnee, zog sich wieder hoch. Ab und zu blieb sie mit ihrem Wolltuch im Gestrüpp hängen, zerrte daran und fluchte leise.

Als sie oben war, kletterte sie auf den Weg und wandte sich nach rechts. Von hier aus war schon das Dach der Kapelle zu erkennen. Sie blieb stehen, keuchte, wischte sich mit dem Ärmel übers Gesicht, dann ging sie langsam weiter. Sie war so sehr mit ihren Gedanken beschäftigt, daß sie die beiden Männer nicht bemerkte. Der eine kam aus Marly und war nach Viens unterwegs, der andere kam die *Leitensteige* herauf und wollte nach Marly auf den Markt.

Der Mann, der Richtung Viens ging, hieß Luc Lorant und war ein ungehobelter Kerl mit schlechten Manieren. Seinen Gaul schlug er und trat nach ihm. Er stank nach Fusel und Pisse und brüllte herum, wenn ihm etwas nicht paßte. Mathieu Barthes, der andere, war der Sohn eines Fuhrmanns, ein stiller, hübscher Junge von knapp achtzehn Jahren.

Als er Ambra und den Kerl aus Viens ein Stück weiter oben auf dem Weg entdeckte, blieb Mathieu stehen und beobachtete sie. Aus der Entfernung konnte er den Mann zuerst nicht erkennen, doch dann fiel ihm sein seltsamer Gang auf, und er wußte, um wen es sich handelte. Er hatte Lorant schon einige Male in der Schmiede gesehen, als sie mit ihren Pferden aufs Beschlagen warteten.

Ambra hatte ihre beiden Tücher um sich geschlungen, von ihrem Gesicht war nicht viel zu sehen. Trotzdem erkannte Luc Lorant sie sofort, bekreuzigte sich dreimal und machte das Zeichen gegen Hexenzauber. Er wußte, daß man im Ort seit drei Tagen nach diesem Mädchen suchte. Die Hebamme hatte man vor die hohen Herren gezerrt, befragt und ihr mit Folter gedroht. Die Verschläge und Scheunen des ganzen Ortes hatte man durchsucht, mit Mistgabeln in die Heuhaufen gestochen, mit Laternen die finstersten Ecken ausgeleuchtet. Selbst auf dem Friedhof hatte man jeden Stein umgedreht.

Und nun entdeckte Lorant das Mädchen hier oben im Wald! Das konnte nur eines bedeuten: Die Leute hatten recht, das Weibsstück mußte eine Hexe sein, denn wie sonst war es möglich, daß sie es bei dieser Kälte drei Tage und Nächte alleine im Wald ausgehalten hatte?

Ambra ging weiter, und Lorant folgte ihr. Wenn er sie gefangennähme und bei den hohen Herren abliefertc, würde man ihm bestimmt ein paar Livres dafür geben. Doch zuerst würde er sich bei dem Weibsstück holen, wonach es ihn gelüstete.

Er brauchte sich noch nicht einmal Mühe zu geben, damit sie ihn nicht bemerkte, denn mit den beiden Tüchern um ihren Kopf war sie halb taub und halb blind.

Plötzlich schob er den Ranzen, den er an einem Riemen um den Brustkorb trug, unter dem Arm durch nach hinten, dann stürzte er sich auf sie und riß sie herum.

So wie sie ihn anstarrte, mußte ihr vor Schreck fast das Herz stehengeblieben sein. Ihr Blick wirkte wie der eines gehetzten Tieres, den Mund hatte sie weit aufgerissen, als ob sie schreien wollte, aber kein Ton kam heraus.

Dann schrie sie doch. Es waren seltsame Laute wie aus einer anderen Welt; zischende Laute, hoch und schrill und anklagend.

Plötzlich riß sie sich los und rannte davon. Als Lorant nur noch das Tuch in seinen Fingern hielt, starrte er es verdutzt an. Doch er faßte sich schnell und hetzte Ambra nach. Das Tuch ließ er fallen, es blieb wie eine schwarze Lache auf dem weißen Schnee liegen.

Drei Sprünge, und er hatte sie eingeholt. Er stieß sie zu Boden und ließ sich auf sie fallen, drehte sie auf den Rücken, griff nach ihren Händen, mit denen sie nach ihm schlug, und drückte sie in den Schnee. Als sie nicht zu schreien aufhörte, schlug er zu. Er schlug Ambra so hart ins Gesicht, daß sie unvermittelt verstummte. Dann zerrte er an ihren Röcken und versuchte sie hochzuschieben. »Ich werde es dir schon besorgen, du vermaledeite Hexe!« Er spuckte sie an.

Da war Mathieu nur noch ein paar Schritte entfernt. Im Laufen packte er einen Ast, der neben dem Weg lag, und stürzte sich auf Lorant. Ein langer Schrei drang aus seiner Kehle, so als müßte er sich Mut machen für die Tat, die nun folgen würde.

Lorant ließ von Ambra ab und fuhr erschrocken herum. Mit aufgerissenen Augen starrte er auf den Prügel in Mathieus Hand, der auf ihn niederfuhr. Ein dumpfes Krachen war zu hören, er sank mit einem Stöhnen zusammen und blieb halb auf Ambra liegen.

Für ein paar Augenblicke war es gespenstisch still, die ganze Welt schien den Atem anzuhalten. Dann stieß Ambra plötzlich den leblosen Körper mit einem Schrei von sich, sprang auf und rannte davon.

Mathieu ließ den Prügel fallen und lief hinter ihr her. »Bleib doch! Bleib stehen, ich tu dir nichts!« Aber sie hörte ihn nicht, rannte um ihr Leben.

Kurz vor der Kapelle holte er sie ein. Er schlang seine Arme von hinten um sie und hielt sie fest. Sie trat und schlug um sich. Ihre Tritte schmerzten, doch Mathieu ließ sie nicht los. Er redete auf sie ein, und als das nichts half, versuchte er, ihre Laute von vorhin nachzuahmen; kehlige, zischende Laute, die er aus sich herausrollen ließ.

Da hielt sie auf einmal inne und lauschte, wie ein Hund lauscht, dem man etwas vorbellt, eine Amsel, der man ein Lied pfeift. Dann lachte sie plötzlich, doch schon bald ging ihr Lachen in Schluchzen über, bis sie hemmungslos weinte.

Mathieu lockerte seinen Griff. »Ich will dir nichts tun. Sei doch ruhig …« Schließlich ließ er sie los.

Ihre dunklen Augen musterten ihn. Für diesen kurzen Moment war es, als wären sie beide ganz alleine auf dieser Welt, doch nach einer Weile kehrte die Erinnerung zurück. Mathieu hatte etwas getan. Etwas Schreckliches!

Langsam drehte er sich um. Hinter ihm lag die Leiche eines Mannes, daneben, wie ein abgestürzter Totenvogel, das schwarze Tuch. Mathieu war erst achtzehn Jahre alt und schon zum Mörder geworden.

»Wir müssen verschwinden! Wenn sie uns erwischen,

hat unsere letzte Stunde geschlagen!« Der Junge nahm Ambra an der Hand und zog sie hinter sich her. An dem Leichnam vorbei – im Rennen riß er noch das Tuch an sich –, dann die *Leitensteige* hinunter.

Das Haus seines Onkels stand in einer Senke. Ein enges, dunkles Tal an einem Bach. Nur das Haus, der Stall, sonst nichts. Als er vor einer halben Stunde losgegangen war, hatte sein Onkel noch betrunken im Bett gelegen und seinen Rausch ausgeschlafen. Mathieu hoffte, er war inzwischen nicht wach geworden, denn sie mußten am Haus vorbei und auf der anderen Seite wieder den Hang hinauf.

Dort, auf einer Bergwiese, befand sich eine Hütte. Früher, als sein Onkel noch Vieh gehalten hatte, war Mathieu den ganzen Sommer oben gewesen, um die Tiere zu hüten. Aber sein Onkel hatte nach und nach all sein Vieh verkauft und das Geld versoffen, und so stand die Hütte seit zwei Jahren leer.

»Ich weiß ein Versteck«, sagte er zu Ambra, als sie keuchend ein paar Augenblicke stehenblieben. Dann rannten sie weiter. Am Haus vorbei, hinter dem Stall durch den Wald. Dann über die Wiese und um die Hütte herum auf die andere Seite.

Mathieu drückte sich gegen die Tür. Knarzend schwang sie auf. Im Innern war es dunkel. Die einzige kleine Luke, die es gab, war gegen die Kälte mit einem Stück Leder verhangen. Unter der Luke war eine Feuerstelle, darüber hing ein eiserner Kessel, auf dem Boden lag noch etwas Holz. In einer Wandnische standen eine Laterne und eine irdene Schüssel mit einem Holzlöffel. Auf der anderen Seite befand sich ein Strohsack auf dem Boden. Das war alles.

Er schloß die Tür und starrte ins Dunkel.

»Wie heißt du?« fragte Ambra.

»Mathieu.«

»Ich bin Ambra Lebrun.«

»Ich weiß. Ich habe dich in Marly oft auf dem Markt gesehen. Mit deinem Vater.«

»Weißt du etwas über meine Eltern und den Hund?«

»Ja, aber ich muß jetzt gehen. Ich muß die Spuren verwischen, sonst finden sie uns.«

Er wollte an ihr vorbei, doch sie hielt ihn fest. »Sag es mir! Was ist mit ihnen?«

Schweigend stand Mathieu da. Er war froh, daß es dunkel war und er ihr nicht ins Gesicht schauen mußte.

»Sag es mir!«

»Deine Eltern sind tot. Sie sind in dem Haus verbrannt, in dem ihr gewohnt habt.«

»Nein!« Ambra stieß ihn von sich, und er taumelte rückwärts gegen die Wand. »Nein! Warum lügst du mich an?«

»Ich lüge nicht. Bei Gott, es ist wahr.«

Ambra sagte nichts. Nur ihr schwerer Atem war in der Dunkelheit zu hören.

Mathieu nahm sie an den Händen. Sein Herz pochte dabei. Noch nie hatte er eine Frau an den Händen genommen – nicht um sie zu trösten und ihr nahe zu sein.

»Also ... ich gehe dann. Warte auf mich! Hier bist du sicher. Ich komme zurück. Mit Essen und was du sonst noch brauchst. Aber du darfst die Hütte nicht verlassen, denn sie suchen dich! Wenn sie dich finden, werden sie dich umbringen!«

Immer noch schwieg Ambra. Vielleicht war sie vor Kummer und Angst stumm geworden, dachte Mathieu. Er tastete sich zur Tür, öffnete sie, sah Ambra noch einmal an, dann rannte er davon.

Als Mathieu zurückkehrte, war es bereits dunkel. Zu seinem Erstaunen hatte Ambra die Laterne angezündet und Feuer gemacht. Er konnte sich nicht erklären wie, aber er fragte sie auch nicht.

Er holte aus seinem Rucksack, was er mitgebracht hatte, und breitete alles vor ihr aus. Zwei Rüben, zwei Eier, einen Kanten Brot.

Im Topf hatte sie Schnee geschmolzen und von dem heißen Wasser getrunken. Nun legte sie die Eier auf den Holzlöffel und ließ sie in den Topf rollen, brach dann etwas von dem Brot ab und kaute darauf herum. Nach einer Weile holte sie ein Messer aus ihrem Unterrock, putzte die Rüben und schnitt sie ins heiße Wasser.

Als sie damit fertig war, sah sie Mathieu an. Ihre Augen waren vom Weinen verschwollen, ihre Wangen eingefallen. Trotzdem war sie wunderschön, und er konnte es kaum glauben, daß ausgerechnet er hier neben ihr saß. Wenn er sie in Marly mit ihrem Vater auf dem Markt gesehen hatte, war er ihr oft nachgegangen, nur um in ihrer Nähe zu sein. Oder er war mit seinem Karren an ihrem Haus vorbeigefahren, in der Hoffnung, wenigstens einen kurzen Blick von ihr zu erhaschen. Daß die Leute so schlecht über sie redeten und sie für eine Teufelsbraut hielten, konnte er nie verstehen. Was hatte die Schönheit mit dem Teufel zu tun?

War denn nicht auch die Mutter Gottes in der Kirche wunderschön?

»Und der Hund? Ist er auch tot?« fragte Ambra.

Mathieu schüttelte den Kopf. »Den Hund habe ich beim Knochenhauer gesehen. Er hat ihn hinterm Haus angebunden.«

Ambra riß die Augen auf. »Sie wollen ihn schlachten?«

Er zuckte die Schultern. »Vielleicht soll er auch nur den Hof bewachen.«

Sie beugte sich über den Topf und fischte mit dem Holzlöffel eines der Eier heraus. Als es abgekühlt war, schlug sie es auf, schälte es und hielt es Mathieu hin, doch er schüttelte den Kopf. »Nein, es ist für dich. Ich habe schon etwas gegessen.«

Ambra schob es sich in den Mund, schloß die Augen und kaute darauf herum. Dabei liefen Tränen über ihre Wangen und tropften von ihrem Kinn auf ihre Brust. Mathieu beobachtete sie, spürte dabei ein seltsames Verlangen in sich. Er wollte sich zu ihr beugen und ihr die Tränen von den Wangen küssen. Doch niemals hätte er so etwas gewagt.

Ambra öffnete die Augen wieder und sah ihn an. »Du hast heute mittag etwas gesagt. Du hast gesagt, daß es kein Unfall war – sie haben meine Eltern getötet.«

»Ja. Es war kein Unfall. Sie haben das Haus angezündet und deine Eltern darin verbrennen lassen.«

Ambra schlug beide Hände vors Gesicht und schluchzte auf, Mathieu saß bei ihr, schwieg und starrte ins Feuer.

Irgendwann nahm sie die Hände vom Gesicht und fing an zu erzählen. In dieser Nacht erfuhr er alles. Alles von ihrer Insel. Von ihrer Mutter und ihrem Vater. Von der Flutwelle und ihrer Reise nach Frankreich. Von der Zeit in Marseille und wie sie nach Paris aufgebrochen waren und in der Schlucht ohne Shibams Hilfe umgekommen wären.

In seinem Kopf entstanden wirre Bilder. Häuser aus Lehm, die acht Stockwerke hoch waren. Karawanen, Kalkschläger und Seifensieder. Das Meer. Eine Welle, so groß, daß sie einen ganzen Ort zerstörte. Für ihn war es unmöglich, sich das alles vorzustellen, doch er fragte nicht nach in dieser Nacht, er ließ Ambra nur reden, reden, bis sie irgendwann müde in sich zusammensank und einschlief.

Dann bettete Mathieu sie auf einen Strohsack und deckte sie mit ihren Tüchern zu. Bevor er ging, warf er noch ein paar Scheite Holz auf das Feuer.

Oben bei der Hütte war es hell und fröhlich gewesen, doch hier unten im Wald schien keine Sonne mehr. Nur hin und wieder bahnte sich ein Strahl seinen Weg durchs Geäst und leckte am Schnee. Trotzdem fiel es Mathieu auf, daß die Luft anders roch. Nach Frühling. Nach Wärme. Nach neuem Leben.

Oder war nur er es, dem plötzlich alles so wunderbar erschien?

Er sprang über Stämme und Steine, sang die Lieder, die ihm seine Mutter so oft vorgesungen hatte, und schlug dabei mit der Hand an die Äste, daß der Schnee herabrieselte.

Seit er Ambra auf dem Markt zum ersten Mal begegnet war, fühlte er dieses unruhige Pulsieren in seinem Körper. Er hatte von ihr geträumt und sich nach einem Lächeln von ihr gesehnt, und nun durfte er sie plötzlich beschützen. Er fühlte sich als Mann. »Als Mann, als Mann!« sang er laut. Er war stark, ja, und er würde für sie den Hund holen, damit sie nicht mehr so traurig war.

Doch sein Übermut wich, als er an die Stelle kam, an der er den Mann erschlagen hatte. Der Tote lag nicht mehr da, nur das Blut war noch zu sehen.

In der Stadt hörte Mathieu, daß man Ambra für die Mörderin hielt. Als ob so ein zierliches Mädchen so eine Tat vollbringen könnte! Mit einem einzigen Schlag so ein großes Mannsbild hinstrecken! Doch als er darüber etwas sagte, hieß es: »Da hast du den Beweis, daß sie eine Hexe ist!«

Die Leute schienen nicht bei Trost zu sein! Blind und vom Aberglauben zerfressen! Allen voran der Pfaffe, der von der Kanzel predigte, man müsse die Hexe dem Feuer übergeben, andernfalls sei in Marly kein Leben ohne Angst und Schrecken mehr möglich.

Mathieu hatte vorgehabt, den Hund zu kaufen, er wollte so tun, als habe er nun Angst oben in der Einöde, seit dort Mörder herumschlichen und harmlosen Menschen nach dem Leben trachteten. Jeden Preis hätte er dem Knochenhauer bezahlt – alles, was er in dem Verschlag, in dem er schlief, unter der Bodendiele versteckt hatte, um eines Tages verschwinden zu können. Doch plötzlich wurde ihm klar, daß man ihn keinesfalls mit Ambra in Verbindung bringen durfte, wenn ihm ihr und auch sein Leben lieb war.

Unverrichteter Dinge ging er wieder nach Hause. Es mußte etwas anderes geschehen. Er würde *La Blanche*, sein Pferd, einspannen und mit dem Karren nach Marly fahren. Dort würde er warten, bis es dunkel ist. Er würde Shibam auf den Karren laden, damit man seine Spuren nicht verfolgen konnte. Wie aber sollte er einen Hund, der so groß war, daß er sich nur aufrichten mußte, um ihm an die Kehle zu gehen, dazu bringen, ihm zu folgen?

Als er oben ankam, saß sein Onkel vor dem Haus und schnitt Holznägel, die Mathieu auf dem Markt verkaufen sollte. Der Kopf des Alten war schwer vom Alkohol und schwankte auf seinem dünnen Hals wie eine reife Kornähre im Wind.

»Wo kommst du jetzt her, du fauler Sack?« lallte er und sah Mathieu aus dumpfen Augen an. »Willst du überhaupt noch was arbeiten? Du kannst mir dankbar sein, du Taugenichts, daß du bei mir ein Dach über dem Kopf hast und ich dich durchbringe!« Er wartete nicht auf eine Antwort, sondern warf mit einem Scheit Holz nach Mathieu. Obwohl er sich schnell duckte, traf es ihn über der Schläfe, und er spürte, wie sich ein Rinnsal Blut einen Weg über seine Wange bahnte.

Sein Onkel war der ältere Bruder seines Vaters. Mathieu haßte ihn so sehr, wie er seinen Vater gehaßt hatte. So weit er sich erinnern konnte, hatte er von den beiden immer nur Prügel bekommen. Prügel als Antwort auf seine Fragen, Prügel für jede Regung seines Herzens, und wenn er weinte, dann gab es auch dafür noch Prügel.

Als seine Eltern fast gleichzeitig am Fieber starben,

hatte Mathieu nur um seine Mutter getrauert. Sie war eine große, derbe Frau mit großen, rissigen Händen gewesen, und sie hatte mit ihm lediglich gesprochen, um ihm Aufträge zu erteilen. Wenn der Vater ihn schlug und sie in der Nähe war, blickte sie reglos zu Boden. Manchmal rannen dabei Tränen über ihre Wangen. Zu wissen, daß er nicht alleine war in seinem Kummer, daß sie mit ihm litt, auch wenn sie ihm nicht helfen konnte, war ein kleiner Trost für Mathieu gewesen.

Zuweilen, wenn sein Vater nicht zu Hause war, hatte seine Mutter bei ihrer Arbeit gesungen. Dann saß Mathieu ganz still da, schloß die Augen und lauschte. Dabei öffnete sich sein Herz. Wenn seine Mutter sang, gab es nichts Böses mehr auf dieser Welt.

Ihre Stimme war ganz anders als ihr derber, von der Arbeit geschundener Körper – kräftig und klar, wie der Klang einer Flöte.

Am schönsten war es für Mathieu gewesen, wenn sein Vater und sein Onkel mit dem Vieh, das verkauft werden sollte, drei Tage auf den Markt nach Viens gegangen waren. Dann sang seine Mutter fast den ganzen Tag. Sie lachte und erschien ihm wie ein junges Mädchen, und manchmal nahm sie ihn sogar auf den Schoß. Dann spielten sie Fingerspiele, oder sie malte ihm etwas auf den nackten Rücken, und er mußte erraten, was es war. Ein Haus. Ein Baum. Ein Stern.

Das war das größte Glück für ihn gewesen.

Sein Onkel warf den fertigen Nagel in den Korb, stand auf und wankte davon. Mathieu wußte, er ging in seine Kammer, holte eine der irdenen Flaschen, die er sich in Marly mit Tresterbranntwein füllen ließ, und fing an, sich zu betrinken. Es gab auch Zeiten, da trank er nicht, doch dann war es noch schlimmer mit ihm auszuhalten. Dann ließ er all seine Wut an Mathieu aus, und Wut hatte er genug in seinem Herzen. Wenn sein Onkel trank, hatte er wenigstens so lange vor ihm Ruhe, wie der Alte sich besoff und danach seinen Rausch ausschlief.

Mathieu blickte ihm nach, und als die Tür hinter ihm zugefallen war, lief er ums Haus und den Weg zur Hütte hinauf.

Ambra lag auf dem Strohsack und starrte ihn aus verweinten Augen an. Er griff in seine Tasche und legte ihr einen Apfel hin. Dann erzählte er ihr von seinem Plan, den Hund zu holen.

Als er das sagte, setzte sie sich auf und fiel ihm vor Freude um den Hals. Er hielt ganz still und roch ihren Duft. Alle anderen Frauen, denen er so nahe gekommen war, daß er sie riechen konnte, stanken wie alter Fisch – aber Ambra duftete wie eine Blume, und ihr Haar an seiner Wange fühlte sich an wie das Fell einer wohlgenährten Katze.

Eine Hitze durchflutete ihn wie eine Welle und ließ seine Knie weich und sein Geschlecht hart werden. Es war ein überwältigendes Gefühl.

Als Ambra ihn losließ und ihm in die Augen sah, wurde er vor Verlegenheit rot, wie die eine Seite des Apfels, der neben ihnen auf dem Strohsack lag.

»Ich bin dir sehr dankbar, daß du mir den Hund holen willst«, sagte sie, »aber leider wird es nicht gehen. Bestimmt würde Shibam dich anfallen, und selbst wenn nicht, würde er dir sicher nicht folgen. Er würde wütend bellen, bis sie kämen und dich entdeckten. Es sei denn …« Sie brach ab und sah ihn lange nachdenklich an. »Es sei denn, ich komme mit!«

Mathieu schüttelte heftig den Kopf. »Das ist unmöglich! Wenn sie dich fänden, würden sie dich …« Er wagte es nicht, den Satz zu Ende zu führen.

»Sie werden mich nicht finden.« Ambra lächelte und legte eine Hand auf seinen Arm. »Wir müssen einfach klüger sein als sie, dann schaffen wir es.«

Zuerst ließ sich Ambra das Haus des Knochenhauers beschreiben, das nicht weit vom nördlichen Stadttor entfernt lag. Mathieu zeichnete es mit einem Stock auf den Boden.

»Das ist das Haus. Um das Grundstück läuft eine hohe Mauer, die rechts und links an das Haus anschließt. Im Innenhof ist ein Verschlag für das Vieh, das der Knochenhauer auf dem Markt gekauft hat und das geschlachtet werden soll. Daneben befindet sich ein Schlachtplatz und neben dem Schlachtplatz ein Brunnen. Und hier«, er deutete mit dem Stock auf die betreffende Stelle, »hier haben sie Shibam angebunden. Ich weiß es, weil ich erst gestern eine Fuhre Knochen abgeholt und in die Knochenmühle gebracht habe.«

»Und wie kommt man auf den Hof?«

»Durch ein altes, morsches Tor in der Mauer. Es ist nachts nie verschlossen. Den Knochenhauer kümmert das nicht. Er ist ein bärtiger Riese, dem der Geifer aus dem Mund tropft und der Pranken hat so groß wie ein Kuhfladen. Dem mag keiner in der Dunkelheit begegnen, wenn möglich auch nicht am Tag. Vor dem haben sie Angst, sogar der Schmied. Ins Haus gelangt man auch von der Straße her, aber auf den Hof kommt man nur durch das Tor.«

Eine Weile dachte sie nach. »Und La Blanche, ist das ein Pferd? Gehört es dir?«

Mathieu nickte. »Eine Stute. Mein Vater hat mit ihr im Wald gearbeitet und für die Leute Fuhren übernommen. Seit er nicht mehr lebt, tue ich es an seiner Stelle. Für den Knochenhauer fahre ich manchmal Knochen in die Knochenmühle, oder ich bringe ihm Heu für das Schlachtvieh von unseren Wiesen. La Blanche ist das einzige, was ich besitze … und fünfzehn Livres.«

»So viel Geld?«

Stolz sah er sie an. »Das habe ich in sechs Jahren von meiner Arbeit gespart. Eines Tages werde ich mit dem Geld von hier verschwinden!«

Ambra starrte lange schweigend in die Flammen, und als sie endlich aufsah, sagte sie mit fester Stimme: »Jetzt weiß ich, wie wir es machen werden!«

Am nächsten Morgen ging Mathieu nach Marly. Er besorgte Schnaps, um die Flaschen seines Onkels zu füllen, und hörte sich um, was die Leute sich erzählten. Noch immer suchten sie nach Ambra, und noch immer waren sie überzeugt, sie sei die Mörderin des Mannes, den er erschlagen hatte. Mathieu hörte, wie der Höker und das Weib vom Faßbinder sich darüber ausließen, was die Hebamme unter Folter gestanden hatte. Ambra habe sich vor ihren Augen in den Hund verwandelt. Dann habe sie der Hebamme damit gedroht, sie bei lebendigem Leibe zu zerfleischen, falls sie auch nur ein Wort darüber verlauten lasse.

Man glaubte ihr.

Es waren Stimmen laut geworden, die forderten, den Hund der Wasserprobe auszusetzen. Andere wollten ihn auf dem Scheiterhaufen sehen. Shibam wurde jedoch mit jedem Tag gefährlicher. Seit Ambra nicht mehr da war und sie ihn zum Knochenhauer gebracht hatten, ließ er niemanden mehr an sich heran. Wie sollte man ihn da auf einen Scheiterhaufen binden? Selbst das Fleisch, das ihm der Knochenhauer hingeworfen hatte, fraß er nicht. Nur Schnee fraß er.

Schließlich beschlossen die hohen Herren, ihn zu tauchen. Sie würden ihn mit Stangen in einen Käfig treiben. Dann würden sie den Käfig auf den Schinderkarren laden und zum Fluß fahren. Sie würden ihn ins Wasser hinablassen. Am Sonntag, dem Tag des Herren.

Inzwischen war es bereits Samstag. Also mußten sie Shibam in der Nacht noch holen.

Sie warteten bis zur Dämmerung. Wie Mathieu gehofft hatte, lag sein Onkel betrunken in der Stube. Er führte die Stute aus dem Stall und spannte sie vor den kleinen Karren, den er schon am Vormittag mit Heu beladen hatte. Dann ging er hinauf und holte Ambra.

Als er die Tür zur Hütte aufschob und sie erblickte, erschrak er. Sie hatte sich Gesicht und Hände mit verkohltem Holz geschwärzt und sah zum Fürchten aus. Sie warf sich das schwarze Tuch über und folgte ihm hinunter auf den Hof. Bevor sie auf den Wagen stieg und sich von Mathieu mit Heu zudecken ließ, schaute sie sich um.

»Hier lebst du also«, sagte sie – ob sie es gut oder schlecht fand, darüber ließ sie sich nicht aus. Sie klopfte La Blanche die Flanken, ein schwarzer Abdruck ihrer Hand blieb auf dem weißen Fell zurück.

Mathieu nahm den Zügel in die rechte, die Laterne in die linke Hand und ging los, La Blanche neben ihm her.

Die *Leitensteige* hinauf. An der Stelle vorbei, wo der Mord geschehen war. Mathieu wandte sich ab und sah nicht hin.

Sie passierten den *Nasfels*, den *Kreuzweg* und gelangten schließlich aus dem Wald.

Marly lag bereits im Dunkeln. An den meisten Häusern waren die Läden geschlossen, nur aus einigen Fenstern drang ein schwacher Lichtschein.

Am Stadttor wurde Mathieu von zwei Wachmännern aufgehalten. Wohin so spät noch, wollten sie wissen.

»Zum Knochenhauer«, antwortete er. »Der braucht dringend Heu, noch heute abend.«

»Zum Knochenhauer. Noch heute abend! Der Junge ist mutig.« Die beiden lachten, hoben ihre Laternen und warfen einen flüchtigen Blick auf seinen Karren. Sie kannten ihn, seit er auf der Welt war. Seinen Onkel kannten sie, seinen Vater und seine Mutter hatten sie gekannt. Er war nicht verdächtig, daher ließen sie ihn ziehen.

Auch am Haus des Knochenhauers waren die Läden bereits geschlossen. Mathieu fuhr mit dem Karren so dicht an das Tor wie möglich, warf La Blanche etwas von dem Heu hin, damit sie still stand, schob dann, so leise er konnte, das Tor ein Stück auf und flüsterte Ambra zu, daß er alles wie besprochen vorbereitet hatte.

Auf der anderen Seite der Mauer schlug plötzlich der Hund an und kläffte wütend. Mathieu beeilte sich, um das Haus zu kommen, und pochte vorne an die Tür.

Von drinnen hörte er Schritte, dann Flüche, wenig später wurde die Tür aufgerissen.

Der Knochenhauer stand vor ihm. Breitbeinig, das Hemd blutbefleckt, sein mächtiger Bauch quoll über die schwarzen, zerschlissenen Hosen. Sein rechtes Unterlid hing schlaff herunter und zeigte die rote Innenseite, wodurch sein Aussehen noch schrecklicher erschien.

Er stützte die Hände in die Hüften und starrte Mathieu an. »Was willst du, Kerl?«

»Ich bringe das Heu, das du bestellt hast. Mein Onkel sagte, du brauchst es noch heute.«

»Was faselst du da von Heu? Ich habe kein Heu bestellt! Mach dich davon!«

»Mein Karren steht hinten am Tor. Ich sollte das Heu doch noch heute bringen. Trotz Dunkelheit und Kälte habe ich mir den weiten Weg durch den Wald gemacht, und jetzt willst du es nicht nehmen. Das ist ungerecht!«

»Ich brauche kein Heu! Dein Onkel hat sich sein verdammtes Hirn aus dem Kopf gesoffen. Verschwinde!«

Der Knochenhauer wollte die Tür zuschlagen, doch Mathieu warf sich dagegen. »Hab Mitleid!« rief er, wissend, daß solch ein Appell ihn besonders wütend machen würde.

»Mitleid!« Der Knochenhauer packte den Jungen, hob ihn hoch und warf ihn auf die Straße. »Bin ich ein verdammter Weiberrock, daß ich Mitleid mit einem wie dir haben müßte?«

Mathieu lag im Dreck und rieb sich die Elle. Der Knochenhauer lachte dröhnend und schlug die Tür hinter sich zu.

Mathieu ging zurück zu seinem Karren, lauschte dabei mit angehaltenem Atem in die Dunkelheit. Alles war still. Der Hund kläffte nicht mehr, La Blanche stand da und kaute ihr Heu, sonst war nichts zu sehen und nichts zu hören.

Doch als er näher kam, knurrte und grollte es in seinem Karren.

»Still«, flüsterte Ambra. »Still, Shibam.«

Mathieu sah hinein. Ambra lag halb über dem Hund, streichelte ihn und redete auf ihn ein.

Er warf das Heu, das aus dem Karren gefallen war, über die beiden, nahm La Blanche am Zügel und führte sie aus der Gasse. Auf dem Platz vor der Kirche blieb er stehen. Er fuhr sich mit dem Ärmel übers schweißnasse Gesicht. Erst jetzt fühlte er die Angst, die ihm im Genick saß und die ihn zittern ließ.

Das niedergebrannte Haus, in dem die Lebruns gewohnt hatten, war sein nächstes Ziel. Dort hielt er an und ließ Ambra mit dem Hund aus dem Karren. Es war die einzige Stelle, an der man aus der Stadt kommen konnte, ohne durch ein Tor gehen zu müssen. Am Friedhof sollte sie auf ihn warten.

Als Ambra die verkohlten Reste des Hauses sah, fiel sie schluchzend auf die Knie und verbarg das Gesicht in den Händen. Der Hund leckte ihr leise winselnd das Haar.

»Du mußt fort von hier! Wenn dir unser Leben lieb ist, dann lauf!« beschwor Mathieu sie.

Als er versuchte, Ambra hochzuzerren, hob Shibam knurrend die Lefzen, und er ließ sie wieder los. Sie taumelte auf, raffte ihre Röcke und stieg über die verkohlten Balken, die einst das Dach über der Wohnküche gehalten hatten.

Mathieu führte La Blanche weiter. Bevor er in die nächste Gasse einbog, sah er sich noch einmal um und beobachtete, wie Ambra stolperte und hinfiel. Der Gedanke, daß die Asche ihrer Eltern an ihren Händen kleben könnte, ließ ihn erschaudern.

Doch er hatte keine Zeit, sich mit solchen Gedanken aufzuhalten. Man durfte ihn hier nicht erwischen. Er ging weiter und führte die Stute zu dem Stadttor, durch das sie gekommen waren. Es war höchste Zeit. Die beiden Männer waren im Begriff, den Balken vorzuschieben, als sie ihn kommen sahen.

Nun wurden sie doch mißtrauisch. »Was bringst du das Heu wieder mit, Kerl?« fuhr ihn der eine an. Der andere nahm eine Pike und stocherte damit im Karren herum.

Mathieu fing an zu fluchen. Daß der Knochenhauer das Heu plötzlich doch nicht mehr gewollt habe. Daß er seinetwegen alleine nachts durch den Mörderwald müsse. Daß der Kerl ihn in den Dreck gestoßen habe. Und alles für die Katz!

Er tat den Wachmännern wohl leid, denn sie murmelten etwas davon, daß sie auch nicht mit ihm tauschen wollten, und ließen ihn ziehen.

Als das Tor hinter ihm zuschlug, hörte er den Nachtwächter die neunte Stunde nach Mittag ausrufen.

5.

Erschöpft lehnte sich Ambra gegen die Friedhofsmauer. Shibam schob seine große, feuchte Schnauze unter ihre Hand. Sein Hecheln und der Ruf einer Eule im nahen Wald zerrissen die Stille.

Ambra schloß die Augen und dachte an das, was gewesen war. Die Fahrt im Karren nach Marly. Die Angst, die Wachmänner könnten sie entdecken. Der Hof des Knochenhauers. Der unerträgliche Gestank von fauligem Gedärm und dem Kot des Viehs, das in den Verschlägen seinem Ende entgegenbangte. Dazu das Blöken eines Schafes und ihre leisen Rufe: »Shibam – Shibam!«

Der Hund hatte sie sofort erkannt. Sein Kläffen war in leises Winseln übergegangen, voll Ungeduld hatte er an seinem Strick gezerrt. Schon fast bei ihm, war sie ausgerutscht und hingeschlagen, hatte sich wieder aufgerafft und ihn endlich erreicht.

Als sie ihn losband, hatten ihre Hände gezittert.

»Shibam!«

Sie hatte ihm übers Fell gestrichen. Es war gut gewesen, ihn zu fühlen, beinahe, als wären mit ihm auch ihre Eltern wieder bei ihr.

Der Gedanke an ihre Eltern fuhr ihr wie ein Dolchstoß ins Herz. Nun, an der Mauer lehnend, hob sie ihre Hände, an denen noch die Asche klebte. Sie strich sich damit über das Gesicht. Aus ihren Augen quollen Tränen wie Wasser aus einer Quelle.

Ambra kniete sich vor Shibam nieder und umarmte ihn. So hockten sie eine Weile da. »Daß ich dich wiederhabe!«

Plötzlich hob er die Lefzen und fing an zu knurren. Ambra sah auf und entdeckte am anderen Ende der Mauer das Licht einer Laterne. Das mußte Mathieu sein.

Sie ging los, Shibam dicht an ihrer Seite, knurrend und das Nackenhaar gesträubt. Sie redete ihm gut zu, nannte Mathieus Namen, um den Hund damit vertraut zu machen. »Es ist Mathieu – Mathieu, hörst du!«

Als sie näher kam, erkannte sie sein Gesicht im schwachen Lichtschein. Die hohen Wangenknochen, die hellen blauen Augen, den flaumigen Bart an seinem Kinn. Die Bögen seiner Oberlippen, geschwungen wie eine Welle auf dem Meer. Sie liebte ihn, wie sie ihre beiden Brüder geliebt hatte. Seine Fürsorge tröstete sie, und seine Nähe half ihr, das Grauen und die Sehnsucht nach ihre Eltern zu ertragen.

»Bist du es, Ambra?« Mathieu hatte seinen Blick ins Dunkel gerichtet.

»Ja, hier bin ich!« An der Seite Shibams trat sie in den Schein der Laterne. Sie lachte leise und war erleichtert. »Wir haben es geschafft!« Ganz langsam umarmte sie Mathieu, damit der Hund es sah.

Shibam knurrte.

»Ruhig, Shibam. Es ist Mathieu – Mathieu ist gut!« sagte Ambra.

Dann legte der Hund sich in den Schnee und sah

ihnen zu, wie sie sich lachend an den Händen faßten und sich einmal um sich selbst drehten.

Den Weg durch den Wald gingen sie schweigend neben La Blanche her. Als sie auf den Hof des Onkels kamen, lag alles still im Dunkeln da. Mathieu hängte die Laterne an einen Haken vor dem Stall, spannte das Pferd aus, schob den Karren in einen Verschlag und kehrte zurück. Er nahm La Blanche am Halfter und wollte sie in den Stall führen, doch sie sträubte sich.

»Nur zu! Komm!« Sie schoben und zogen, aber die Stute rührte sich nicht.

Mathieu nahm die Laterne wieder vom Haken und leuchtete das Pferd ab. Hinten rechts zog es das Bein hoch. Als er es aufnehmen wollte, um in den Hufstrahl zu sehen, trat die Stute nach ihm und verfehlte um Haaresbreite sein Gesicht.

»Nur ruhig!«

Er drückte Ambra die Laterne in die Hand und versuchte es noch einmal. Vorsichtig fuhr er am Bein entlang bis zum Huf, ließ dort seine Hand kurz liegen, verstärkte den Druck und hob an. Diesmal traf ihr Tritt ihn am Oberschenkel. Er schrie auf und fluchte leise.

»Gebrochen ist nichts, aber der Huf fühlt sich heiß an. Vielleicht ein Geschwür. Das muß man aufschneiden, dazu brauche ich den Schmied und seinen Gesellen. Du siehst ja, alleine geht das nicht. Doch der Schmied wird nicht heraufkommen, und hinunter kann La Blanche nicht mehr.«

Mit Pferden kannte Ambra sich nicht aus. Auf der Insel hatte es keine gegeben. Ihr war nicht klar, wie es sein konnte, daß La Blanche gerade noch willig gegangen war und nun plötzlich keinen Schritt mehr tun wollte.

»Mit der Ruhe kommt der Schmerz«, erklärte Mathieu.

Sie dachte an die Paste. Wenn die Paste einen Menschen in Schlaf versetzen konnte, warum nicht auch ein Pferd? Wenn sie La Blanche betäubten, könnte Mathieu das Geschwür vielleicht selbst aufschneiden.

Ambra erzählte ihm von der Paste. Er dachte kurz nach, dann nickte er. »Wir werden es versuchen. In ein paar Stunden, wenn es hell genug ist.«

Mit Rüben und Geduld lockten sie die Stute in den Stall. Danach nahm Mathieu die Laterne und begleitete Ambra und Shibam zur Hütte.

»Danke.« Ambra küßte ihn auf die Wange. »Ich werde dir das mit Shibam nie vergessen. Und alles andere auch nicht, was du für mich getan hast.«

Mathieu ging. Sie sah ihm nach, bis die Laterne im Wald verschwand.

Mathieu holte sie, als der erste Schimmer von Licht am Himmel zu sehen war.

»Wir müssen uns beeilen. Ich weiß nicht, wie lange mein Onkel noch schläft.« Er hob die Laterne, und Ambra hastete hinter ihm her, den Hund an ihrer Seite.

La Blanche lag angebunden im frischen Stroh. Als sie den Stall betraten, hob das Pferd den Kopf und sah ihnen aus matten Augen entgegen. Es wäre gut gewesen, wäre sie liegengeblieben, doch die Stute quälte sich mit einem Ächzen auf und stand nun zitternd auf drei Beinen.

Als Mathieu sich ihr von hinten näherte, trat sie nach ihm. Er konnte ausweichen, griff dabei flink nach ihrem Schweif und zog ihn zwischen ihren Beinen durch zum Bauch hin. »So kann sie nicht mehr schlagen und treten«, erklärte er Ambra.

Nun stand er neben La Blanche und drückte sie zur Seite an die Wand, damit Ambra vorbei konnte. Sie packte das Pferd am Halfter. La Blanche riß den Kopf hoch und starrte sie aus panischen Augen an. Um sie zu beruhigen, legte Ambra ihre Hand an die Nüstern der Stute und kraulte sie.

Langsam ließ La Blanche den Kopf sinken. Ambra holte den Tiegel mit der Paste aus ihrem Unterrock und zeigte ihn ihr. Die Stute roch daran und schnaubte. Ambra klappte den Deckel auf, fuhr mit dem Finger in den dunklen Brei und löste einen Klumpen heraus. Es war genug, um zwei Männer in Schlaf zu versetzen, aber ob es für ein Pferd reichen würde, wußte sie nicht.

Sie hielt der Stute die Paste hin. La Blanche schnupperte daran, zeigte aber weiter kein Interesse. Ambra zog an ihrer Unterlippe, bis die Innenseite zu sehen war, strich die Paste auf das rosafarbene Fleisch und wartete ab.

Die Stute legte ihre Stirn an Ambras Schulter.

»Gutes Pferd.« Ambra streichelte sie, dann sah sie Mathieu an. »Ihr Kopf wird schwerer, es beginnt zu wirken. Ich weiß aber nicht, ob es genug ist.«

Vor Aufregung und vor Angst, etwas falsch zu machen, spürte Ambra ihr Herz klopfen. Sie hatte von ihren Eltern vieles gelernt, aber nicht, ein Pferd zu betäuben.

Mathieu griff vorsichtig nach dem kranken Huf und versuchte, ihn anzuheben, aber da trat La Blanche wieder so heftig nach ihm, daß er gegen die Wand taumelte.

Stöhnend richtete er sich auf und fluchte leise.

Ambra gab der Stute noch einmal von der Paste. Gebannt warteten sie ab.

Plötzlich sackte La Blanches Kopf nach unten. Sie stöhnte und begann zu wanken, ging in die Knie, fiel auf den Hintern und dann zur Seite. Ganz verdreht lag sie da, mit dem Kopf gegen die Wand. Von den Augen sah man nur noch das Weiße, dazu drang ein Ächzen aus ihrer Kehle, als ob sie ihr Leben aushauchte.

Ambra schlug ihre Hände vor den Mund. »O Gott, ich habe sie umgebracht!«

Trotz der Kälte stand Schweiß auf Mathieus Stirn. Er fuhr sich mit dem Ärmel über das Gesicht und sah Ambra an. »Wenn sie nicht mehr aufsteht, werden wir es früh genug merken, aber solange sie liegt, sollten wir tun, was zu tun ist.«

Ambra spürte seine Angst. Er zog ein scharfes Messer aus seinem Gürtel. Dann kniete er sich neben die Stute, legte sich das rechte Hinterbein auf den Oberschenkel und tastete die Innenseite des Hufes ab.

»Hier – ich fühle etwas.«

Er hob die Hand mit dem Messer. Ambra sah, daß sie zitterte. Dann setzte er an und schnitt. Eine eitrigblutige Masse spritzte gegen seine Schulter. Es stank widerlich. Einen Moment wandte er sich von Ekel geschüttelt ab, dann drückte er mit dem Daumen gegen den Hufstrahl, um den Eiter ganz herauszupressen.

Plötzlich kam wieder Leben in La Blanche. Mit

einem Ruck richtete sie sich auf. Mathieu war so überrascht, daß er nicht schnell genug beiseite springen konnte. Die Stute ruderte mit den Beinen, um Halt zu finden, trat Mathieu dabei in den Bauch. Er kippte nach vorne. Ihr Huf verfehlte nur knapp seinen Kopf. Da lag er, und Ambra wußte, wenn La Blanche nun aufzustehen versuchte, würde er unter ihre Hufe geraten.

In einem Anflug von Verzweiflung warf Ambra sich über die Stute, setzte sich rittlings auf ihren Leib und schrie auf, als La Blanche ihr gegen das Bein trat. Vor Schmerz schloß sie die Augen und warf den Kopf zurück.

Als Ambra die Augen ein paar Atemzüge später wieder öffnete, sah sie zuerst Mathieu, wie er sich wegrollte und an der Wand liegenblieb, dann entdeckte sie den Mann, der in der Tür stand. Er hatte ein faltiges, rotes Gesicht, sein Hemd hing ihm aus dem Wams, seine Haare klebten von Schweiß und Dreck, seine Augen waren weit aufgerissen.

Er starrte Ambra an, als hätte er den Leibhaftigen gesehen.

Auch Shibam hatte ihn wahrgenommen. Er sprang auf die Beine, fletschte die Zähne und ging auf ihn los. Voller Angst torkelte der Mann zurück, schrie etwas und schlug die Tür gerade noch rechtzeitig zu, bevor Shibam ihn packen konnte. Der Hund warf sich gegen das Holz und jaulte auf.

Da spürte Ambra plötzlich zwei Hände unter den Achseln, sie wurde hochgerissen und zurückgezerrt.

Mathieu preßte sie an sich. Zitternd standen sie da, hielten sich fest und schauten auf La Blanche.

Die Stute drehte den Kopf, setzte sich mit einem Ächzen auf und sah die beiden aus aufgerissenen Augen an.

»Sie lebt!« Ambra lachte. »Mein Gott, wir alle leben noch! Welch ein Glück!«

Mathieu ging ins Haus, um nach seinem Onkel zu schauen. Er saß am Tisch, hatte einen Krug mit Schnaps vor sich.

»Teufel«, lallte er, »ich hab den Teufel gesehen. Du bist der Teufel! Du und dieses Weibsstück und der Hund! Mit der Stute habt ihr es getrieben, die Hexe und du! Und der Hund ... dieses Höllenvieh ...« Er brach ab, setzte den Krug an seine Lippen, um zu trinken.

Mathieu nahm ihm den Krug weg. »Bin ich der Teufel? Ich bin dein Neffe, schau mich an! Du säufst zuviel, darum siehst du Gespenster! Da ist keine Hexe, und auch kein Hund ist da.«

»Im Stall! Sie waren im Stall! Ich weiß, was ich gesehen habe!«

Mathieu zerrte ihn hoch. »Komm mit und zeig sie mir.«

»Niemals! Höllenpack ... bleib mir vom Leib!« Der Alte griff nach dem Krug, riß ihn an sich und trank, bis er leer war. Dann brach er zusammen und lag halb auf dem Tisch, halb auf der Bank.

Mathieu kam zu Ambra zurück. Sie hatte mit Shibam hinter der Scheune auf ihn gewartet. Zusammen gingen sie hinauf zur Hütte. Mathieu lief so schnell, daß sie ihm kaum folgen konnte.

»Was ist mit deinem Onkel?« fragte Ambra.

»Nichts. Er hat sich betrunken. Bis heute nacht rührt er sich nicht mehr. Und dann ... Ich werde ins Dorf gehen und Schnaps kaufen. Wenn Schnaps da ist, säuft er weiter.«

»Geh doch nicht so schnell!« Sie hielt ihn am Ärmel fest. »Da ist doch etwas! Ich spüre deine Angst.«

»Er glaubt, wir hätten ...« Mathieu preßte die Lippen zusammen. »Wir hätten es mit dem Pferd getrieben. Er hält mich für den Teufel und dich für eine Hexe! Er wird uns verraten. Allein der Schnaps kann uns noch retten.«

Sie gingen weiter, schwiegen, bis sie in der Hütte waren.

Ambra legte Holz auf die Glut und fachte das Feuer an. Das Wasser im Kessel war noch warm. Sie goß etwas davon in den einzigen Tiegel, den sie hatte, nahm ein Stück Seife, hob ihren Rock an und begutachtete die Wunde an ihrer linken Wade. Ein Riß klaffte im Fleisch, trockenes Blut klebte überall.

Sie begann das Blut abzuwaschen.

Da hielt Mathieu ihre Hand fest. »Bist du verrückt! Willst du dich umbringen?«

»Mich umbringen? Mit Seife?« Ambra lachte.

»Mit Wasser! Es ist gefährlich, man wird krank davon! Und von Seife auch.«

Ambra kümmerte sich nicht darum. Sie ließ eine Handvoll Wasser über ihr Bein rinnen, seifte es ein und goß Wasser nach.

»Wasser ist nicht gefährlich«, sagte sie. »Brunnen sind gefährlich, wenn sie nicht rein gehalten werden.

In Marly treiben Kadaver im Brunnen. Und da wundert ihr euch, daß ihr den Durchfall bekommt?«

Sie spürte, wie Wut in ihr aufstieg.

»Außerdem laßt ihr euren Kot überall liegen. Auf der Straße vor euren Häusern. Sogar neben den Brunnen scheißt ihr! Und da wundert ihr euch? Und bringt meine Eltern um? Nur weil sie es besser wissen und euer vergiftetes Wasser nicht trinken und ihren Kot vergraben?« Zornig hob sie ihre Fäuste und trommelte auf Mathieu ein. »Ihr Mörder!« schrie sie. »Ihr abergläubischen Dummköpfe!«

Mathieu starrte sie entsetzt an. Er ließ es zu, daß sie ihn schlug, und hielt still, wie er bei seinem Vater und seinem Onkel stillgehalten hatte, hielt still, bis sie von ihm abließ und weinend auf den Strohsack sank.

»Warum sind wir nicht auf Perim geblieben?« schluchzte sie. »Oder mit meinen Brüdern ertrunken. Ich hasse dieses Land! Ich hasse euch alle!«

Mathieu setzte sich zu ihr. Er legte seine Hand auf ihren Kopf, so wie es früher ihr Vater getan hatte. »Ich kann doch nichts dafür«, sagte er leise.

Er legte sich hin und zog sie in seine Arme. So schliefen sie erschöpft ein.

6.

Ambra wurde als erste wach. Mathieus Bein lag über ihr. Sie drückte es zur Seite, dabei sah sie den dunklen Fleck auf seiner Hose. Es war Blut.

Sie setzte sich auf, tastete sein Bein ab. »Was machst du da?« fragte er, von der Berührung aufgeschreckt. Ihre Hand in der Nähe seines Geschlechtes war ihm peinlich.

»Du bist verletzt!«

»Es ist nichts.«

»Doch. Zieh die Hose aus!«

»Ich kann doch nicht vor dir ...«

»Dann ziehe ich sie dir aus!« Sie griff nach der Kordel, die den Bund hielt, schob die Hose über seine Lenden und besah sich die Schürfwunde auf seinem Oberschenkel. Sie war so groß wie ihre Hand.

»Wir müssen das behandeln. Und überall die Blutergüsse! Das muß doch weh tun?«

»Es geht schon.«

»Wir brauchen Arnika. Du mußt es holen. Die Kräuterfrau ...«

»Hast du vergessen, daß sie die Kräuterfrau in den Kerker geworfen haben?« Mathieu stand auf, zog die Hose hoch und band die Kordel wieder zu. »Ich gehe nach Marly, um Schnaps zu besorgen und mich umzuhören. Bestimmt suchen sie schon nach Shibam. Du darfst die Hütte nicht mehr verlassen, versprich es mir.«

Ambra stand auf und umarmte ihn. »Du kommst doch wieder?«

»Ja.« Er legte seine Hand auf ihre Schulter. Dann wandte er sich um und ging.

Erst im Wald blieb Mathieu stehen und atmete durch. Die Wunde brannte wie Feuer, und seine Rippen schmerzten von La Blanches Tritten. Doch so schwach und wehleidig wollte er sich Ambra nicht zeigen. Er schämte sich schon genug vor ihr. Daß sie ihn zu dem Pack zählte, das ihre Eltern umgebracht hatte! Der Gedanke daran schmerzte ihn noch mehr als die Tritte.

Zuerst versorgte er La Blanche. Die Stute lag im Stroh, doch als er den Stall betrat, stand sie auf. Ihr Blick war wieder klar, anscheinend hatte sie die Krise überwunden.

Mathieu warf ihr etwas von dem Heu hin und griff vorsichtig nach dem Huf. Sie ließ es zu, ohne ihn zu treten. Er besah sich die verletzte Stelle, sie war nur etwa so groß wie eine Haselnuß. Er schmierte eine schwarze zähe Salbe in den Strahl, die er einmal vom Schmied bekommen hatte, und band ein Tuch um den Huf. Dann holte er Wasser und ließ sie trinken.

Erst gegen Mittag kam er in Marly an. Die Nachricht über das Verschwinden Shibams hatte sich wie ein Lauffeuer verbreitet. Sogar Augenzeugen gab es angeblich.

Der Schuster behauptete: »Ich habe selbst gesehen, wie das Hundsvieh gegen Mitternacht mit einem einzigen Satz über die Stadtmauer flog!«

»Unmöglich«, hielt ihm die Kramfrau entgegen, »er ist ja kurz nach Mitternacht noch um mein Haus gestrichen. Gewinselt hat er und begehrlich an meiner Tür gekratzt!«

»Begehrlich an deiner Tür gekratzt? Das täte dir so passen, häßlich wie du bist!« Die Frau des Schusters lachte.

Doch Lisette, die ehemalige Nachbarin der Lebruns, die mit ihrem Haß das Unglück über Armand und Libera gebracht hatte, wußte es von allen am besten.

»Ich habe sie gesehen, die Hexe in ihrer Gestalt als Frau!« Sie bekreuzigte sich dreimal. »In der Ruine des abgebrannten Hauses ist sie herumgegeistert und hat dabei geheult wie ein Wolf! Einmal hat sie sich auf den verbrannten Boden geworfen, um ihn zu küssen. Ein Mann ist bei ihr gewesen und ein schwarzer Hund, noch größer als der, den sie zum Knochenhauer gebracht hatten. Auf ihm ist sie über die Felder davongeritten, zum Friedhof hin, wo sie auf der Mauer getanzt hat.«

Als Mathieu sie so reden hörte, erschrak er bis ins Mark. Das konnte nur bedeuten, daß sie ihn und Ambra beobachtet hatte, und vielleicht hatte sie ihn sogar erkannt. Aber kein Wort davon kam über ihre Lippen. Auch nicht, als er sie fragte, warum sie noch auf der Straße gewesen sei.

»Was geht dich das an?« Sie schlug ihm auf den Kopf. »Ich war nicht auf der Straße, ich habe es von der Luke am Dachboden aus gesehen! Und jetzt verschwinde!«

Mathieu schob die Hände in die Taschen und machte sich davon.

Er ging auf den Markt. Auch dort erzählten die Leute Schauergeschichten über den Hund, aber ihn schien niemand in Verdacht zu haben. Nicht einmal der Knochenhauer, der ihm mit einer mageren Kuh entgegenkam, hegte einen Argwohn gegen ihn. Er starrte ihn nur finster an und befahl ihm, am übernächsten Morgen zu seinem Haus zu kommen, eine Fuhre Knochen aufzuladen und in die Knochenmühle zu schaffen.

Mathieu kaufte den Schnaps und beim Barbier eine Salbe, um seine Verletzungen zu behandeln.

Der Barbier rasierte gerade einen Mann, den Mathieu nicht kannte und der aus Viens kommen mußte, denn er trug das Abzeichen der »Wackeren«. Als Mathieu es sah, erschrak er. Das waren Männer, die sich zusammengeschlossen hatten, um gegen »das Böse« zu kämpfen. Mörder im Namen Gottes und der Gerechtigkeit. Man erzählte sich, daß sie noch gnadenloser waren als die Inquisitoren.

Der Wackere fuhr Mathieu an. »Was glotzt du, Kerl!« Sein Blick war kalt, sein Mund zusammengepreßt. Eine Fliege setzte sich auf die Stirn des Mannes, er vertrieb sie mit der linken Hand, an der drei Finger fehlten.

Mathieu sah den Barbier an und zeigte ihm die blauen Flecken auf seinem Leib. »Mein Onkel hat mich verprügelt«, behauptete er.

»Vielleicht solltest du ihm davon nichts mehr geben!« Der Barbier deutete auf die irdene Flasche in Mathieus Arm, die mit einem Pfropfen verschlossen war.

»Dann schlägt er mich noch mehr.«

»Wehr dich doch! Du bist stark genug, ihn totzuschlagen. Oder bist du kein Kerl?«

»Wozu zum Mörder werden? Er säuft sich von alleine in die Hölle.«

Der Barbier lachte. Er sah den Mann an, dann wieder Mathieu. »Die Hexe hatte mehr Schneid als du.«

»Wie meinst du das?«

»Sie hat nicht gezaudert, einen Menschen zu töten. Das weißt du doch so gut wie jeder hier.«

»Hat sie nicht!«

Der Barbier hob die Augenbrauen. »Wieso, woher willst du das wissen?«

»Man braucht bloß nachzudenken. Ich kannte den Kerl vom Schmied. So ein riesiges Mannsbild! Das hätte die Frau nie gekonnt.«

»Ach …« Der Barbier grinste, als würde er Mathieu durchschauen. »Dann bist du ihr also auch verfallen?«

»Gar nichts bin ich. Bloß nicht so blöd wie ihr.«

Der Barbier lachte und wetzte dabei sein Schermesser. »Was ist, soll ich dir deinen Flaum rasieren, junger Herr?«

Mathieu legte ihm das Geld für die Salbe auf den Tisch und ging.

Als er die Stadt wieder verließ, wurde es bereits dunkel. Der Weg durch den Wald war beschwerlich, denn er war mit einer dicken Eisschicht überzogen. Mathieu rutschte immer wieder aus und fiel hin. Einmal löste sich dabei der Pfropfen von der Flasche, und er verschüttete etwas von dem Schnaps. Im Dunkeln tastete er den Boden ab, bis er den Pfropfen wieder fand, steckte ihn auf und ging weiter.

Er hatte keine Laterne bei sich, und der Mond war

noch nicht aufgegangen. Wenn der Mond schien, sah man wenigstens etwas.

Mathieu hatte Angst, er hatte das Gefühl, verfolgt zu werden. Er dachte an Shibam und die Lebruns, damals, als sie am Fluß in der Falle saßen, und bekam eine Ahnung davon, wie sie sich gefühlt haben mußten.

Als er an eine Stelle des Weges gelangte, wo an der Seite ein kleiner Graben war, in dem er gehen konnte, kam er besser voran. Hier lag harscher Schnee, so daß er mehr Halt hatte.

Mathieu ging schneller, lauschte dabei hinter sich. Er hörte nichts, was verdächtig gewesen wäre, doch das Gefühl, verfolgt zu werden, ließ ihn nicht los.

Er ging noch schneller, und schließlich lief er.

Dann hörte er Schritte und Keuchen hinter sich. Sein Herz pochte heftig.

Als er plötzlich herumgerissen wurde, wollte er schreien, doch der Schrei blieb ihm im Halse stecken. Als ob er sich daran festhalten wollte, preßte er die Flasche gegen seine Brust.

Eine Hand klatschte gegen seine Wange. »Rede, Kerl, du weißt doch etwas!«

Mathieu sah nur einen dunklen Schatten über sich, das Gesicht des Mannes war nicht zu sehen, doch er erkannte die Stimme. Es war der Wackere!

»Was soll ich wissen?« Mathieu versuchte sich loszureißen, aber der Wackere hielt ihn fest.

»Von dem Mord an meinem Bruder! Rede!«

»Ich weiß nichts!«

Der Mann schlug ihn wieder. »Du wohnst hier oben! Du treibst dich im Wald herum! Du kennst die Hexe!

Und gestern, als der Hund verschwand, warst du beim Knochenhauer! Ich weiß alles, ich habe mich erkundigt. Und jetzt rede!« Er schüttelte Mathieu wie einen Baum, von dem er die Früchte ernten wollte.

»Ich weiß nichts!« Mathieu riß die Arme hoch, die Flasche prallte dabei gegen das Kinn des Mannes. Ein Schmerzensschrei war zu hören, dann ließ ihn der Wakkere los und taumelte zurück.

Mathieu sprang auf und rannte wie um sein Leben. Er kannte den Wald besser als der Wackere, dadurch war er im Vorteil. Eine Weile folgte der Mann ihm noch, dann gab er es auf und schickte ihm seine Flüche nach: »Lauf nur, es hilft dir nichts, ich werde dich schon kriegen! Und ich werde aus dir herausprügeln, was du mit der Sache zu tun hast!«

Im Haus seines Onkels warf Mathieu sich gegen die Tür und schob den Balken vor. Keuchend rang er nach Atem, glaubte sich gerettet. Doch der Schrecken hat viele Gesichter: Plötzlich stand sein Onkel vor ihm.

»Wo kommst du her?« Er ging auf Mathieu zu und hob die Hand, als wolle er zuschlagen. Da wurde dem Jungen bewußt, daß er die Flasche noch immer an sich preßte. Er hielt sie seinem Onkel hin. »Ich habe Schnaps für dich geholt. Du hast es doch selbst gesagt: ›Geh und hol mir Schnaps!‹«

Der Alte ließ seine Hand sinken: »So? Hab ich das?«, griff nach der Flasche, löste den Pfropfen und trank. Dann wankte er in die Stube, setzte sich und zog den Kopf ein.

»Was ist mit dem Gaul?« fragte er plötzlich.

»Was soll sein?«

»Etwas ist mit ihm. Gestern war etwas mit ihm.« Er trank wieder.

»Nichts war mit ihm«, sagte Mathieu. Er setzte sich in die Ecke und sah zu, wie sein Onkel den Schnaps in sich hineingoß, rülpste, wieder ansetzte und trank.

Der Alte stellte die Flasche auf den Tisch. Sie war aus Ton. Ein Zeichen war hineingeritzt. Zwei Kreuze und ein Kreis.

Mathieu starrte die Flasche an. Er haßte seinen Onkel, er haßte dieses Haus. Sein ganzes verdammtes Leben haßte er, nur Ambra nicht. Sie war schön und klug, und sie erzählte von Dingen, die er sich nicht vorstellen konnte. Das Meer. Ein Stück Land mittendrin, das sie Insel nannte. Und auf dem Festland Häuser, die acht Stockwerke hatten! Keine Wälder, dafür aber Sand, überall nur Sand. Und die Sonne brannte so heiß, daß man gegen Mittag das Haus nicht verlassen konnte, und es gab …

Plötzlich kippte sein Onkel nach vorne und schlug mit dem Kopf auf den Tisch. Mathieu stand auf und ging zu ihm, nahm die Flasche und schüttelte sie. Etwas war noch drin.

Er holte eine Schnur und einen Lappen, ließ seine Hose runter, benetzte den Lappen mit dem Schnaps und drückte ihn auf seine Wunde. Er schrie auf, Schweiß trat auf seine Stirn. Als der Schmerz langsam erträglich wurde, band er den Lappen um seinen Schenkel, zog die Hose wieder hoch und rieb seinen geschundenen Körper mit der Salbe ein. Dann ging er in den Verschlag, in dem er schlief, holte sein Geld aus dem Versteck und verbarg es in seinem Schuh. Er band die Salbe, eine Decke und die paar Utensilien, die er besaß, in ein Tuch, schlich in die Vorratskammer und packte Brot, Möhren, Äpfel und Eier in einen Lederbeutel. Dann ging er in den Stall.

La Blanche stand ruhig da. Mathieu klopfte ihr die Flanken und warf ihr ein paar Rüben und Heu hin. »Friß, soviel du kannst, wer weiß, wann du wieder etwas bekommst.«

Auch hier packte er ein, was er brauchte, verstaute alles auf dem Wagen, lud Heu auf, soviel er konnte, und ging schließlich hinauf zur Hütte.

Ein Stück durch den Wald, dann über die Wiese. Immer wieder sah er sich um, ob er in der Dunkelheit jemanden ausmachen konnte, der ihm folgte. Doch nichts war zu sehen, und sein Gefühl sagte ihm, daß er alleine war. Der Wackere hatte aufgegeben, und morgen würden er und Ambra nicht mehr da sein!

Als Mathieu die Hütte betrat, saß Ambra neben dem Feuer, Shibam stand an der Tür.

»Warum bellt er nicht, wenn jemand kommt?« fragte er.

»Du bist nicht jemand. Er kann dich riechen, er kennt deinen Schritt und wußte, daß du kommst, noch lange bevor du hier warst. Dort stand er, spitzte die Ohren und lauschte hinaus.«

Mathieu legte seine Hand auf den Kopf des Hundes, setzte sich und sah Ambra an.

»Wir müssen fort von hier«, sagte er. »Heute nacht noch.«

Er erzählte ihr, was geschehen war. »Mein Onkel ist

ein Schwätzer, und der Wackere wird keine Ruhe geben, bis er alles weiß. Er wird uns töten.«

Ambra stand auf. Sie sah ihn lange an. Dann nickte sie. »Wir gehen nach Paris. So wie meine Eltern es vorgehabt hatten. Dort sind wir in Sicherheit!«

»Aber Paris ...« Entsetzt schüttelte Mathieu den Kopf. Er kannte keinen, der je in Paris gewesen war. Es schien ihm so weit entfernt wie die Insel, von der Ambra kam. »Wir werden Monate, vielleicht Jahre brauchen!«

»Egal. Wir schaffen es.«

»Und was sollen wir dort?«

»Ich weiß es nicht. Das wird sich finden.«

»Wir könnten doch nach Saint Flour gehen«, schlug Mathieu vor. »Es ist nur zwei oder drei Tagesreisen von hier entfernt.«

»Für den Wackeren auch, er wird uns verfolgen. Aber wenn du nicht willst, dann bleibe halt hier! Ich jedenfalls gehe nach Paris.«

Mathieu erschrak, wie sie das sagte. Schon der Gedanke daran, daß sie sich von ihm trennen würde, versetzte ihn in Panik. Nie zuvor hatte er einen Menschen gehabt, der ihm so nahe gewesen war, nie einen, dem er etwas bedeutete so wie ihr.

»Gut«, sagte er, und die Knie zitterten ihm dabei, »dann gehen wir eben nach Paris.«

7.

Sie nahmen mit, was in der Hütte war, verwischten die Spuren, spannten La Blanche vor den großen Wagen und schlugen den Weg nach Norden ein.

Das Schicksal schien es gut mit ihnen zu meinen. Der Himmel war wolkenlos, der Vollmond leuchtete, und als der Tag anbrach und es besser für sie war, sich zu verstecken, fanden sie eine verfallene Hütte.

Sie banden La Blanche in der Scheune an, warfen der Stute Futter hin, schoben auch den Wagen hinein und legten sich ins Heu, das sie aufgeladen hatten. Erschöpft schliefen sie ein und wachten erst auf, als Shibam knurrte.

»Psst!« Mathieu ging zur Tür und sah hinaus. Es dämmerte bereits, bald würde es dunkel sein.

Er sah eine Gestalt auf das Haus zukommen. Der Hund knurrte wieder, er legte ihm eine Hand auf den Kopf. »Leise, Shibam!«

Es war eine Frau. Sie trug eine Steige auf dem Rükken und schritt eilig aus. Als sie nur noch einen Steinwurf vom Haus entfernt war, bog sie plötzlich nach links ab und verschwand zwischen den Bäumen. Mathieu atmete auf.

»Was ist?« fragte Ambra.

»Nichts«, sagte er.

Mathieu nahm den Tränkesack, ging nach draußen

und holte Schnee. Es war nicht mehr viel da, und das meiste war vereist. Als er den Sack mit Schneebrocken gefüllt hatte, ging er zurück und hielt ihn La Blanche hin. Gierig leckte sie daran.

Ambra und Mathieu aßen Brot, Äpfel und Möhren, Shibam bekam zwei Eier.

Es war wenig, was sie hatten, aber der ärgste Hunger war gestillt. Dann spannte Mathieu La Blanche wieder vor den Karren.

Einmal kam ihnen ein Mann entgegen. Er sah nicht auf und grüßte nicht, sondern ging an ihnen vorbei, als hätte er sie nicht gesehen.

»Es ist besser, du versteckst dich mit Shibam im Wagen, bis es so spät ist, daß uns niemand mehr begegnet«, sagte Mathieu und hielt an. Ambra stieg auf, der Hund sprang ihr nach, Mathieu deckte sie mit Heu zu.

Dann kamen an einer Stadt vorbei.

»He, wohin willst du, Kerl?« Ein Wächter stand am Tor und winkte zu ihm herüber.

Das Herz pochte Mathieu vor Angst bis in die Schläfen, er suchte nach einer Erklärung. »Zu Jacques!« rief er zurück und ging einfach weiter. Einen Jacques gab es überall, er hoffte auf sein Glück.

»Da mußt du dich aber beeilen, wenn du noch vor dem Henker dort sein willst!« Der Wächter lachte. »Richte ihm aus, er wird mich schon kennenlernen! Egon heiße ich, Egon Le Noir!«

Mathieu war vielleicht eine Stunde neben seinem Pferd hergelaufen, als der Mond aufstieg. Sie hatten zwei Katen und einen Hof passiert. An einem Fluß mußten sie durch eine seichte Furt, und Mathieus Füße wurden naß bis zu den Waden. Er fror, die Zähne schlugen ihm aufeinander.

In einem Wald hielt er an und schob das Heu zur Seite. Zuerst sprang der Hund aus dem Wagen, dann Ambra.

»Was klapperst du mit den Zähnen?« fragte sie.

»Wir mußten durchs Wasser, ich habe nasse Schuhe.«

»Dann müssen wir ein Feuer machen und deine Sachen trocknen.«

»Wir sind noch nicht weit genug von Marly entfernt. Es ist zu gefährlich, jemand könnte uns sehen und erkennen.«

Ambra schwieg eine Weile, dann sagte sie: »Wir brauchen Kleider zum Wechseln und müssen uns waschen. Du stinkst erbärmlich.«

Mathieu spürte, wie ihm das Blut in den Kopf stieg. Alle stanken, niemand hatte je Anstoß daran genommen. Daß Ambra es tat, verletzte und beschämte ihn.

Sie gingen weiter. Plötzlich blieb Shibam stehen und rührte sich nicht mehr. Er knurrte nicht, wie er es tat, wenn er Gefahr witterte, sondern duckte sich nur.

Mathieu hielt den Wagen an, wandte sich nach dem Hund um und wollte etwas sagen, doch Ambra legte ihm eine Hand auf den Mund.

Da jagte Shibam plötzlich los, verschwand in der Dunkelheit, dann hörten sie ein Jaulen, einen hohen, schrillen Angstschrei, und es war wieder still.

Als Shibam zurückkehrte, trug er einen toten Fuchs im Maul. Er legte ihn vor Ambra ab, setzte sich und sah sie an.

Sie lachte. »Danke«, sagte sie, klopfte und streichelte

ihn. »Guter Hund!« Und zu Mathieu: »Jetzt müssen wir doch ein Feuer machen. Wir braten den Fuchs.«

Entsetzt starrte er sie an. Es war bei Todesstrafe verboten, Wild zu essen! Niemand durfte jagen, nur der König und die hohen Herren! Doch Ambra kümmerte sich nicht darum, sie zog das Messer aus seinem Gürtel und fing an, den Fuchs auszuweiden.

8.

Die Stadt hieß Clermont. Als sie nach drei Wochen dort ankamen, war der Schnee geschmolzen, und die Sonne fing an, kräftiger zu werden. Eine mächtige Kathedrale aus schwarzem Gestein erhob sich vor dem strahlend blauen Himmel, um die Turmspitzen kreisten Falken und stießen hohe, schrille Schreie aus.

Es war kaum ein Durchkommen mit dem Wagen. Die Menschen hielten ihre Schweine oder ihr Federvieh in Pferchen vor der Tür oder lagerten ihr Holz einfach auf der Straße. Die Häuser standen dicht an dicht, und die Gassen waren von Kot und Schlamm bedeckt und so eng, daß kaum ein Sonnenstrahl den Boden erreichte. Dazu schreiende Menschen, brüllendes Vieh, Wagen und Reiter, Sänften und Handkarren und überall Sachen, die man kaufen konnte, denn viele Händler schoben ihre Verkaufstische einfach vor die Läden.

Mathieu führte La Blanche, Ambra saß mit Shibam hinten auf dem Wagen und hielt ihn fest an einem Strick. Sie fuhren ohne Ziel durch die Stadt und sahen sich um.

Auf einem Brunnenplatz traten Gaukler auf. Sie hatten eine Bühne errichtet, auf der sie Lieder sangen, Tänze und Akrobatik zeigten und ein Mann sich ein Schwert in den Schlund steckte.

Eine Weile sahen sie zu, doch als einer mit einem Säkkel herumging, um Geld zu sammeln, machten sie sich schnell davon. Die Livres aus Mathieus Versteck hatte Ambra in seine Fellweste eingenäht, das Geld ihrer Eltern in ihrem Unterrock versteckt. Die paar *Sol*, die sie in der Tasche gehabt hatten, waren längst verbraucht. Schon seit Tagen aßen sie nur, was sie sich erbetteln konnten oder was Shibam für sie jagte.

Vor der Kathedrale tat sich ein großer Platz auf, der halb in der Sonne lag und gepflegter aussah als die anderen Gassen und Plätze der Stadt. Dort standen Marktbuden, die mit gestreiften Markisen überdacht waren. Stoffballen lagen auf den Tischen – Leinen in bunten Farben, Samt und Seide, Tuch und Wollstoffe.

Während sie vorbeifuhren, ließ eine vornehme Dame ihre Sänftenträger anhalten, und Ambra sah, wie sie dem Händler winkte und auf einen der Stoffe deutete. Das Tuch war rot und hatte ein feines Wirkmuster aus goldfarbenen Fäden.

Der Händler gab ihn der Dame in die Hand, damit sie ihn befühlen konnte. Dabei hatte sie ein fast zärtliches Lächeln auf den Lippen und im Geiste wohl schon ein kostbares Kleid vor Augen.

Ambra beneidete sie. Sie hätte den Stoff auch gerne befühlt, aber eine wie sie, die in Lumpen herumlief, wäre mit Stockschlägen verjagt worden, hätte sie sich dem Stand auch nur genähert.

Noch einmal bogen sie ab, und dann kamen sie in eine Gasse, in der es nicht nur nach Kot und Urin stank – hier duftete es auch nach Seife, Weihrauch, Lavendel und Minze.

»Halt an!« rief Ambra aufgeregt.

Der Wagen kam unter einem Fenster zum Stehen. Es war geöffnet, man hörte leises Geklapper im Inneren des Hauses. Ambra stellte sich auf, um hineinsehen zu können.

Eine Frau hantierte mit Töpfen und Tiegeln. Als sie sich umdrehte, bemerkte sie Ambra. Sie kam ans Fenster und schaute das Mädchen an.

»Wer bist du?« fragte die Frau.

»Die Tochter eines Kräuterhändlers und einer Seifensiederin. Ich heiße Ambra, und das ist Mathieu. Er ist mein Bruder.«

Die Frau beugte sich aus dem Fenster und warf einen Blick auf ihn. Nun sah Ambra, daß sie Augen wie eine Katze hatte, grün und schräg geschnitten, über hohen Wangenknochen. Ihre Haare waren unter einer Haube verborgen, aber ihre Brauen waren rot, also hatte sie wohl auch rotes Haar. Ihre Haut war heller als die der meisten Leute und übersät von kleinen roten Flecken. Jemanden, der aussah wie sie, hatte Ambra nur einmal in Marseille gesehen. Es war ein Mann, den sie »der Ire« nannten und der die Leichen aus dem Hospital fortschaffte.

»So«, sagte die Frau, »dein Bruder.« Dann fragte sie Ambra: »Was riechst du?«

»Ich rieche Seife. Ich rieche Zimt und Minze. Und Lavendel und Weihrauch.«

»Noch etwas?«

Ambra schloß die Augen. »Ja, Sandelholz.«

Als sie die Augen wieder öffnete, bemerkte sie, daß die Frau lächelte.

»Ambra ist ein schöner Name«, sagte sie. »Wenn du willst, kannst du bei mir arbeiten. Du kannst für mich Botengänge machen und mir beim Seifensieden helfen.«

»Wir sind zu viert«, sagte Ambra und sah sie fest an.

Die Frau beugte sich wieder aus dem Fenster. »Für das Pferd habe ich keinen Platz. Dein Bruder soll es beim Faßbinder einstellen, dem ist sein Gaul krepiert. Und Arbeit hat der auch für ihn.«

»Aber der Hund bleibt bei mir, und ich kann meinen Bruder sehen, so oft ich es mir wünsche.«

Sie maßen sich mit Blicken. Schließlich nickte die Frau und deutete die Gasse hinauf. »Dort, das Haus mit den grünen Läden gehört dem Faßbinder.«

Ambra sprang mit Shibam vom Wagen und ging zu Mathieu. Das Entsetzen stand in seinen Augen. »Wenn wir hier blieben, hätten wir ein Dach über dem Kopf und etwas zu essen. Wir könnten uns von der Reise erholen. Und irgendwann, in ein paar Wochen oder Monaten, ziehen wir weiter.«

»Ich will aber nicht, daß du hier bist und ich dort.«

»Es ist doch nur für kurze Zeit. Wir sehen uns jeden Tag, das verspreche ich dir.« Sie legte ihre Hand an seine Wange und küßte ihn sanft auf die andere. »Komm immer am Abend zur achten Stunde. Wenn du pfeifst, dann öffne ich!«

Er nickte. Dann drehte er sich um und ging ohne ein weiteres Wort.

Ambra schob die schwere Eichentür auf und betrat den Innenhof. Eine Treppe führte nach oben zu einem Umgang mit einer geschnitzten Balustrade, eine andere nach unten in einen dunklen Keller. Von dort strömte ein beißender Geruch nach Lauge und Tierfetten herauf. An der rechten Hauswand standen auf Balken zwei Fässer. Unter eines war zum Auffangen der Lauge eine Holzpfanne geschoben. Weiter drüben, unter einem Vordach, befand sich ein Tisch, auf dem Seifenmodel gestapelt waren, daneben waren ein Stuhl und ein bunt bemalter Kasten zu sehen.

Während Ambra sich noch umblickte, wurde oben eine Tür geöffnet. Die Frau trat heraus und winkte sie zu sich herauf.

»Komm! Du wirst noch genug Zeit haben, dir alles anzusehen. Aber den Hund laß im Hof.«

»Es ist besser, ich bringe ihn mit. Er muß sehen, wer gut und wer böse zu mir ist.«

»Du bist eigensinnig.«

Ambra sagte nichts.

Erst als sie oben war und vor ihr stand, sah sie, daß die Frau ein Krüppel war. Ihr rechtes Bein war ein ganzes Stück kürzer als das linke. Um besser laufen zu können, hatte sie sich mit Lederriemen eine Holzsohle unter den rechten Fuß geschnallt, die fast eine Fingerspanne hoch war.

Die Frau verschränkte die Arme und lachte. »Na, genug gegafft? Nicht jeder kann das Glück haben, so schön zu sein wie du!«

»Ich kann nichts dafür, so wenig wie du.«

»Klug gesprochen, mein Kind, aber sei getrost, mir macht es nichts aus. Meine Mutter hat siebzehn Kinder geboren, außer mir sind alle gestorben. Fünf am Durchfall, vier am Fieber, später noch vier im Krieg, und drei sind gar tot zur Welt gekommen. Nur ich bin ihr geblieben. Da soll einer sagen, Gott hätte mich nicht bevorzugt behandelt.«

Sie schob Ambra ins Haus. An einem langen Tisch blieb sie stehen, drehte sich zu Ambra um und stützte ihre Hände in die Hüften. »Ich heiße Marthe. Es bedeutet ›*bitter und betrübt*‹, aber es bedeutet auch ›*Herrin und Lehrerin*‹. Bitter war ich nie, ich war immer fröhlich und stark. Eine Lehrerin – ja. Ich weiß vieles, was ich dir beibringen könnte, und eine gute Herrin werde ich dir sein, solange du fleißig und eine gute Schülerin bist.«

Marthe lachte und schlug mit der flachen Hand auf den Tisch. »Das hier ist die Seifenküche. Das Handwerk hat in unserer Familie Tradition. Seit meine Vorfahren vor mehr als dreihundert Jahren dieses Haus erbauten, wurde hier Seife gesiedet. Doch dann geriet das Baden im Namen Gottes aus der Mode und wurde von den hohen Herren der Kirche als sittenwidrig verschrien, und das Wasser, hieß es plötzlich, wäre gefährlich, und man würde krank davon.«

Sie schüttelte den Kopf und lachte bitter. »Ja, krank sind sie alle geworden und weggestorben wie die Fliegen, aber keiner vom Wasser. Meine Mutter vom Kinderkriegen, mein Vater bei einem Brand und meine Geschwister … nun, das weißt du ja schon. Jedenfalls war dies hier früher ein reiches Haus. Was davon übriggeblieben ist, siehst du selbst. Morsche Balken, ein undichtes Dach, und an manchen Stellen bröckelt der Lehm aus den Wänden. Aber was ist schon Reichtum? Den wirklichen Reichtum habe ich in meinem Kopf.«

Marthe verließ den Raum und blieb lange fort. Als sie zurückkam, trug sie ein dunkelrotes und ein blaues Kleid, zwei weiße und zwei graue Schürze und zwei weiße Unterkleider über ihrem Arm. »Die Sachen kannst du haben, sie gehörten meiner Schwester. Und für deinen Bruder kaufe morgen etwas auf dem Kleidermarkt. Das alte Zeug, das ihr am Leibe tragt, verbrennst du am besten.«

Dann zeigte sie Ambra, wo sie schlafen und sich waschen konnte.

Shibam hörte Mathieus Pfeifen zuerst, stellte sich auf und winselte leise.

Ambra lief ihm entgegen, sie umarmten sich und hielten sich fest. Seit sie von Marly aufgebrochen waren, waren sie noch nie so lange getrennt gewesen. Dann setzten sie sich zu Marthe ans Feuer und aßen Nüsse, und Marthe gab ihnen einen Saft aus Beeren, der süß schmeckte und leicht gegoren war.

Mathieu erzählte, wie es ihm ergangen war. Pferd, Wagen und die Muskelkraft eines jungen Mannes kamen dem Faßbinder gerade gelegen, darum hatte er ihm neben Kost und einem Schlafplatz über dem Stall sogar ein paar *Sol* auf die Hand versprochen.

Am nächsten Tag gab Marthe Ambra Geld, und sie ging zum Kleidermarkt. Dort kaufte sie für Mathieu zwei Hosen und zwei Kittel und sogar ein Paar Strümpfe, die noch nicht allzu oft gestopft waren. Welch ein Glück! Strümpfe besaßen sonst nur die reichen Leute.

Die Sachen stanken nach ihren Vorbesitzern, darum wusch Ambra sie gleich am Waschplatz aus. Die anderen Frauen starrten sie an. Eine, die hustete und vom eiskalten Wasser ganz rote Hände hatte, fing an, sie auszufragen.

»Wo kommst du her? Bei wem bist du in Dienst?«

»Ich komme aus Marseille, und ich bin Magd bei Marthe, der Seifensiederin.«

Die Frau hörte einen Moment auf, ihr Linnen zu schrubben. »Marseille – das ist, wo die großen Schiffe ankommen. Das hat mir ein Kerl in der Schenke erzählt. Einer, der selbst schon auf einem Schiff gefahren ist.«

»Ja, da hat er recht«, erwiderte Ambra.

»Und was hast du in Marseille getan?«

»Mit den Matrosen hat sie herumgemacht«, rief eine Alte, und alle lachten.

»Ich war bei einem Seifensieder in Dienst«, log Ambra.

Die Alte faßte sie am Arm und zog sie zu sich herum, damit sie ihr in die Augen sehen mußte. »Die Marthe ist eine Hexe«, sagte sie. »Nimm dich in acht vor ihr!«

»Pack bei Pack«, rief eine von der anderen Seite des Wassertrogs.

Als Ambra mit ihrer Arbeit fertig war, lief ihr die Frau mit den roten Händen nach.

»Ich heiße Cathérine – und du?«

»Ambra.«

»Ambra? So heißt man nicht, wenn man nur eine Magd ist.«

Ambra suchte nach einer Ausrede. »Eigentlich heiße ich Marie, aber weil es im Hause des Seifensieders gleich drei Mädchen mit Namen Marie gab, nannten sie mich nach einem Stein, den ich immerzu bewunderte.«

»Ein Stein?«

»Die Frau des Seifensieders trug ihn um den Hals. Ambra ist so ähnlich wie Bernstein, nur dunkler.«

»Was du alles weißt!«

Sie waren vor Marthes Haus angekommen. »Auf Wiedersehen«, sagte Ambra und war froh, nicht länger mit der Magd sprechen zu müssen.

Shibam kam ihr entgegen und tanzte vor Freude um sie herum. Ambra klopfte ihm das Fell und hängte die Kleider zum Trocknen über eine Stange im Hof.

Marthe war in der Seifenküche. Als Ambra hereinkam, kippte sie gerade einen Seifenblock aus dem Model und entfernte das Tuch.

Ambra erzählte ihr, daß sie am Waschplatz gewesen war.

Marthe lachte. »Dann haben sie es dir ja schon gesagt, die Waschweiber!«

»Was gesagt?«

»Daß ich eine Hexe bin.«

»Laß sie reden.«

»Hast du denn gar keine Angst vor Hexen?«

»Ich habe Angst vor denen, die Hexen in ihren Häusern verbrennen.«

Marthe nickte. »Es ist mein Bein. Wenn sie mich kommen hören – plopp, plopp –, dann denken sie an den Teufel mit seinem Ziegenfuß!«

Sie warf Ambra das Tuch zu, daß sie es falten sollte, dann wischte sie sich die Hände an der Schürze ab und sagte: »Komm!«

Ambra folgte ihr auf den Hof zu den beiden Fässern. Marthe ließ sie die Pfanne unter dem einen Faß aufheben und die Flüssigkeit, die sich darin gesammelt hatte, in das andere füllen.

»Schau, das ist mein Aschefaß«, sagte sie. »Ich habe Löcher in den Boden gebohrt, viele kleine Löcher. Ich habe eine Lage Kiesel aus dem Fluß hineingefüllt und dann etwas Stroh darübergelegt. Dann die Asche. Sie muß von Hartholz sein, aber das weißt du sicher. Der Sohn der Nachbarin fährt mit dem Handkarren herum und sammelt sie für mich bei den Leuten ein. Für ein Fuder gebe ich ihnen ein Stück von der einfachen Seife. Die Armen bekommen im Jahr meist kein Fuder zusammen. Sie frieren, hungern und stinken. Wenn sie dann doch nach heiligen Zeiten einmal ein Stück bekommen, tragen sie es gleich zum Markt und handeln das Nötigste dafür ein.«

Sie hoben den Deckel des Fasses ab und blickten auf die schwarze Masse im Inneren.

»Dann gieße ich heißes Wasser auf die Asche«, fuhr Marthe fort. »Es muß heiß sein, das mußt du dir merken. Warum, kann ich dir nicht sagen, es ist eben so. Man braucht Geduld. Es dauert seine Zeit, bis die Lauge unten aus den Löchern tropft.« Sie deutete auf die Pfanne. »Damit fange ich sie auf und gieße sie noch einige Male darüber. Zum Schluß fülle ich die fertige Lauge in das zweite Faß, das Laugenfaß. Da kann sich aller Unrat absetzen.«

Marthe schlang ein Seil um das Laugenfaß, und sie trugen es zusammen in die Seifenküche.

Ambra dachte dabei an Perim. Sie sah ihre Mutter vor

sich, wie sie mit ihrem Aschekorb hantierte. Fässer hatten sie auf Perim nicht gehabt, aber die Körbe hatten es auch getan. Sie hingen an einem Dreibein über einer Wanne aus Holz, Ambras Mutter goß Wasser über die Asche im Korb, und unten tropfte die Lösung heraus.

Die Lauge war gefährlich. Ihre Mutter hatte Steine in einem Kreis um den Sudplatz gelegt, und diesen Kreis durften Ambra und ihre Brüder nicht betreten. Wenn sie zusehen wollten, saßen sie ein Stück weiter oben auf einem Fels, und die Sonne brannte ihnen auf die Haut. Sie sangen Lieder und winkten den Schiffen, die weit draußen auf dem Meer vorbeifuhren.

»Dort drüben stellen wir das Faß ab«, sagte Marthe und deutete auf eine Nische gleich neben dem Sudofen, in dem bereits angeschürt war und das Feuer loderte.

Der Ofen war in einer Art errichtet, wie Ambra es noch nie zuvor gesehen hatte. Die Feuerstelle war aufgemauert, so hoch wie ein Tisch, nach vorne hin geschlossen bis auf die Öffnung, durch die man das Feuer schüren und die Asche herauskehren konnte. Darüber befand sich eine Steinplatte mit Löchern für die Sudpfannen, und über allem war ein großer Rauchfang, in dem Haken hingen, damit man die Kessel auch höher hängen konnte.

Sie stellten das Faß auf einen Bock. Marthe schob einen Kessel darunter, öffnete den Stutzen und ließ die Lauge aus dem Faß in den Kessel laufen. Dann nahm sie eine Maßkelle voll Kalk aus einem Sack und rührte ihn in die Lauge.

»Sei vorsichtig, wenn du mit der Lauge hantierst. Sie brennt dir Löcher in die Haut und macht dich blind, falls etwas davon in die Augen kommt – aber das weißt du natürlich längst.«

Marthe hängte die Kelle wieder an ihren Platz, und sie hoben den Kessel auf das Feuer.

»Die Lauge muß nun auf die Hälfte einkochen«, erklärte Marthe, »erst dann können wir mit dem Seifensieden beginnen.«

Sie gingen in den Keller.

Hier stank es nach fauligem Fleisch und ranzigem Fett. Marthe deutete auf eine Holzwanne, die mit gelblichen Schollen gefüllt war. »Es ist Rindertalg. Ich habe ihn eine Woche hier unten aufbewahrt und vorgestern auf der Feuerstelle dort drüben ausgelassen. Es ist gut, wenn das Fett ranzig ist, dann verseift es besser. Es stinkt allerdings auch und zieht die Ratten an. Du solltest deinen Hund herunterlassen, damit er sie fängt.«

Sie wogen die Fettschollen auf einer Waage und warfen sie anschließend in zwei Körbe.

»Aber aus Rindertalg koche ich nur die Seife für die Bürgersleute. Sie nehmen sie zum Wäschewaschen, nur wenige waschen sich selbst. Die Seife für die edlen Damen, die sich einen Mann gefügig machen wollen, ist aus feinstem Olivenöl.«

Marthe lachte, weil sie merkte, daß Ambra nicht wußte, was sie meinte, und sagte: »Das wirst du erst später lernen, und es wird das Wichtigste sein! Komm, wir tragen die Körbe nach oben!«

In der Seifenküche füllte Marthe die Fettschollen in einen Kessel, und sie hängten ihn in den Rauchfang, damit er nicht zu heiß wurde.

»Nun muß das Fett langsam noch einmal geschmolzen werden. Später werden wir die eingekochte Lauge, das geschmolzene Fett und etwas Mehl zusammenrühren. Sieben Teile Fett auf einen Teil Lauge, das mußt du dir merken.«

»Und das Mehl?«

»Es verdickt die Seife, die wir aus Tierfetten sieden. Seife aus Olivenöl bleibt rein.«

Marthe nahm Ambra um die Schulter und lachte sie an. »Na, hast du Hunger, meine Schöne?«

»Ja«, gab sie zu.

»Dann backen wir uns Eierkuchen und schlagen uns den Bauch voll! Nun haben wir noch etwas Zeit, aber dann müssen wir rühren, bis sich die Seife eingedickt hat. Danach gießen wir sie zum Trocknen in die Holzwannen. Am ersten Tag rühren wir sie zu jeder Stunde auf, dann nur noch einmal zur Mittagszeit. Nach viermal sieben Tagen schneiden wir sie in Stücke, und du wirst sie auf dem Markt verkaufen.«

Als Ambra am nächsten Morgen in die Seifenküche kam, stand Marthe am Tisch und raspelte Seife in einen Kupferkessel. Sie hob den Kopf. »Du mußt das Aschefaß säubern und Regenwasser aus der Tonne heraufholen. Danach bekommst du die zweite Lektion.«

Ambra tat wie befohlen. Shibam schickte sie einstweilen in den Keller, damit er Ratten jagte. Zwei-, dreimal hörte sie einen hohen, schrillen Laut, von Todesangst gezeichnet.

Über dem Hof kreisten Falken, und vom Marktplatz drang das Geschrei der Leute herauf. Auf der Gasse fuhr ein Wagen vorbei. Ambra sah nach, ob es Mathieu war. Tatsächlich bog er um die Ecke. Drei Fässer hatte er aufgeladen, er selbst ging neben La Blanche her.

Sie schöpfte Wasser aus der Regentonne in einen Holzzuber, dann trug sie es in die Seifenküche und leerte es in den Eimer am Fuße des Sudofens.

Marthe hatte inzwischen die Seife fertig geraspelt. Sie nahm den Kupferkessel und hängte ihn an eine Vorrichtung in den Wasserkessel, der halb gefüllt auf dem Sudofen bereitstand. Das Wasser kochte, doch als der Kupferkessel hineingetaucht wurde, kühlte es ab, und das Wasser im unteren Topf stieg bis zwei Finger breit unter den Rand des oberen.

Marthe gab Ambra einen großen Holzlöffel in die Hand. »Zuerst schmelzen wir die Seifenflocken im Wasserbad. Ich habe sie vor vier Wochen gesiedet und, in Tücher gewickelt, langsam austrocknen lassen. Es ist Seife aus wertvollem Olivenöl, nicht aus Schweinefett oder Rindertalg. Mit dem Löffel rührst du! Das Rühren kostet viel Zeit und noch mehr Geduld.«

Sie setzte sich auf einen Schemel am Fenster und sah dem Mädchen schweigend zu.

Während Ambra rührte und dabei in den Kessel blickte, tauchte das Bild ihrer Mutter aus ihrer Erinnerung auf. Auch sie hatte sich über ihren Kessel gebeugt und gerührt. Dabei hatte sie ein Lied gesungen, das von vierzig verzauberten Brüdern handelte und vierzig Strophen hatte, und jede Strophe hatte so lange gedauert, daß ein Dutzend eine Stunde ergaben.

Für die wertvollen Seifen hatte sie Palmöl genommen, für die einfachen Hammelfett. Ambras Vater hatte sie dann auf dem Festland gegen Salz, Geschirr und neues Palmöl eingetauscht. Manchmal kam er auch mit Kaffeebohnen und kandierten Früchten zurück. Dann luden sie die Nachbarn ein und feierten ein Fest. Jeder brachte mit, was er hatte. Dattelkuchen oder kleine Plätzchen aus wildem Hafer, mit Honig gesüßt.

»Was ist?« fragte Marthe. »Worüber denkst du nach?«

»Über meine Eltern.«

»Was ist mit ihnen?«

»Sie sind tot. Meine Brüder auch. Mathieu ist alles, was ich habe.«

»Aber er ist nicht dein Bruder – habe ich recht?«

»Er ist alles, was ich habe«, wiederholte Ambra mit fester Stimme.

Sie sang das Lied ihrer Mutter. Zwölf Strophen, dann wurden die Seifenflocken langsam weich und klebten zu einem großen, schweren Klumpen zusammen.

»Es ist schön, was du da singst, wenn ich auch kein Wort verstehe«, sagte Marthe.

»Es ist die Sprache meiner Mutter.«

»Du fragst gar nicht, warum wir uns so viel Mühe machen und die Seife wieder einschmelzen.«

Ambra sah sie an und lachte. »Ich weiß es doch.«

»Ach ja?«

»Meine Mutter hat es auch so gemacht. Nicht mit den einfachen Seifen. Die hat sie an Vollmond gesiedet und zum Trocknen in eine große, flache Holzform gegossen. Beim nächsten Vollmond hat sie den Block aus der Form gelöst und in Stücke zerteilt, und wir haben sie in Blätter gewickelt und mit Hanfschnüren verknotet. Aber wenn sie der guten Seife aus Palmöl ein Duftöl beimischen wollte, dann hat sie Flocken vom

Block geraspelt, und wir haben es genauso gemacht wie du.«

Marthe sah sie erstaunt an. »Nie zuvor habe ich so etwas gehört.«

»Aber du machst es doch selbst.«

»Ich habe es in einem Buch gelesen.«

Ambra fühlte, wie ihr das Herz vor Aufregung gegen die Brust hämmerte. »In einem Buch?« Seit sie in Frankreich war, hatte sie kein Buch mehr in den Händen gehabt.

Marthe stand auf und verließ die Seifenküche. Als sie zurückkehrte, hielt sie das Buch im Arm. Es war in dunkelbraunes Leder gebunden, etwa eine Spanne breit und einen Fuß lang. Sie legte es auf den Tisch. »Später kannst du hineinsehen.« Sie beugte sich über den Topf und nickte zufrieden. »Du machst das gut.« Dann verließ sie das Zimmer ein zweites Mal und kam mit einem Fläschchen aus Glas zurück.

Es ähnelte den Fläschchen, die Ambra von ihren Eltern bekommen hatte. Es war aus weißem venezianischem Glas, so hoch wie ihr kleiner Finger und nicht viel dicker, und wurde von einem Pfropfen aus einem seltsamen, hellbraunen Material verschlossen, das Ambra noch nie zuvor gesehen hatte.

Marthe nannte es Kork. Sie öffnete den Verschluß und fächelte den Duft in Ambras Richtung. »Na? Nun sag schon, was riechst du?«

»Es ist Jasmin.«

Marthe strahlte. Ihre Augen glänzten, als wäre sie den Tränen nahe. »Hätte ich eine Tochter, ich hätte sie mir gewünscht wie dich!«

Sie verschloß das Fläschchen wieder und schob es in ihre Tasche. »Ja, es ist Jasmin. Schon allein das Fläschchen ist ein kleines Vermögen wert. Erst recht das Duftöl. Ich habe es von einem Händler, der mit dem Schiff die Weltmeere bereist. Ich hätte für das Geld ein Rindvieh kaufen können.«

Sie ging zu Ambra und nahm ihr den Rührlöffel aus der Hand. »Nun geh und schau in das Buch. Es sind auch ein paar Zeichnungen darin.«

Ambra lachte und stieß ihr einen Finger gegen die Brust. »Ach, meinst du etwa, ich könnte nicht lesen?«

»Du kannst lesen?«

»In eurer Sprache und in der meiner Mutter«, sagte sie stolz. »Mein Vater hat es mir beigebracht. Ich kann auch rechnen und brauche dazu kein Rechentuch so wie die Händler und Geldwechsler hier bei euch. Aber was wundert es dich, du kannst doch auch lesen.«

Marthe legte einen Finger auf den Mund. »Nicht so laut, Kind. Es ist besser, du sprichst nicht darüber. Du weißt, wie der Pöbel denkt. Wenn eine wie du oder ich lesen kann, dann hat der Teufel die Hand im Spiel.«

Ja, Ambra wußte, wie gefährlich es war, klüger zu sein als die anderen.

Marthe flüsterte fast. »Ich habe das Lesen von meinen Brüdern gelernt. Sie durften zur Schule gehen und machten sich einen Spaß daraus, ihrer kleinen Schwester die Buchstaben beizubringen. Sie glaubten, ich würde es ja doch nicht begreifen, und neckten mich, wenn ich mir heimlich das Buch holte, das einzige, das es in diesem Hause gab, und mich damit unter der Treppe im Hof versteckte. Wenn ich murmelnd Worte vor mich hin sprach, lachten sie und hielten es für Phantasie. Dann mußten sie in den Krieg ziehen und dem König als Kanonenfutter dienen, und ich behielt das Buch. Niemand wußte mehr, wo es war. Es war mein Schatz, ich hätte dafür mein Leben gelassen.«

»Und ist es dieses Buch?« Ambra legte eine Hand auf den braunen Ledereinband.

»Nein, es ist eines über Kräuter und wie man Krankheiten heilt. Du findest es dort, in der Schublade. Dieses Buch habe ich von einem Mann gekauft, der einmal im Jahr aus Marseille kommt. Von ihm habe ich auch das Fläschchen mit dem Duftöl.«

Sie sahen sich an, blickten einander still in die Augen. Dann schlug Ambra feierlich den Deckel auf und las: »Von der Reinlichkeit und von der Kunst des Seifensiedens.«

Marthe legte fast zärtlich ihre Hand auf das Papier. »Es ist keines dieser neuen Bücher, die mit einer Maschine gedruckt werden, sondern von Hand geschrieben. Von einem Mann, der viele Male nach Arabien gereist ist und dort seine Studien betrieben hat. Ein Weihrauchhändler und Parfümeur. Beinahe hundert Jahre alt ist das Buch.«

Ambra hätte gerne weitergelesen, aber Marthe nahm es vom Tisch und drückte es gegen ihre Brust. »Du mußt nun wieder die Seife rühren. Wir lesen es am Abend gemeinsam.« Sie lachte. »Es war wirklich eine wunderbare Fügung, die dich zu mir geführt hat.«

9.

Der Verschlag, in dem Mathieu schlief, lag über dem Pferdestall. Nachts raschelten im Heu die Mäuse, und er konnte La Blanche schnauben hören. Manchmal lag er wach, lauschte auf die Geräusche und dachte über sein Leben nach.

Der Faßbinder war ein alter, verbitterter Mann. Sein Weib und auch seine Kinder hatte er schon längst zu Grabe getragen, und so scherte er sich um nichts und niemanden mehr. Manchmal schlug er Mathieu, aber es war nie so schlimm wie bei seinem Onkel, und am folgenden Tag bekam er dann eine Brotsuppe zusätzlich.

Wenn er mit seinem Wagen durch die Stadt fuhr, sah er bei den Armen Mensch und Vieh verrecken, und bei den Reichen bogen sich die Tische unter der Last des Überflusses. War das gerecht? Niemand fragte danach.

Abends jedoch, wenn er mit Ambra und Marthe zusammensaß, der Hund zu ihren Füßen lag und Ambra aus einem der beiden Bücher vorlas oder die Lieder ihrer Mutter sang, dann blieb das Elend vor der Tür, und ein Glücksgefühl durchströmte ihn. Sein Herz fühlte sich dabei an, als wäre es plötzlich doppelt so groß und hätte keinen Platz mehr in seiner Brust.

Doch da war noch ein anderes Gefühl. Wenn er Ambra und Marthe so vertraut miteinander umgehen sah, dann spürte er Eifersucht. Sie waren sich auf eine Weise nahe, die ihm fremd blieb. Wenn sie miteinander lachten und manchmal sogar tuschelten, fühlte er sich ausgeschlossen. Er wußte, es ging nicht gegen ihn, aber er hatte keinen Zugang zu dem, was sie dachten und was ihre Seelen verband.

Wenn Ambra aus dem Buch las, hing sein Blick an ihren Lippen. Jedes Wort, das aus ihrem Mund kam, war wie eine Offenbarung für ihn. Nicht weil sie las, *was* sie las – sie hätte auch über die Pest lesen können. Doch was war das für ein Zauber, wenn die Worte, die in das Buch geschrieben waren, über ihre Augen in sie eindrangen, hineinglitten in ihren Körper, ihn ausfüllten, von innen liebkosten, sich wieder einen Weg hinauf suchten, auf ihrer Zunge aufblühten und schließlich aus ihrem Mund an sein Ohr perlten.

Manchmal wünschte Mathieu, er könnte das Lesen ebenfalls lernen. Er stellte sich vor, wie es wäre, wenn die Worte aus dem Buch auch durch seine Augen in sein Innerstes drängen, ihn ausfüllten, etwas von ihm erspürten und mitnähmen, bevor sie ihren Weg aus seinem Mund an Ambras Ohr fänden. So könnte er ihr endlich ganz nahe sein.

Die Monate vergingen. Der Winter brach über das Land herein und machte ihnen das Leben schwer.

Die beiden Frauen siedeten Seife und verkauften sie auf dem Markt, Mathieu schaffte dem Faßbinder Holz heran oder Eisenreifen aus der Schmiede, half ihm in der Werkstatt, brachte die fertigen Krautfässer und Zuber zum Markt, wo ein Marktweib sie verkaufte.

Manchmal war er mit La Blanche einen ganzen Tag

unterwegs. Morgens früh hinauf in die Wälder, das Holz aufgeladen und den ganzen Weg wieder zurück. Doch gleichgültig, wie erschöpft er auch war, es verging nie ein Tag, ohne daß er zu Ambra ging.

Er sah, wie sie sich veränderte. Ihre Brüste wurden voller, und in ihren Augen war plötzlich ein Licht, das er zuvor nicht gesehen hatte. Manchmal lag ihr Blick auf seinen Lippen, und dann lächelte sie, als dächte sie an etwas Schönes. Oder sie griff nach seinen abgeschundenen Händen, hielt sie einen kurzen Moment fest und sagte: »Es ist gut, daß es dich gibt.« Doch schon am nächsten Tag schien sie ihm wieder so fern, und er spürte diese heftige, schmerzende Sehnsucht in sich.

Dann kam eines Tages eine Frau. Es war bereits Frühling, und die Nacht war ungewöhnlich lau. Sie saßen im Hof, Ambra las im Schein einer Laterne aus dem Buch über das Heilen von Krankheiten vor. Da pochte es am Tor. Dreimal. Stille. Dann noch einmal.

Ambra und Marthe tauschten bedeutungsvolle Blicke.

»Das Klopfzeichen – geh öffnen«, sagte Marthe leise.

Ambra stand auf und griff nach der Laterne. Shibam wollte ihr folgen, doch als sie mit den Fingern schnippte, legte er sich neben die Aschefässer und rührte sich nicht mehr.

Während Ambra zum Tor ging, nahm Marthe Mathieu an der Hand. »Du kommst mit!« Sie zog ihn in eine dunkle Ecke und legte ihren Finger auf den Mund. »Sei still, man darf dich nicht sehen, und am besten ist, wenn du auch nichts siehst!« Dann ging sie an der Wand entlang zur Treppe, wo sie wartete.

Die Frau, die den Hof betrat und deren Gesicht Mathieu für einen Moment im Schein der Laterne erkennen konnte, war nicht mehr jung – vielleicht dreißig Jahre alt –, aber sie war immer noch schön. Sie hatte ein schlankes, edles Gesicht mit hoher Stirn, eine Haut wie Milch und fast schwarzes Haar, das sie mit Perlennadeln aufgesteckt hatte. Über ihrem Kleid trug sie ein schwarzes, bodenlanges Cape mit einer Kapuze, die ihr auf die Schulter gerutscht war.

Die drei Frauen wechselten ein paar Worte, jedoch so leise, daß Mathieu sie nicht verstehen konnte. Dann stiegen sie die Treppe hinauf. Zuerst Ambra mit der Laterne, hinter ihr die Fremde, zuletzt Marthe.

Es hatte etwas Gespenstisches, wie sie so in Reih und Glied gingen, schweigend, einem geheimen Ziel entgegen.

Auf der Balustrade, die um den ganzen Innenhof führte, wandten sie sich nach links, gingen an der Seifenküche und den Wohnkammern vorbei bis zu einer Tür, die halb hinter einem Erker verborgen war und die Mathieu zuvor nie wahrgenommen hatte.

Ambra schob sie auf, hielt die Laterne hoch und wartete, bis die Fremde und Marthe in die Kammer eingetreten waren, dann ging sie auch hinein, zog die Tür hinter sich zu.

Es wurde so still auf dem Hof, daß Mathieu kaum wagte zu atmen.

Einen Moment stand er so da. In seinem Kopf jagten sich die Gedanken, die Neugierde zerriß ihn schier. Da fiel sein Blick auf die Leiter, die an der Wand lehnte. Er brauchte sie nur ein kleines Stück gegen den Erker zu versetzen und konnte hinaufsteigen und in das Fenster sehen, das zur Kammer gehörte.

Seine Neugierde trieb ihn dazu, es zu wagen.

Das Fenster hatte grüne Butzenscheiben, doch ein Flügel stand offen, und so konnte er beobachten, was drinnen vor sich ging, und hören, was gesprochen wurde.

Die Frauen setzten sich an den Tisch. Ambra links, Marthe rechts, die Fremde an die ihm zugewandte längere Seite. Sie öffnete die Schnalle an ihrem Cape und ließ es von den Schultern rutschen. An dem Kleid, das sie trug, konnte er erkennen, daß sie dem Adel angehörte.

Dann legte sie ihre Hände in den Schoß und erzählte, weshalb sie gekommen war. »Ich liebe einen Mann. Seit drei Monaten ist er zu Gast bei uns auf dem Schloß. Ich bin ihm verfallen. Alles in mir verlangt nach ihm, doch er sieht durch mich hindurch, als gäbe es mich nicht. Ich sterbe, wenn ich seine Liebe nicht erringen kann. Du mußt mir helfen, Seifensiederin.«

»Und wie kommt Ihr darauf, daß ausgerechnet ich dazu imstande wäre?«

»Eine Nichte meiner Cousine schickt mich. Du hast ihr geholfen, und sie war sehr zufrieden mit deinen Diensten. Du kennst einen Liebeszauber, sagt sie, und ich bitte dich inständig, es auch bei mir zu versuchen!«

»Liebeszauber!« Marthe sprang auf und war mit zwei Schritten am Fenster. Mathieu erschrak fast zu Tode vor Angst, sie könnte ihn entdecken, und wäre beinahe von der Leiter gestürzt. Doch sie stand einfach nur da und starrte über ihn hinweg ins Dunkel der Nacht.

Plötzlich drehte sie sich wieder zu der Fremden um und sagte mit verhaltener Wut in der Stimme: »Nein, zaubern kann ich nicht, Comtesse! Da seid Ihr bei mir an der falschen Stelle. Ich kann Euch eine Seife geben, mit der Ihr Euch waschen müßt. Dann werdet Ihr duften wie eine Sommerwiese, und Ihr werdet den Mann Eures Herzens anziehen wie der Blütennektar die Biene.«

»Ja, das habe ich gehört. Ich muß mich mit einer Seife waschen. Das ist gefährlich, aber ich werde es wagen. Und du wirst der Seife etwas beimengen, daß ich nicht sterbe daran.«

»Das ist Aberglaube!« Nun wurde Marthe wirklich wütend. »Weder reines Wasser noch Seife schaden Euch oder sonst jemandem. Haltet die Brunnen in Eurem Schloß sauber, und Ihr habt nichts zu befürchten.«

»Aber dann sagst du ja, daß alle lügen? Wenn ich morgens aufstehe und mich mit trockenen Tüchern abreibe und dann einparfümiere, so wie meine Mutter es mir beigebracht hat, tue ich doch das, was jeder Mensch mit Sitte und Anstand tut. Der König allen voran! Niemand wäscht sich mit Wasser – sogar verrückt kann man davon werden!«

Marthe schwieg einen Moment, bevor sie beherrscht und mit leiser Stimme antwortete: »Nein, Comtesse, Ihr lügt nicht. Ihr irrt euch nur, so wie sich der König und Eure Mutter irren. Die Wahrheit ist das, was wir *glauben*. Die Wirklichkeit ist etwas ganz anderes.«

Nun war es die Comtesse, in deren Augen die Wut aufblitzte. »Der König irrt nie, Seifensiederin! Das sollte sogar eine einfache Frau wie du wissen!« Sie warf den Kopf in den Nacken und sah Marthe streng an. »Im übrigen verstehe ich nicht, was du da von Wahrheit und Wirklichkeit faselst. Ich will lediglich, daß du mir hilfst. Es scheint bei deinen Seifen einen Zauber zu geben, den ich für mich nutzen will.«

Marthe setzte sich und sah der Comtesse lange in die Augen. Dann sagte sie, ohne eine Gemütsregung zu zeigen: »Der Zauber liegt alleine in Euch. Er war immer da, so wie ein Baum auch dann noch da ist, wenn die Nacht hereinbricht und Ihr ihn in der Dunkelheit nicht mehr sehen könnt. Die Seife, die ich Euch geben werde, bewirkt nichts anderes, als daß dieser geheime Zauber, der Euch innewohnt, die Nase Eures Geliebten erreicht und ihn erfüllt. So wie ein Gebet das Herz erfüllt, ein schöner Gedanke der Seele Flügel verleihen kann.«

»Und das alles nur, weil ich mich wasche?« Ungläubig schüttelte die Comtesse den Kopf.

»Nun, natürlich ist es nicht alleine das. Ihr bekommt eine Seife von mir, die Euren Duft verstärkt. Diesen einzigartigen Duft, den nur Ihr verströmt. Sicher hat Euer Gatte eine Meute Jagdhunde? Dann wißt Ihr, daß ein guter Hund mit Hilfe seiner Nase fähig sein würde, Eure Spur auch noch nach Tagen zu finden.«

»Ja, aber was hat das alles mit der Liebe zu tun?«

»Die Nase, Comtesse, ist das größte Liebesorgan.«

»Meine Nase erschien mir bislang eher als lästig, bei all dem Gestank, dem sie ausgesetzt ist. Und das größte Liebesorgan ...«, die Comtesse lachte leise, »... nun, dafür hielt ich eigentlich etwas anderes.«

Marthe sagte nichts mehr. Sie gab Ambra ein Zeichen, damit sie aufstand und zu einer Wandnische ging, in der nebeneinander sieben kleine Schatullen standen. Die nahm sie, eine nach der anderen, und stellte sie vor der Comtesse auf den Tisch. Dann brachte sie ein rotes Tuch, legte es dazu und breitete es aus.

Erst da konnte Mathieu erkennen, daß etwas in das Tuch eingeschlagen war – ein Stoß Karten.

Marthe schob der Comtesse die Karten hin. »Mischt sie, und zieht eine der Karten aus dem Stoß, ohne vorher nachzusehen, was darauf abgebildet ist.«

Einen Moment zögerte die Fremde, dann tat sie, was ihr angetragen worden war.

Mathieu starrte dabei auf die Schatullen. Sie waren aus dunklem Holz und mit kunstvollen Schnitzereien versehen. Er hielt es kaum aus, so gespannt war er, was wohl in ihnen verborgen sein mochte.

Vor Aufregung ruckte er an der Leiter, wodurch sie ins Wanken kam und plötzlich nach hinten wegzukippen drohte. Fast hätte er einen Schrei ausgestoßen, doch er biß sich auf die Lippen, drückte sein Gewicht nach vorne und fand wieder Halt. Die Leiter machte beim Aufschlagen gegen die Wand ein leises Geräusch.

Ambra schien es gehört zu haben, denn sie blickte im selben Moment auf und lauschte. Mathieus Herz raste vor Angst, sie könnte ans Fenster kommen und ihn entdecken. Doch sie blieb ruhig sitzen und wandte sich nach einer Weile wieder der Fremden zu.

»Und jetzt, Comtesse, legt die Karte auf eines der Kästchen«, sagte Marthe.

Die Comtesse sah sie an. »Irgendeines, ganz wie ich will?«

»Ganz wie Ihr wollt.«

Zuerst griff sie nach dem zweiten von links, doch plötzlich besann sie sich und wählte das daneben.

»Nun dreht die Karte um, die ihr auf das Kästchen gelegt habt, und sagt uns, was Ihr darauf seht.«

Erschrocken fuhr die Fremde zurück. »Es ist eine Schlange!«

»Warum habt Ihr Angst?«

»Schlangen sind des Teufels!«

»Die Liebe ist des Teufels. Wenn Ihr Angst vor einer Schlange habt, habt Ihr auch Angst vor diesem Mann, den ihr so sehr begehrt, denn er ist ein Schlangenmann.«

»Was redest du da, Seifensiederin – ein Schlangenmann!«

»Ihr selbst habt es entschieden, und Ihr wißt es schließlich am besten.«

»Ich habe keine Angst vor ihm. Nein, ich liebe ihn, mehr als je einen anderen zuvor!«

Marthe nickte. »Gerade das, wovor wir Angst haben, zieht uns in seinen Bann.«

»Und was ist in dem Kästchen?« fragte die Comtesse ungeduldig.

»Seht nach!«

Sie öffnete es, blickte hinein und sah enttäuscht wieder auf. »Es ist ein Stein. Ein Rosenquarz. Ich habe selbst drei solche Steine zu Hause, immer wieder trägt man sie mir zu.«

Marthe lächelte. »Seht Ihr, Ihr habt richtig gewählt.«

»Und warum dies alles? Wolltest du mir nicht eine Seife geben?«

»Erst jetzt weiß ich, welche es sein muß.«

Marthe ging zum Wandschrank, öffnete eine kleine Holztruhe, die dort stand, und nahm etwas heraus. Sie legte es der Comtesse in die Hände. Mathieu konnte ein kleines Päckchen erkennen, etwas, das in ein weißes Tuch eingeschlagen und mit einem rosa Band umwikkelt war.

Die Comtesse roch daran. »Ist das die Seife? Sie duftet nach Rosen und nach … Ich weiß nicht so recht, nach Nüssen vielleicht?«

Marthe lächelte auf eine Art, wie sie es tat, wenn sie mehr wußte, als sie sagte. »Es ist ein Gewürz, das man im Orient zum Backen verwendet. Und nun geht nach Hause! Laßt Euch Wasser aus dem Fluß holen und wascht Euch mit dieser Seife von Kopf bis Fuß. Dann zeigt Euch dem Mann Eures Herzens. Wenn Ihr tatsächlich die Frau seid, die seine Bestimmung ist, wird er es riechen.«

»Und es ist wirklich kein Zauber dabei?«

Marthe zuckte die Schultern. »Das ganze Leben ist Zauberei und auch wieder nicht.«

Die Comtesse erhob sich. »Aus deinen Reden werde ich nicht klug«, sagte sie und griff nach ihrem Cape.

Es wurde Zeit, daß Mathieu von der Leiter kam. Eilig stieg er hinab und rückte sie wieder ein Stück vom Erker weg – gerade rechtzeitig, bevor die Frauen aus der Kammer traten.

Im Dunkeln tastete er sich an der Wand entlang bis zu den Aschefässern. Shibam lag noch da. Mit aufgerichtetem Kopf und gespitzten Ohren starrte er ins Dunkel. Mathieu setzte sich zu ihm auf den Boden und beobachtete die drei Frauen, die im Schein der Laterne die Balustrade entlanggingen. Das Gebälk knarzte unter ihren Schritten.

An der Treppe blieben sie stehen. »Ambra wird Euch zum Tor bringen«, sagte Marthe, »ihr fällt das Gehen leichter als mir.«

»Ich danke dir, Seifensiederin.«

»Kommt wieder, wenn Ihr neue Seife braucht, oder schickt mir Euer Mädchen.« Marthe verneigte sich, aber einen Knicks machte sie nicht. Dann wandte sie sich um und verschwand hinter der Tür, in der sie und Ambra schliefen.

Ambra und die Comtesse kamen die Treppe herunter. Mathieu sah sie im Torbogen verschwinden, hörte ihren leisen Gruß und schließlich eine Kutsche davonfahren. Dann tauchte die Laterne wieder auf und kam schwankend auf ihn zu.

Shibam winselte leise, aber er blieb liegen, bis Ambra gegen ihren Schenkel klopfte und rief: »Komm her – ein guter Hund bist du!« Da sprang er auf, lief zu ihr und leckte ihr die Hand.

Als auch Mathieu aus dem Dunkeln auf sie zutrat, wurden ihre Augen eng. »Nun, hast du genug gesehen?«

Sein Herz machte einen Satz. Sie wußte es also! Beschämt blickte er zu Boden.

Ambra setzte sich auf die Bank, auf der noch immer das aufgeschlagene Buch lag, und faltete die Hände im Schoß. Eine Weile schwiegen sie, dann ging Mathieu zu ihr und setzte sich ebenfalls.

»Ich möchte es verstehen«, sagte er leise. »Ich möchte verstehen, was du da tust. Wir sind uns so fremd geworden, seit wir bei Marthe sind. Und ich möchte ...« Er stockte. »Ich möchte lesen lernen!«

Sie antwortete nicht, sondern saß einfach nur da und starrte in die Dunkelheit. Dann drehte sie sich plötzlich um und legte ihre Arme um ihn.

»Wir sind uns nicht fremd geworden. Wir haben nur das Fremde aneinander entdeckt. Und das macht dir Angst, weil du glaubst, mich verloren zu haben.«

»Aber habe ich dich denn nicht verloren?«

Ambra schüttelte den Kopf und lächelte. Doch dann wurde sie plötzlich ernst. »Nein, vielleicht stimmt es sogar, vielleicht haben wir uns verloren – als das, was wir füreinander waren in einer schlimmen Zeit: Bruder und Schwester.«

»Und jetzt?«

»Warte und laß uns Zeit.«

»Und das, was du tust, wenn ich nicht bei dir bin?«

»Das, was ich tue, ist einfach zu erklären – und doch wieder nicht. Wir sieden Seifen aus Olivenöl. Manchmal nehmen wir auch Ziegen- oder Stutenmilch oder ein Öl, das aus Nüssen oder Kernen gepreßt wird. Wir mengen Duftstoffe bei, meist Öle und Essenzen von Blüten oder Kräutern, manchmal auch Gewürze. Das Geheimnis liegt im Wissen der Rezeptur. Wenn zwei Köche aus den gleichen Zutaten eine Suppe bereiten, wird am Ende doch jede anders schmecken – so hat auch jeder Seifensieder sein Geheimnis.«

»Und die Kästchen? Und die Karten? Was ist damit?«

»Sie lassen das Verborgene zutage treten. Marthe sagt, im Innersten wissen wir alles, was gut oder schlecht, was wichtig oder unwichtig für uns ist. Wir wissen es einfach, so wie ein Vogel weiß, wie das Fliegen geht, weil er eben ein Vogel ist. Sie sagt, das Sehen macht blind, das Fühlen macht stark. Wenn wir das wirklich Wichtige erkennen wollen, müssen wir die Augen schließen. Nur in uns finden wir, wonach wir suchen. Damit die Menschen in sich hineinsehen, gibt sie ihnen etwas, das die Augen ablenkt.«

»Aber die Kästchen und die Karten – was ist ihr Geheimnis?«

»In jeder Schatulle ist ein anderer Stein. Und auf jeder der Karten ist das Bild eines anderen Tieres. Der Stein verrät uns die geheimsten Wünsche der Frau, die Karte das Wesen des Mannes. Wir riechen an ihnen, ich meine, an den Menschen, die zu uns kommen. Das merken sie gar nicht! Sie haben Kleider an und schmükken sich mit Perlen, sie fahren in Karossen vor und verstecken sich hinter ihren Masken aus Schein, aber ihr Duft sagt uns, wer sie wirklich sind.«

»Du meinst, du kannst sie nach ihrem Duft beurteilen?« Erstaunt sah Mathieu sie an. »Dabei riechen sie doch alle gleich übel, die Armen nach Schweiß und Knoblauch, die Reichen dazu noch nach Parfum. Was kann man durch diesen Nebel von Gestank hindurch noch wahrnehmen?«

»Wunderst du dich, daß Shibam eine Fährte noch nach drei Tagen aufnehmen kann, selbst dann, wenn es geregnet hat?«

»Aber er ist ein Hund!«

Ambra lachte. »Wer weiß, vielleicht sind wir ja Wölfinnen! Vielleicht sind unsere Nasen aber auch nur geübter als deine. Wir wären schlechte Seifensiederinnen, wenn wir Düfte nicht voneinander unterscheiden könnten.«

»Und wonach duften Menschen?«

»Manche duften nach warmer Milch, andere wie Blumen oder frisch geschälte Äpfel. Du zum Beispiel duftest wie regennasser Schiefer.« Ambra lachte. »Natürlich nur, wenn du dich gewaschen hast!«

Eine Weile dachte Mathieu nach. Ein Pferd roch anders als eine Kuh, ein Hund anders als eine Katze, doch würde er La Blanche mit verbundenen Augen von einem fremden Pferd unterscheiden können, nur auf Grund ihres Geruches? Wohl kaum.

»Und der Zufall?« fragte er. »Ich meine, wenn jemand eine Karte zieht und auf das Kästchen legt ...«

»Kein Zufall!« unterbrach sie ihn. »Es ist kein Zufall, Mathieu. Der Suchende findet sein Geheimnis, wenn er nicht mit den Augen, sondern mit dem Herzen schaut. Was er so zusammenführt, ist das Wesentliche für ihn.«

»Du meinst, der Stein und das Tier ...«

Ambra legte eine Hand auf seinen Arm. »Laß es gut sein, Mathieu. Es ist nicht deine Bestimmung. Vielleicht haben wir denselben Weg, aber nicht dasselbe Ziel.«

Erschrocken sah er sie an. »Willst du damit sagen, wir müssen uns eines Tages voneinander trennen?«

»Nein, das nicht. Aber ...«

»Aber?« fragte er.

»Nun, wer weiß das schon.«

Noch immer lagen ihre Arme auf seinen Schultern. Plötzlich zog sie ihn zu sich und küßte ihn sanft auf den Mund. Es war ein wunderbares Gefühl, daß ihn dabei durchströmte. Er schloß die Augen und bekam eine Ahnung von dem, was sie gesagt hatte. Etwas war in ihm, das er nicht kannte und nur ergründen konnte, wenn er die Fähigkeit entwickelte, in sich hineinzusehen.

10.

Es gibt Dinge, die man geschehen lassen muß, auch wenn man weiß, daß sie sich gegen einen wenden.

Als Marthe die Comtesse de Boiselle erkannte, ahnte sie bereits, daß ein Unheil nahen würde. Eine Dame von so hohem Rang, die mit ihrer Hilfe ihren Gatten betrügen wollte, mußte Unglück über sie bringen! Aber was hätte sie tun sollen? Hätte sie ihr ihre Dienste verweigert, hätte die Comtesse einen Weg gefunden, sie zu bestrafen. Verleumdungen waren schnell in die Welt gesetzt.

Doch auch Marthes Hilfe, das war zu erwarten gewesen, würde ins Verderben führen. Bliebe die Comtesse in ihrer Liebesmission trotz der Seife erfolglos, würde sie ihren Zorn und die Enttäuschung an Marthe auslassen. Würden Marthes Bemühungen jedoch Früchte tragen, gäbe es bestimmt bald einen Skandal.

Liebende sahen nur noch sich selbst. Was sie anrichteten, die Gefahr, die sie in ihrem Liebeswahn heraufbeschworen, erkannten sie nicht. So würde es nur eine Frage der Zeit sein, bis man sie ertappte. Dann jedoch mußte es einen Schuldigen geben, einen, der die Last auf sich nahm und den Kopf hinhielt, damit der Moral Genüge getan wurde. Und dieser Schuldige würde Marthe sein.

Als die Comtesse gegangen war, legte Marthe sich

ins Bett. Sie schloß die Augen, doch sie fand keinen Schlaf. Die Ahnung quälte sie, und sie suchte nach einem Ausweg.

Ihr fiel kein anderer ein, als für den Notfall eine Flucht vorzubereiten.

Gegen Morgen war ihr Plan geschmiedet, und sie machte sich daran, das Nötige vorzubereiten. Ambra und Mathieu wollte sie vorerst nicht einweihen. Sie sollten so unbedarft wie möglich bleiben und ihrer Wege gehen, als ob nichts wäre.

Marthe schickte Ambra mit der Wäsche zum Waschhaus und wartete, bis Mathieu mit seinem Fuhrwerk die Gasse hinunter war, um ein paar Fässer auszuliefern. Dann ging sie zum Faßbinder.

»Gott zum Gruße, Faßbinder.«

»Auch gegrüßt, Seifensiederin. Du warst lange nicht mehr hier.«

»Weißt ja, mit meinem Bein ist der Weg die Gasse hinauf zweimal so lang.«

»Und warum hast du ihn dann heute auf dich genommen?«

»Erinnerst du dich an das Faß, das du vor fünf Jahren für meine Base in Gannat angefertigt hast?«

Er nickte. »Es war geschickt für ein Fuder Inhalt, liegend, mit einem Spundloch im Boden und einem Mannloch nach oben hin.«

»Ja. So ein Faß sollst du mir noch einmal machen, aber nur, wenn Mathieu es zu ihr hinschaffen kann. Sonst vergiß den Auftrag.«

»Er wird zwei Tage brauchen, für den einfachen Weg.«

»Ob er hier rumlungert oder sonstwo ...« Marthe zuckte die Schultern.

»Und es wird einiges kosten.«

»Den normalen Preis kostet es, und du machst es sofort. Das Geld bekommst du, wenn es fertig ist, aber dann läßt du das Faß hier stehen, bis ich dir's sage. Kann sein, nur ein paar Tage, kann sein, ein paar Monate.«

»Mir soll's recht sein.« Der Mann hielt ihr die Hand hin, und sie schlug ein.

»Darfst öfter kommen, Seifensiederin!« Er lachte, und sie ging ohne ein weiteres Wort. Doch an der Tür drehte sie sich noch einmal um. »Und das Mannloch machst du doppelt so groß.«

»Soll wohl ein Bär durchpassen!«

»Nein, aber ein altes Weib wie meine Base soll sich nicht abmühen müssen, wenn sie ihr Faß säubert.«

Am Abend sagte Mathieu: »Der Faßbinder hat's mir erzählt.«

»Was erzählt?«

»Das von dem Faß für deine Base.«

»Einer aus Gannat war hier gewesen und hat's mir ausgerichtet. Danach ist er runter zum Markt. Vielleicht habt ihr ihn noch gesehen – hat einen schwarzen Bart und ein rotes Tuch um den Hals.«

Ambra sah Marthe an, als ahnte sie, daß sie Lügenmärchen erzählte, aber sie sagte nichts. Sie holte das Buch, dann setzte sie sich mit Mathieu auf die Bank und fing an, ihm die Buchstaben zu erklären.

Von da an gab sie ihm jeden Abend Unterricht. Zuerst nur im Lesen, später auch im Rechnen. Marthe saß dabei und hörte den beiden zu, oder sie ging ins Haus und regelte, was zu regeln war und wovon Ambra nicht unbedingt etwas wissen mußte.

In den Wald ging sie auch – um Pilze zu sammeln. Mit ihrem Bein kein Vergnügen, aber die Mühe würde sich in schweren Zeiten lohnen.

Als das Faß fertig war, ließ ihr der Faßbinder Bescheid geben. Sie bezahlte es und segnete es mit einem Holunderbuschen, danach ging sie zum Markt, um Ambra Gesellschaft zu leisten.

Lange war Marthe nicht mehr dort gewesen. Sie hatte fast schon vergessen, wie es dort stank und wie sie die Blicke der Leute verfolgten.

Plopp – plopp – ich bin's, das Weib des Teufels!

Ambra saß bei den Kesselmachern. Sie hatte ein paar von den einfachen Seifen auf einem Tuch vor sich ausgebreitet und verhandelte mit der Frau des Goldschmieds.

Als sie Marthe sah, riß sie die Augen auf. »Was machst du denn hier?«

»Darf ich nicht schauen, was du so treibst?« Marthe lachte, dann beugte sie sich zu ihr hinunter und flüsterte ihr ins Ohr: »Ich leiste dir Gesellschaft, und wir lachen ein bißchen über die Leute.«

»Du hast etwas«, antwortete Ambra, »aber ich weiß nicht, was es ist, und das beunruhigt mich.«

»Du siehst Gespenster, das ist alles.«

11.

Es war an einem frühen Morgen im August. Marthe brauchte Asche, und weil der Junge, der sie ihr für gewöhnlich ins Haus karrte, an Blutvergiftung gestorben war, hatte sie Ambra zu den Leuten geschickt. Die hatte den Hund vor den Handkarren gespannt und war mit ihm losgezogen.

Marthe selbst hielt sich in der Seifenküche auf, zerteilte einen großen Seifenblock in kleine Stücke und schichtete sie dann in eine Holzkiste, die sie mit Wachstuch ausgelegt hatte.

Plötzlich kamen Reiter die Gasse herauf. Das Getrappel der Pferdehufe war weithin zu hören. Dazu Geschrei und Kettengerassel.

»Hier – kommt her, hier ist es!« hörte sie einen Mann vor ihrem Haus rufen.

Nun war es also soweit. Ihr Herz schlug so heftig in der Brust, daß sie glaubte zu zerspringen.

Das Fenster der Seifenküche stand wie immer zur Gasse hin offen. Einer der Reiter stellte sich in die Steigbügel und sah hinein, so wie Ambra damals hineingesehen hatte. Marthe drückte sich an die Wand hinter dem Siedeofen und hielt den Atem an.

Als sein Kopf wieder verschwunden war, humpelte sie zur Tür. Plopp – plopp. Das Geräusch ihrer Schritte hallte durch die Seifenküche. Sie verfluchte das verdammte Bein. Dann war sie draußen auf der Balustrade.

Von unten hörte sie die Schergen schreien. »Mach auf, Seifensiederin! Mach auf, verdammte Hexe, oder wir treten dir die Tür ein!«

»Das könnt ihr lange versuchen, mein Tor ist aus Eiche!«

Sie humpelte weiter, hörte sie brüllen und auf das Holz einschlagen.

»Was wollt ihr denn überhaupt von mir!«

»Das soll dir der Henker erzählen!«

Inzwischen war sie bei der Tür zu ihrer Schlafkammer angelangt. Sie stieß sie auf und ging zum Schrank. In einem Geheimfach hatte sie versteckt, was sie suchte. Getrocknete Pilze, zu Pulver zerstoßen, in ein gewachstes Leinensäckchen gefüllt. Das Pulver würde ihr helfen, das Schlimmste zu ertragen. Eilig stopfte sie das Säckchen in ihren Ausschnitt und drehte sich um.

Da fühlte sie plötzlich einen Schlag gegen ihren Kopf. Im Fallen sah sie einen jungen Soldaten, der sie hämisch angrinste. »Du hättest das Fenster schließen sollen, Seifensiederin!«

Dann wurde es dunkel um sie.

Als Marthe aus ihrer Ohnmacht erwachte, hing sie quer über einem Pferd. Aufgeschreckt vom Lärmen und Grölen der vielen Leute, tänzelte es halb im Trab, halb im Schritt. Der Knauf des Sattels stieß ihr dabei in die Rippen, und von ihrer Stirn tropfte Blut.

Als sie den Kopf ein wenig drehte, sah sie ein Stück der Mauer der Kathedrale. Der schwarze Stein glänzte in der Sonne. Und Füße sah sie. Füße, die in Stiefeln steckten und nackte Füße, die so schmutzig waren wie die Straße selbst, doch alles war verkehrt herum, wie auf den Kopf gestellt.

Der Schmerz in ihren Rippen wurde unerträglich. Marthe versuchte ihr Gewicht zu verlagern – vergeblich. Wie ein nasser Sack hing sie da, und ihre Gedanken drehten sich fortwährend um diesen einen Satz: Ach, hätte ich doch mit Ambra über meine Fluchtpläne gesprochen! Dann wüßte sie jetzt, was zu tun war!

Man brachte sie in den Turm, zwei Stockwerke hoch. Dort sperrten man sie in ein Verlies.

Es war düster, nur durch eine kleine Öffnung drang Licht herein, und es stank nach Kot und Blut. In der Ecke lag ein altes Weib und winselte. Neben ihr hockte eine andere, die etliches jünger war. Mit aufgerissenem Mund und aufgerissenen Augen starrte sie vor sich hin.

Marthe schob etwas von dem Stroh zusammen, das verstreut herumlag, legte sich darauf und versuchte, Kraft zu sammeln. Doch viel Zeit ließ man ihr nicht. Kaum, daß der eine Wachmann gegangen war, tauchte der nächste schon auf, um sie vors Hochgericht zu zerren.

Der Raum, in den sie Marthe brachten, wies nach Süden hin. Durch die Butzenscheiben der Fenster fiel Sonnenlicht und zeichnete runde Muster auf den Tisch, an dem drei Männer saßen. Sie trugen schwarze Röcke mit großen, weißen Kragen, auf denen ihre Bärte hin und her glitten, wenn sie die Köpfe bewegten.

Von ihren Augen sah Marthe nicht viel. Die Sonne stand günstig für die hohen Herren. Sie blendete Marthe und half ihnen, sich selbst im Schatten zu verbergen.

Es waren der Amtmann, ein Kommissar und der Schreiber. Vier Schöffen saßen etwas abseits an der Wand.

»Du bist Marthe Campan? Geboren im Jahre des Herren 1618 in Clermont? Dein Handwerk ist die Seifensiederei?«

Marthe nickte. »Ja, das bin ich.«

»Du stehst hier vor einem weltlichen Gericht. Das Vergehen, dessen man dich beschuldigt, heißt maleficium.«

»Ich weiß nicht, was das bedeutet«, log sie.

»Es bezeichnet die zauberische Übeltat.«

»Zauberei? Damit habe ich nichts zu schaffen!«

»Dann bezichtigst du also Hélène Comtesse de Boiselle der Lüge?«

»Ich kann sie nicht der Lüge bezichtigen, denn ich weiß nicht, was sie Euch erzählt hat.«

»Du streitest also nicht ab, die Comtesse zu kennen?«

»Nein, das streite ich nicht ab. Sie ist eine Nichte Antoine de Ribeyres, seines Zeichens Schatzmeister von Frankreich und Besitzer von Schloß Ompe, das eine halbe Tagesreise von hier liegt. Hin und wieder kauft sie ein Stück Seife bei mir.«

»Ein Stück Seife?«

»Wie Ihr bereits sagtet, ich bin Seifensiederin.«

Marthe starrte auf den Krug, der auf dem Tisch stand. Der Durst quälte sie, und sie hätte viel für einen Schluck Wein gegeben.

»Die Comtesse beschuldigt dich, der Seife, die sie bei dir erwarb, einen Zauber beigemengt zu haben.«

»Es ist nichts in der Seife, das ich nicht offen benennen könnte. Olivenöl, Rosenöl, etwas Ziegenmilch …«

»Ah!« Die Hand des Kommissars schlug auf den Tisch nieder. »Da haben wir's – Ziegenmilch!«

»Was habt Ihr gegen Ziegenmilch?« Natürlich wußte Marthe, worauf er hinauswollte. Erschöpft schloß sie die Augen, und da schrie er auch schon: »Hat nicht auch der Leibhaftige selbst einen Ziegenfuß? So wie du!«

Sie schüttelte den Kopf. »Wenn Ihr den Teufel meint – an den glaube ich nicht, also glaube ich auch nicht, daß er einen Ziegenfuß hat. Und ich bin ganz einfach ein Krüppel. Mein Bein ist zu kurz, aber sonst ist alles dran, genau wie bei Euch. Ein Fuß mit fünf Zehen.«

»So. Du glaubst also nicht an den Teufel?«

»Nein.«

»Und auch nicht an Zauberei?«

»Nein.«

Wieder schlug der Kommissar mit der Hand auf den Tisch. »Wie kannst du es wagen! Du stellst uns, das Hochgericht, in Frage? Uns, die wir dem Gesetz Genüge leisten! Ja, und sogar den König?« Er deutete auf das Buch, das vor ihm lag. »Hier steht es schwarz auf weiß: Wenn jemand anbietet, andere in der Zauberei zu unterweisen oder wenn jemand andere mit Zauberei bedroht und dem Bedrohten dergleichen geschieht, wenn jemand Gemeinschaft mit Zauberern hat und mit diesen Dingen umgeht durch Gebärden, Worte und Handlungen oder wenn einer auch nur im Gerücht steht, solches zu tun, dann ist das ein hinreichendes Indiz für Zauberei und Anlaß zum Folterverhör.«

Er starrte Marthe an. Plötzlich gab er ein Zeichen, und einer der Gerichtsdiener verließ den Saal, um kurz darauf in Begleitung der Comtesse zurückzukehren.

Sie war blaß, aber es schien ihr an nichts zu fehlen. Sie zeigte auch keine Spuren von Tortur. Sie stellte sich ein wenig abseits von Marthe hin und vermied es, sie anzusehen.

»Ist das die Frau, die Euch die Seife gegeben hat, Comtesse?«

»Ja, das ist sie.«

»Beschreibt uns die Wirkung dieser Seife.«

»Ich sollte mich damit waschen. Die Seifensiederin behauptete, das Abreiben mit Tüchern sei nicht reinlich genug, und für die Gesundheit und ein gutes Wohlbefinden sei es vonnöten, nicht nur die Kleidung, sondern auch sich selbst mit Wasser und Seife zu reinigen. Ja, sie redete mir sogar ein, krank zu werden, sollte ich mich nicht waschen. Ich wusch mich also, aus Angst um mein Leben, und entdeckte alsbald und zu meinem eigenen Erstaunen, daß ich eine seltsame Anziehungskraft auf einen Gast unseres Hauses ausübte. Der Comte d'Hesplière, ein Freund meines Mannes, hatte bis dahin keinerlei Interesse an mir gezeigt noch ich an ihm. Doch plötzlich konnten wir uns nicht mehr aus dem Wege gehen und fühlten uns in einem Zauber gefangen, der mächtiger war als unser Wille. Daß es die Seife war, die diesen bösen Zauber bewirkte, erkannte ich erst, als es bereits zu spät war. Niemals hätte ich meinen Mann betrogen, wenn es nicht mit dem Teufel zugegangen wäre. Das schwöre ich beim Leben meiner Mutter!«

Nun sah der Kommissar Marthe wieder an. »Was sagst du zu diesen Anschuldigungen, Seifensiederin?«

Marthe senkte den Kopf. Was hätte sie sagen sollen? Daß die Comtesse log? Wer hätte ihr geglaubt? Sie war ein einfaches Weib und zu allem auch noch ein Krüppel, die andere eine vornehme Dame von Adel. Also schwieg sie.

Einen Moment war es still, dann hörte sie die schneidende Stimme des Kommissars. »Qui tacet, consentiret! – Wer schweigt, der stimmt zu! So ist sie also schuldig, meine Herren!« Er sah von der Comtesse zu den Schöffen, dann wandte er sich wieder an Marthe: »Habe ich recht, Seifensiederin, du bekennst dich schuldig?«

»Nein. Ich habe zwar nichts gesagt, das bedeutet aber nicht, daß ich schuldig bin.«

»Dann willst du uns also auch noch in Rechtsdingen belehren?«

»Das war nicht meine Absicht. Ich kann nur wiederholen, ich bin unschuldig. Ich habe der Seife keinen Zauber beigemengt. Wenn besagter Comte der Comtesse nicht widerstehen konnte, so liegt das alleine an ihrem persönlichen Zauber. Sie ist schön – wer könnte das nicht verstehen!«

Plötzlich sprang einer der Schöffen auf. Marthe erkannte ihn. Es war ein Onkel der Comtesse. »Daß du abstreitest, heißt nichts!« Er wandte sich an den Amtmann, der vor Marthe am Tisch saß und sich die Nase rieb. »Der hochgelehrte Theologe Binsfeld aus Trier hat in seinem höchst beachteten *Tractat von Bekanntnuß der Zauberer und Hexen* hinlänglich bewiesen, daß Gott es niemals zulassen würde, daß ein Unschuldiger eines solchen Verbrechens beschuldigt wird!«

»Ja, ja«, sagte der Amtmann und besprach sich kurz mit dem Kommissar, bevor er mit lauter Stimme verkündete: »Marthe Campan, genannt die Seifensiederin, du bist verdächtigt, dich der Zauberei schuldig gemacht zu haben. Die Zauberei ist ein *crimen exceptum*, ein außerordentliches Verbrechen, und muß entsprechend verfolgt und bestraft werden! Am besten gestehst du deine Untaten, Seifensiederin, das erspart uns allen größere Unannehmlichkeiten!«

»Ich habe nichts zu gestehen.«

Der Amtmann starrte sie an, lange und ohne sich zu rühren. Dann hob er plötzlich die Hand.

Auf sein Zeichen hin packte einer der Schergen Marthe und schleppte sie fort. Über den Hof, zum Turm zurück. Er schob sie die Treppe hinauf, und wenn sie ihm nicht schnell genug voran kam, schlug und trat er nach ihr.

Oben schloß er die Tür auf und stieß sie in das Verlies.

Die beiden anderen Weiber schliefen bereits. Marthe drückte sich in ein dunkles Eck, holte das Säckchen mit den zerstoßenen Pilzen aus ihrem Ausschnitt und versteckte es in einer verborgener Tasche ihres Rockes. Das Pulver war das Wertvollste, was sie besaß. Nahm sie etwas davon, würde sie die Schmerzen der Folter besser ertragen. Nahm sie alles, würde sie sterben.

Als die junge Frau sich nach einer Weile stöhnend aufrichtete, ging Marthe zu ihr.

»Ich habe Durst«, sagte sie.

Die Frau hob den Kopf und sah Marthe aus trüben Augen an. »Wenn du Geld hast, dann sag's dem Wächter, und der sagt's dem Wirt. Der läßt dir was zu trinken oder zu essen kommen, ganz wie du willst. Doch damit du's weißt: Er berechnet dir zwei Pasteten und liefert einen Kanten Brot, berechnet zwei Liter Wein und liefert einen Krug Wasser. Pasteten und Wein bekommen die hohen Herren vom Gericht. Das ist ein kleiner Lohn für die Arbeit, die du ihnen bereitest. Und wenn du dich beschwerst, kriegst du gar nichts mehr, aber berechnet wird dir trotzdem alles.«

»Und wenn ich kein Geld habe?«

»Du hast Geld, oder du beschaffst es dir! Der Durst ist stärker als alles andere. Der Hunger, der kümmert dich bald nicht mehr, aber der Durst ...« Die Worte versagten ihr, sie sank zur Seite gegen die Alte, die unter ihrem Gewicht leise aufstöhnte.

Marthe starrte auf die geschorenen Köpfe und die blutverkrusteten Hände der beiden. »Kann man mit jemandem reden – ich meine, mit jemandem von draußen? Um Geld zu besorgen?«

»Sag's dem, der dich holt. Für ein paar Sol sperrt er dich später unten ein. Da ist ein Fenster, das auf die Straße weist.«

»Und warum seid ihr hier?«

»Aus demselben Grund, aus dem alle hier sind. Weil einer den anderen beschuldigt. Wenn sie dir erst die Daumen zerquetschen, das Marterhemd anziehen, dich auf die Folterleiter spannen oder über den gespickten Hasen ziehen, sagst du ihnen alles, was sie hören wollen. Du verrätst sogar deine eigene Mutter!«

»Foltern sie dich gleich oder erst später?«

»Zuerst scheren sie dich und führen Proben durch, ob sie das Teufelsmal bei dir finden. Danach zeigen sie dir die Folterkammer. Damit wollen sie dich einschüchtern. Und wenn du dann immer noch nicht zur Vernunft kommst und gestehst, dann …« Sie brach ab, fing an zu husten und spuckte Blut. »… dann machen sie mit dir, was sie mit mir gemacht haben.«

Marthe seufzte und schloß die Augen.

Eine Weile lag die Junge da wie tot, aber dann setzte sie sich plötzlich wieder auf und sagte: »Wird nicht mehr lange dauern, und deine Ambra ist auch hier!«

Erschrocken sah Marthe sie an. »Was weißt du von Ambra? Kennst du sie?«

»Ja, vom Waschhaus. In Marseille war sie bei einem Seifensieder in Stellung, das hat sie mir selbst erzählt. Und daß Ambra der Name eines Steines ist, den sich manche Weiber um den Hals hängen.«

Marthe starrte sie an. »Und hast du im Verhör ihren Namen genannt?«

»Nein. Er ist mir gerade erst wieder eingefallen.«

Die Tür wurde plötzlich aufgerissen. Einer der Schergen erschien und winkte Marthe zu sich. Die Angst fuhr ihr in alle Glieder. Wäre Ambra nicht, hätte sie längst die zerstoßenen Pilze genommen, aber sie mußte sie warnen und aus Clermont fortschicken.

»Komm, Alte, wir werden dir jetzt dein Bein langziehen – das kurze, verstehst du? Dann brauchst du dir das Holzding nicht mehr umzuschnallen.« Er packte Marthe grob am Arm und stieß sie vor sich her bis zur Treppe.

Halb ging sie, halb fiel sie hinunter. Plopp – plopp. Der Scherge lachte.

Als sie unten waren und er seinen Schlüsselbund vom Gürtel zog, warf sie sich vor ihn hin und sah ihn flehentlich an. »Hör mir zu – nur auf ein paar Worte! Ich habe Durst! Kannst du mir etwas zu trinken besorgen?«

»Wenn du Geld hast, Alte!«

»Natürlich habe ich Geld, aber nicht hier. Ich habe es versteckt, und keiner weiß wo. Ich muß das Mädchen sprechen, das mir das Haus führt. Ich kann ihr das Versteck verraten, dann werde ich schon bald Geld haben. Du sollst dabei nicht leer ausgehen!«

»Ach, hol dich der Teufel, Weib!« Er packte Marthe wieder, zog sie von der Tür weg und brachte sie in das Gerichtsgebäude, das auf der anderen Hofseite lag. Dort zerrte er sie zu einer Kammer und stieß sie so hart hinein, daß sie der Länge nach hinfiel.

Kaum ein paar Atemzüge später wurde die Tür wieder geöffnet. Vier Männer traten ein – der Amtmann, der Kommissar, der Schreiber und ein Henkersknecht.

»Setz dich auf den Stuhl, Weib!«

Keuchend zog sie sich daran hoch.

Der Amtmann gab dem Henkersknecht ein Zeichen. Der holte ein Schermesser aus seinem Gürtel, packte Marthe an den Haaren und fing an, ihr den Schädel zu rasieren. Dann rissen sie ihr den Kittel auf und rasierten sie unter den Achseln.

»Und jetzt schieb den Rock hoch!«

Marthe starrte den Henkersknecht an. »Nein. Wozu?«

»Um dich auch da zu scheren.«

»Wozu wollt ihr mich unter dem Rock scheren?«

Der Amtmann schrie ihr ins Gesicht: »Um deinem Buhlen, dem Teufel, kein Versteck zu gewähren! Wir wissen, wo er sich verbirgt, um dir im Verhör beizuspringen!«

Als Marthe nicht sofort tat, was man von ihr verlangte, gab der Amtmann dem Henkersknecht ein Zeichen. Mit dem Handrücken drosch der Knecht auf ihr Gesicht ein, daß sie halb ohnmächtig auf dem Stuhl hing.

Dann vollendeten sie ihr schändliches Werk an ihr. Sie schoren sie und suchten nach einem Teufelsmal. Dazu stieß ihr einer eine Nadel ins Fleisch, wieder und wieder, um die verräterische Stelle zu finden, an der kein Blut fließen würde. Doch als sich eine solche Stelle nirgends finden ließ, wischte er die Nadel ab und hielt sie triumphierend hoch.

»Siehst du Blut?«

»Nein.«

»Das ist der Beweis! Das ›stigma diaboli‹, wir haben es gefunden.« Zum Folterknecht gewandt sagte er: »Zeig ihr, was sie morgen früh erwartet, wenn sie nicht gesteht.«

Die hohen Herren verließen die Kammer. Der Folterknecht legte Marthe ein Seil um die Handfesseln, band sie und zerrte sie wie ein Stück Vieh hinter sich her. Hinunter in den Keller, in dem es nach Blut und Erbrochenem stank.

Das Grauen fuhr ihr in alle Glieder, als aus einer der Zellen im hinteren Trakt die qualvollen Schreie eines Mannes zu hören waren – die Hölle konnte nicht schlimmer sein!

Der Folterknecht zeigte ihr die Streckbank. »Damit fangen wir an. Aber nur bei dir, um dein Bein länger zu kriegen. Sonst ist zuerst der Beichtstuhl dran!«

Marthe starrte auf den hölzernen Armstuhl, der über und über mit spitzen Eisenzacken gespickt war.

»Da setzen wir dich drauf und beschweren dich mit Gewichten. Oder wir nehmen die spanischen Stiefel. Und für den Fall, daß du dabei schreist, stopfen wir die Folterbirne in dein verdammtes Hexenmaul!«

Er nahm ein Gerät vom Tisch, schob es ihr grob in den Mund und schraubte an einer Feder, die das Ding auseinander trieb, daß ihr Kiefer zu brechen drohte. Dazu lachte er und sah sie mit Hohn in den Augen an. »Nun, versuch zu schreien – es wird dir nicht gelingen!«

Nachdem er sich lang genug an ihrer Angst ergötzt hatte, zog er das Ding wieder aus ihrem Mund. »Und wenn das alles nichts nützt«, sagte er, »dann schinden wir dich, ziehen dir die Haut vom Hintern ...« Er warf die Folterbirne auf den Tisch. »Aber wir wollen dir einen kleinen Aufschub gewähren. Kannst es dir noch überlegen, wie du's mit uns halten willst. Bis morgen früh hast du Zeit. Ich an deiner Stelle würde gestehen, Weib. Dein ziegenbärtiger Buhle kann dir hier nicht mehr helfen.«

Er zerrte sie an dem Seil um ihr Handgelenke wieder nach oben. Die Sonne blendete, als sie nach draußen traten.

Der Scherge, der Marthe zuvor aus dem Turm geholt hatte, saß mit einem anderen auf der Mauer und würfelte. Der Henkersknecht rief nach ihm. »Schaff sie in den Kerker und sing ihr ein Schlaflied, damit sie bis morgen gut träumen kann!« Sein hämisches Lachen verfolgte Marthe, bis die Tür des Turmes hinter ihnen zufiel.

Drinnen zog der Scherge seinen Schlüsselbund vom Gürtel und schob Marthe zwei Stufen hoch zu einer Tür, die der Eingangstür gegenüber lag. »Du hast Glück, Seifensiederin, ich bin heute gutgelaunt. Außerdem hat der Sohn meiner Schwester für dich die Asche gekarrt. Sie hat nie schlecht über dich gesprochen. Ich schick' dir deine Magd. Aber vergiß nicht meinen Anteil!«

Inzwischen hatte er aufgeschlossen. Er packte sie und stieß sie ins Verlies, dann schlug die Tür hinter ihr zu.

Eine Weile später hörte Marthe jemanden vor dem Fenster singen. Ihr Herz begann schneller zu schlagen – es war Ambra, denn sie sang das Lied ihrer Mutter, das hier nur sie kannte!

»Komm hierher – hier bin ich!«

Marthe setzte ihren gesunden Fuß in eine Mauerspalte, griff nach den Gitterstäben, die vor der Luke angebracht waren, und zog sich daran hoch.

Da sah sie Ambra! Ihre Stirn, den Scheitel ihres schwarzen Haares, ihre schönen, dunkelbraunen Augen … mehr nicht, aber sie konnten sich immerhin in die Augen blicken!

»O, mein Gott!« Entsetzt starrte Ambra auf Marthes kahlen Schädel, das zerschundene Gesicht. »Was haben sie mit dir gemacht? Und warum bist du hier? Was wirft man dir vor?«

»Es ist nichts, mein Liebes. Sie haben mir nur die

Haare geschoren. Das tun sie aus Angst, der Teufel könnte sich in ihnen verstecken. Hörst du, so dumm sind sie!« Sie lachte. Ambra sollte nicht glauben, sie hätte Angst. »Warum ich hier bin? Es war die Comtesse, mein Kind. Man hat sie mit ihrem Liebhaber erwischt, und sie hat mir die Schuld für ihren Fehltritt gegeben. Daß ich die Seife verzaubert hätte! Du weißt ja, wie sie gesprochen hat. Ein dummes, abergläubisches Frauenzimmer!«

»Dann glauben sie also, du wärest eine Hexe ...« Ambra verstummte, ihre Augen füllten sich mit Tränen.

»Weine nicht! Es gibt Wichtigeres, als um ein altes Weib Tränen zu vergießen. Du mußt jetzt zuhören und mir versprechen, daß du alles genau so machst, wie ich es dir sage.«

»Ja, alles verspreche ich dir!«

Plötzlich war Ambra verschwunden.

Marthe stöhnte auf. »Ambra, wo bist du?«

»Hier!« Sie tauchte wieder auf, diesmal ihr ganzes Gesicht. Sie lachte und griff nach Marthes Händen. »Ich habe einen Stein gefunden und mich daraufgestellt. Nun können wir uns wenigstens richtig ansehen.«

Marthe küßte Ambras Hände, aber dann bezwang sie sich in ihrer Freude und sagte ihr mit ruhiger, fester Stimme: »Wie du weißt, habe ich beim Faßbinder ein Faß machen lassen. Es ist nicht für meine Base, es war immer für unsere Flucht gedacht. Daß wir Schwierigkeiten bekommen werden, hatte ich geahnt, aber nicht, daß es so schnell gehen würde. Jetzt müßt ihr beide ohne mich fliehen!«

»Niemals! Wir gehen nicht ohne dich!«

»Es muß sein! Hier holt ihr mich nicht mehr heraus, und was nützt es, wenn ihr dem elenden Gesindel auch noch in die Hände fallt? Ihr müßt die Stadt verlassen – gleich morgen, in aller Frühe!«

Ambra sah Marthe an und sagte kein Wort. Tränen liefen ihr über die Wangen.

»Also, hör zu: Du läufst jetzt zum Faßbinder und sagst ihm, ich hätte dir den Auftrag gegeben, das Faß morgen zu meiner Base zu schaffen. Mathieu soll es noch heute auf den Wagen laden, damit er morgen vor Tagesanbruch losfahren kann. Wenn Mathieu am Abend zu dir kommt, dann gib ihm die beiden Bündel mit, die ich in einem der Zuber im Keller versteckt habe. Und Seife, soviel er tragen kann!«

»Von einem Versteck weiß ich nichts.«

»Du wirst es finden. Es ist der große Zuber, ganz hinten in der Ecke – eine leere Steige steht oben drauf.«

»Und dann?«

»Nachts, wenn der Faßbinder schläft, schleichst du in seine Scheune. Im Faß ist oben ein Mannloch. Da kannst du hineinkriechen. Am besten nimmst du auch den Hund mit hinein. Es ist klüger, wenn man ihn nicht sieht. Vergiß auch das Bündel und die Seife nicht. Dann soll Mathieu, noch bevor es richtig hell wird, mit dem Wagen losziehen. Statt nach Gannat geht ihr jedoch nach Paris. Mindestens zwei Tagesreisen lang mußt du im Wagen bleiben!«

»Und was geschieht mit dir?«

»Zerbrech dir darüber nicht den Kopf. Ich habe auch an mich gedacht. So leicht lass' ich mich nicht unterkriegen!« Marthe lachte. »Vielleicht haben sie ja sogar recht! Vielleicht kann ich zaubern! Ich zaubere mich weg und verderbe ihnen den Spaß, den sie sich mit mir machen wollen.«

»Wenn du so bist, dann habe ich Angst um dich!«

»Nein, hab keine Angst. Kann ich mich darauf verlassen, daß ihr beide alles so tut, wie ich es dir gesagt habe?«

»Ja, ich verspreche es.«

»Ich werde dich immer im Herzen behalten! Und auch Mathieu. Du hast Glück gehabt mit ihm, er ist ein guter Kerl. Und jetzt geh!«

»Aber ich könnte noch ...«

»Nein, geh!«

Langsam verschwand Ambras Gesicht aus Marthes Blickfeld. Sie schloß die Augen und ließ sich langsam fallen.

Sie hatte ein gutes Leben gehabt, es hatte fünfzig Jahre gedauert, nicht viele Menschen wurden so alt. Sie hatte immer genug zu essen gehabt und war nie krank gewesen. Ihre Eltern hatten sie nicht geschlagen, und ein Mannsbild war ihr erspart geblieben. Am Ende hatte ihr die Fügung auch noch zwei wunderbare junge Menschen geschenkt, die für sie wie ihre Kinder gewesen waren. Mehr konnte sie nicht verlangen.

Vor der Tür hörte Marthe das Rasseln von Schlüsseln, dann wurde sie aufgerissen, und der Scherge stand vor ihr.

»War sie da, deine Magd?«

»Ja«, erwiderte Marthe. »Sie wird das Geld bringen. Heute nacht ... Sie wird es in einem Beutel durch das

Fenster werfen. Morgen früh kannst du dir dann deinen gerechten Teil holen.«

Er stellte ihr einen Krug hin und ging wieder. Sie roch daran. Es war schmutziges Wasser, aber um das Pulver hinunterzuspülen, war es allemal gut genug.

12.

Hätte Mathieu gewußt, daß Ambra zum Turm gelaufen war, wäre er vor Angst um sie umgekommen. Noch immer steckte ihm das Entsetzen in allen Gliedern, hörte er das Hufgetrappel und Kettengeklirre, das Geschrei und Säbelgerassel auf der Gasse, als sie Marthe am Morgen abgeholt hatten.

Drei Reiter in Uniformen waren vom Markt heraufgekommen. Vor Marthes Haus hatten sie durchpariert.

»Hier muß das Haus der Seifensiederin sein!«

Einer sprang vom Pferd und pochte gegen das Tor.

»Seifensiederin, mach auf!«

Es war so still auf der Gasse wie nie zuvor. Selbst die Ratten und Mäuse schienen sich in ihre Löcher verkrochen zu haben. Keiner wagte es, vors Haus zu treten, alle verbargen sich in dunklen Ecken, Mathieu genau wie die anderen.

Was hätte er auch tun können? Die Soldaten hätten ihm mit Freude ihre Degen zwischen die Rippen gebohrt oder ihn zusammen mit Marthe in den Turm geworfen.

Als sie aus dem Haus gezerrt wurde, schloß er die Augen und seufzte. »Wenn ich nur helfen könnte – Gott, warum hilfst *du* nicht?« flüsterte er.

Zum Glück war Ambra nicht zu Hause, er hatte sie kurz zuvor mit Shibam die Gasse hinaufgehen sehen.

Auf einmal stand der Faßbinder neben ihm. »Ich habe es kommen sehen. Ein Wunder, daß die Alte so lange verschont geblieben ist.« Er spuckte aus. »Gut, daß sie das Faß bereits bezahlt hat. Wir werden es zu einem günstigen Preis noch einmal verkaufen!«

»Das wirst du nicht!« Mathieu packte ihn am Kragen. »Das Faß wird bei ihrer Base abgeliefert! Versprochen ist versprochen, bezahlt ist bezahlt!« Er ließ ihn los. »Und außerdem kommt sie bestimmt bald zurück.«

Da lachte der Faßbinder. »Die Alte sehen wir höchstens auf dem Schinderkarren wieder!«

Als Mathieu sicher sein konnte, daß die Soldaten nicht zurückkommen würden, rannte er los, um Ambra zu suchen. Allzu weit konnte sie noch nicht gekommen sein. Beim Schaufelmacher holte er sie ein. Sie ging neben Shibam, den sie vor den Aschewagen gespannt hatte.

Mathieu zog sie in einen Hauseingang, dort umfaßte er sie und drückte sie an sich. »Es ist schrecklich – sie haben Marthe geholt!«

Mathieu spürte, wie Ambra in seinen Armen steif wurde. Dann stieß sie ihn plötzlich von sich. »Wer? Um Himmels willen, *wer* hat sie geholt?«

»Die Schergen der hohen Herren!«

»Du meinst ...« Sie starrte ihn an, als wäre sie wahnsinnig. »Du meinst, man wird sie in den Turm werfen? Man wird sie verhören und foltern?«

Mathieu senkte den Kopf und sah auf seine nackten Füße. »Ich weiß es nicht. Aber das tun sie doch immer, wenn sie jemanden holen.«

Er streckte die Arme nach Ambra aus und zog sie wieder an sich. Sie ließ es geschehen, legte ihre Stirn an seine Schulter und weinte.

»Wie können wir ihr helfen?«

»Gar nicht«, sagte er.

»Warum nur?« Sie trommelte gegen seine Brust wie damals in Marly, als ihre Eltern umgekommen waren. »Was hat sie getan?«

»Ich weiß es nicht.«

»Und jetzt?«

»Wir müssen fliehen. Ich sage dir, es ist besser, wir verlassen diesen Ort. Heute noch!«

Wieder stieß Ambra ihn von sich und starrte ihn wütend an. »Wie kannst du nur glauben, ich lasse Marthe hier einfach so zurück! Wir können nicht gehen! Wir kaufen sie frei! Ich weiß, wo ihr Geld ist. Und wir legen unseres noch dazu.«

»Ihr Geld, ihr Haus, das gehört ihnen doch ohnehin schon!« Mathieu packte sie an den Schultern und schüttelte sie. »Verstehst du denn nicht, man wird sie auf den Scheiterhaufen bringen.«

Er hatte recht, trotzdem hätte er es nicht sagen dürfen.

Ambra schrie auf, als hätte man sie selbst auf die Streckbank gelegt. Sie wollte weglaufen, doch er hielt sie fest.

»Ambra, wir müssen vernünftig sein! Laß uns darüber nachdenken, wie wir unser Leben retten können.«

»Vernunft!« Sie lachte bitter. »Was ist Vernunft in euren Augen? Ist es etwa vernünftig, Menschen zu verbrennen, aus Aberglaube und aus Willkür? Ich habe meine Eltern verloren, jetzt werde ich auch Marthe verlieren! Und alles wegen eurer sogenannten Vernunft!«

Als sie das sagte, spürte Mathieu zum ersten Mal, daß er Ambra nicht nur lieben, sondern auch hassen konnte. Ja, in diesem Moment haßte er sie für ihre Ungerechtigkeit, für ihren Undank und für ihren eigenen Haß.

Er zerrte an ihrem Arm, zog sie zu sich und starrte sie an. »Was heißt ›ihr‹! Ich bin nicht wie die anderen! Ich habe immer zu dir gehalten und sogar einen Mann getötet, um dir zu helfen! Also, sag so etwas nie mehr!«

Erschrocken riß sie die Augen auf. Ihre Lippen öffneten sich, als ob sie etwas entgegnen wollte, aber dann schlossen sie sich wieder, und Ambra blickte stumm zu Boden.

Auch Mathieu war erschrocken über sich. Er hätte nicht geglaubt, daß er es je fertigbringen könnte, so mit Ambra zu reden.

Er ließ ihren Arm los und sah den Hund an, der mit hochgezogenen Lefzen sprungbereit vor ihm stand. Plötzlich wurde ihm bewußt, daß Shibam ihn getötet hätte, hätte er Ambra auch nur ein Haar gekrümmt.

Erschöpft sank Mathieu gegen die Hauswand und schloß die Augen.

»Und was sollen wir jetzt tun?« hörte er Ambra fragen.

Er öffnete die Augen wieder. »Ich weiß es nicht, ich muß darüber nachdenken. Noch ist mein Wagen beladen, so können wir nicht fort. Es ist ohnehin besser, wir warten die Nacht ab. Ich bringe dich nach Hause.

Du schließt die Fenster und läßt niemanden herein. Ich komme am Abend.«

Als Ambra sicher im Haus war und alle Fenster verschlossen hatte, ging Mathieu zurück zum Faßbinder. Er spannte La Blanche ein, löste die Bremse am Wagen und fuhr los. Er brachte die Ladung zu Giselle, kaufte am Markt zwei Wecken Brot, ein paar Eier und eine Unze Butter und fuhr dann zu den Amtsstuben, wo Gericht gehalten wurde.

Er wußte nicht, was er sich davon erhoffte. Vielleicht würde er etwas von Marthe sehen. Vielleicht würde Gott ihm einen Geistesblitz schicken.

Auf Sichtweite blieb er stehen, setzte sich auf seinen Wagen, aß ein paar Bissen von dem Brot und tat dabei, als ginge ihn nichts etwas an. Doch es passierte nicht viel. Nur einmal kamen ein paar Reiter in Uniform aus dem Hof, dann war es wieder still.

Er gab es auf, dort herumzulungern, es brachte nichts.

Wieder beim Faßbinder, spannte er La Blanche aus und versteckte Brot, Butter und Eier in seinem Verschlag. Dann ging er in die Werkstatt.

»Wo warst du so lange, Kerl? Glaubst du, hier wird uns die Arbeit geschenkt?«

Mathieu hörte sich die Schimpftiraden des Faßbinders an, ohne sich darum zu scheren. Der Alte würde sich ohnehin schon bald fragen müssen, wie er je ohne ihn zurechtgekommen war.

Die Eingebung hatte er, als er auf den Hof ging, um drei Zuber zu ölen. Sie standen neben dem Faß, das Marthe für ihre Base bestellt hatte. Mathieu sah es sich an und dachte dabei: Da geht leicht einer rein – sogar zwei! Da war der Plan auch schon fertig. Er würde das Faß liefern, gleich morgen in aller Herrgottsfrühe würde er losziehen Richtung Gannat – mit Ambra im Faß!

Als er fertig war mit der aufgetragenen Arbeit, schlug es Mittag. Er ging in die Stube, nahm den Topf mit der Kohlsuppe vom Feuer und stellte ihn auf den Tisch.

Bald kam auch der Faßbinder.

»Ich bringe morgen das Faß nach Gannat.«

»Wer sagt das?«

»Ich sage das. Du verkaufst es sonst noch, aber Marthes Base hat es bezahlt und hat ein Anrecht darauf. Ich bringe es morgen weg.«

»Hast du hier zu befehlen?«

»Du kannst das Faß auch behalten, aber dann hast du mich das letzte Mal gesehen. Die Holzschläger oben im Wald suchen schon lange einen wie mich, und mein Roß kommt ihnen gerade gelegen!«

Mathieu legte dem Faßbinder seinen Löffel hin, der nahm ihn und aß, ohne etwas zu antworten.

»Ich gehe schon recht früh«, fuhr Mathieu fort. »Ist besser wegen der Hitze. Also laden wir heute noch auf.«

»Kannst dann auf dem Heimweg gleich Daubenholz mitbringen«, brummte der Faßbinder.

Es war später Nachmittag, als plötzlich Ambra in die Werkstatt stürmte.

Mathieu verschlug es den Atem. »Was tust du denn hier? Du solltest im Haus bleiben!«

»Mathieu, ich brauche dich!« Sie sah zum Faßbinder. Er hobelte mit der Kröse eine Kimme in ein Faß und tat, als beachtete er sie nicht. »Mir ist der große Zuber im Keller umgefallen, ich kann ihn alleine nicht aufheben. Du mußt kommen, die Ratten fressen sonst den ganzen Talg.«

Mathieu folgte ihr, ohne auf das Murren des Alten zu hören.

Draußen nahm Ambra ihn zur Seite. »Einer der Wachleute war da und hat mich zum Turm bestellt. Marthe hat ihn geschickt.«

Erschrocken sah Mathieu sie an. »Du gehst da nicht hin! Keinesfalls!«

»Ich war schon dort und konnte mit ihr reden. Heimlich, durch eine Luke. Sogar gesehen habe ich sie. Man hat sie geschoren!« Ambra brach in Tränen aus.

Mathieu nahm sie in den Arm und dachte mit Grauen daran, was passiert wäre, wenn einer der Schergen sie am Turm entdeckt hätte.

»Ich habe Marthe versprechen müssen, mit dir zu fliehen.«

Sie erzählte ihm von Marthes Plan, der sich mit seinem deckte. Erleichtert atmete er auf. Wenigstens würde Ambra sich nun fügen.

»Und Marthe?« fragte er.

Ambra ließ das Kinn auf ihre Brust sinken. »Sie hat so seltsam geredet. Daß sie ja vielleicht doch zaubern kann, daß man sie nicht kriegen wird und daß ich mir keine Sorgen zu machen brauche.«

»Vertrau ihr.«

»Aber niemand, den man der Hexerei bezichtigt,

kommt je wieder aus dem Turm! Und zaubern kann Marthe nicht, das wissen wir doch.«

»Vertrau ihr trotzdem.«

Mathieu wartete, bis der Nachtwächter vorbei war, dann lief er zu Marthes Haus und klopfte. Drei Bündel und drei Decken lagen bereit, und Ambra trug auch wieder den Unterrock ihrer Mutter.

Das schwere Bündel, in dem die Seife war, schulterte er und nahm die Decken, die anderen beiden trug Ambra. So schlichen sie, von Shibam gefolgt, über die Gasse und verschwanden in der Scheune des Faßbinders.

Bevor Mathieu das Tor schloß, sah er sich um. Alles war ruhig, niemand schien sie gesehen zu haben.

Das Bündel mit der Seife verstauten sie auf dem Wagen. Würde ihn jemand fragen, konnte er sagen, es sei für Marthes Base. Die anderen beiden versteckten sie im Faß. Sie hatten keine Ahnung, was sich darin befand. Marthe hatte sie heimlich gepackt, und Ambra hatte nicht nachgesehen.

Sie breiteten die Decken im Faß aus. Ambra kroch hinein, und Shibam beobachtete sie dabei leise winselnd.

»Guter Hund!« Ambra stieg wieder heraus, holte ihn auf den Wagen, redete auf ihn ein und lockte ihn, damit er zuerst auf das Faß, dann durch das Mannloch ins Innere sprang. Shibam zögerte. Es war schwierig für ihn, denn der Platz, auf dem er stehen konnte, war nur gut eine Elle lang und zudem auch noch abschüssig. Er versuchte es und rutschte ab, fiel beinahe vom Wagen und jaulte auf.

»Noch einmal – du kannst es!« Ambra lockte ihn. »Komm, Shibam!«

Der Hund sprang wieder vom Wagen aufs Faß, diesmal konnte er sich halten. Er winselte.

»Und jetzt rein. Rein ins Loch! Hopp, Shibam!«

Der Hund starrte in den schwarzen Abgrund, dann sprang er endlich.

Ambra lachte. »Guter Hund!« Sie stieg auf den Wagen, setzte sich aufs Faß und sah Mathieu an. »Es tut mir leid«, sagte sie.

»Was tut dir leid?«

»Das, was ich am Nachmittag zu dir gesagt habe.«

»Ist schon gut.«

Sie legte eine Hand an seine Wange und lächelte. Da hörten sie plötzlich ein Geräusch.

Eilig ließ Ambra sich ins Faß gleiten. Mathieu stellte die Laterne in eine Kiste und schloß den Deckel, damit ihr Schein sie nicht verriet. Anschließend ging er zum Scheunentor und lugte durch die Ritzen.

Ein Mann stand am Haus gegenüber und starrte auf das Haus des Faßbinders. Er war in einen Umhang gehüllt und trug einen Hut ohne Feder. Sein Gesicht konnte Mathieu in der Dunkelheit nicht erkennen, aber seine Haltung, seine Statur kamen ihm bekannt vor. Lange rührte er sich nicht, stand einfach so da, dann drehte er sich plötzlich um und ging Richtung Marktplatz davon.

»Was war das?« fragte Ambra, als Mathieu auf den Wagen kletterte und zu ihr ins Faß sah.

»Ein Kerl hat sich unser Haus angeschaut, weiter nichts.«

»Das ist seltsam. Mitten in der Nacht! Kennst du ihn?«

»Ich weiß nicht ... ich konnte in der Dunkelheit sein Gesicht nicht erkennen. Habt ihr Platz da drinnen?«

»Es ist stickig und eng, aber es wird schon gehen.«

»Schlaft jetzt. Ich schlafe auch. Noch zwei, drei Stunden, dann brechen wir auf.«

Mathieu wälzte sich hin und her. Er träumte von einer dunklen Gestalt, träumte, sie beugte sich über ihn und würgte ihn. Da fuhr er plötzlich wie aufgepeitscht hoch, saß hellwach im Bett und wußte es mit einem Schlag: Der Mann, der vor dem Haus herumgelungert hatte, war der Wackere! Nun mußten sie erst recht verschwinden.

Er zog sich an und suchte zusammen, was er mitnehmen wollte. Sein Geld, das war das Wichtigste. Ein paar wenige Habseligkeiten. Seine Strümpfe und seine Schuhe, sein Messer, den Ranzen. Dann nahm er die Laterne und ging in die Scheune, striegelte La Blanche und schirrte sie ein.

Als fertig angespannt war, klopfte er ans Faß. »Es ist soweit, wir fahren los.« Er verschloß das Mannloch, öffnete es aber noch einmal und sagte: »Wenn jemand in der Nähe ist, klopfe ich zweimal. Ich klopfe dreimal, sobald die Gefahr vorüber ist.«

»Ja, gut, und ich klopfe zweimal, wenn ich heraus muß«, erwiderte Ambra.

Mathieu öffnete das Tor und sah die Gasse hinauf und die Gasse hinunter. Es war still und dunkel, niemand war zu sehen. Nur ein paar Ratten wühlten im Abfall, der überall herumlag.

Er hängte die Laterne an den Wagen, nahm sein Messer in die eine, den Zügel in die andere Hand und ging los. Er sah in jede dunkle Ecke, war darauf gefaßt, daß der Wackere ihn plötzlich anspringen würde, aber nichts geschah.

Die Räder seines Wagens ratterten über den Markt. Über den Türmen der Kathedrale kreiste ein Schatten, das Fiepen junger Eulen war zu hören.

Als sie am Hexenturm vorbeikamen, bekreuzigte Mathieu sich und flüsterte ein Gebet für Marthe.

Mehr als ein Jahr hatten sie in dieser Stadt gelebt. Als sie angekommen waren, war es Tag gewesen, und ein helles Treiben hatte in allen Gassen geherrscht. Nun schlichen sie sich bei Dunkelheit wie Diebe davon.

Bei der Kirche Saint-Genis-des-Carmes kam ihnen ein Hund entgegen. Er lief ein Stück neben Mathieu her und kläffte ihn an. Drinnen, im Faß, hörte man es rumoren, dann war es wieder ruhig. Der Köter gab schließlich auf und lief davon.

Mathieu hob den Kopf und sah zum Bergkamm hinauf. Dort zeigte sich bereits ein schmaler Silberstreifen – das erste Licht, das den neuen Tag ankündigte.

Zwei Tage bis Gannat, hatte der Faßbinder gesagt. Mathieu wollte es schneller schaffen. Zusammen mit dem Hund war es für Ambra im Faß nicht gerade bequem, aber je weiter sie sich von Clermont entfernten, ohne daß jemand sie sah, desto besser. Zwar war Mathieu sicher, daß Marthe ihre Ambra auch unter der schlimmsten Folter nicht verraten würde, doch wer wußte schon, was die Comtesse noch für Lügen verbreitete?

Dann war da noch diese andere Bedrohung – der Wackere. Als Mathieu an ihn dachte, schlug sein Herz schneller vor Angst. Er hatte seinen Haß zu spüren bekommen und wußte, daß der Mann, so lange er lebte, nicht aufgeben würde, sie zu verfolgen.

Gegen Mittag gab Ambra das Klopfzeichen. Mathieu hielt La Blanche an und sah sich um. Auf dem Weg herrschte einiges Treiben. Reiter überholten sie, Wagen oder Wanderer kamen entgegen. Mathieu klopfte zweimal, damit Ambra erfuhr, daß sie nicht alleine waren, dann hielt er an.

Ein Wanderer wollte an ihm vorbei, aber Mathieu sprach ihn an.

»Weißt du einen Platz, wo ich mein Pferd ausspannen und tränken könnte?«

»Noch eine halbe Stunde weiter gelangst du zu einer Poststation. Da haben sie alles, was du brauchst.«

»Nein, da ziehen sie einem sicher noch das letzte Hemd über den Kopf!«

»Dann mußt du zum Bach hinunter. Dort vorne, wo der Wald anfängt, geht der Weg ab. Allerdings ist es da schwer, zu wenden.«

Mathieu nickte. »Ja, danke.«

Der Mann hob die Hand zum Gruß und ging weiter.

Der Weg zum Bach hatte tiefe Furchen und Schlaglöcher. Als der Wagen einmal beinahe kippte, trieb es Mathieu den Schweiß auf die Stirn. Die kleine Lichtung am Bach war jedoch ideal für eine Rast. Ringsum hohe Bäume und dichter Bewuchs, vom Weg aus konnte sie niemand sehen.

Er ließ Ambra und Shibam aus dem Faß. Der Hund

hob das Bein gegen einen Baum, dann stellte er sich in den Bach und soff.

Ambra war ganz grün im Gesicht. »Alles tut mir weh, und schlecht ist mir auch! Das ist die Hölle, da drin!« Sie setzte sich ein Stück abseits ins Gras und erleichterte sich. »Ich geh' da nicht mehr rein«, sagte sie.

»Aber wenn die Comtesse bei einem Verhör deinen Namen nennt ...«

»Wenn die Comtesse es wollte, hätte sie mich doch längst denunziert«, fiel Ambra ihm ins Wort. »Dann säße ich schon längst im Turm. Niemand hat mich die Stadt verlassen sehen! Wie kämen die Häscher darauf, mich hier zu suchen?«

»Es könnte dich einer erkennen, der uns auf dem Weg sieht und in Clermont sein Maul nicht halten kann. Du und der Hund, ihr seid nicht gerade unauffällig. Und dann ...« Mathieu zögerte, bevor er sagte: »Ich weiß jetzt, wer der Kerl war.«

»Der Mann heute nacht vorm Haus?«

Mathieu nickte. »Es war der Wackere.«

Erschrocken sah Ambra ihn an. »Aber wieso taucht er jetzt auf, nach über einem Jahr?«

»Darüber habe ich auch nachgedacht. Ich kann es mir nur so erklären: Damals, als wir aus Marly verschwunden waren, glaubte er wohl, wir seien nach Marseille geflohen. Vielleicht nahm er an, du hättest Verwandte dort. Doch als er nach Süden hin unsere Spur nicht finden konnte, wurde ihm sein Irrtum klar. Er kehrte nach Marly zurück und suchte in der anderen Richtung. An solche wie uns erinnern sich die Leute auch nach langer Zeit noch. Ein Hund, so groß wie ein

Kalb, eine Frau, so schön wie du, ein Kerl mit einem weißen Pferd vor einem Wagen – so etwas merkt man sich.«

Ambra ging zum Bach. Sie trank, dann raffte sie ihren Rock und watete eine Weile durchs Wasser. Plötzlich sah sie auf. »Er wird herausfinden, wohin du mit dem Faß gefahren bist. Er kommt dir nach, so oder so.«

Mathieu schüttelte den Kopf. »Er wird mit dem Faßbinder reden, und der wird ihm sagen, daß ich in vier oder fünf Tagen zurück sein werde. Warum sollte er sich die Mühe machen, mir zu folgen, wenn er doch einfach nur abwarten muß.«

»Aber dann ...«

»Dann haben wir wenigstens einen Vorsprung! Und wir haben Zeit, zu überlegen, was wir tun können.«

Mathieu gab Ambra etwas von dem Brot, Shibam bekam die Eier, die er gestern auf dem Markt gekauft hatte, La Blanche hängte er den Hafersack um, dann setzte er sich auf einen umgestürzten Baumstamm.

»Ich gehe nicht mehr in das Faß!«

»Du hast es Marthe versprochen«, erinnerte Mathieu.

Ambra sah zu Boden und nach einer Weile wieder auf. »Gut. Noch bis heute abend.«

»Nein, du mußt es aushalten, bis wir in Gannat sind. Dort verkaufe ich das Faß und höre mich um. Vielleicht fällt mir etwas ein, wie wir uns den Kerl vom Halse schaffen können.«

13.

Als sie in Gannat ankamen, war es später Nachmittag. Über den hohen Mauern der Burg stand noch die Sonne. Mathieu schätzte, es blieben ihm knapp drei Stunden bis zur Dämmerung. Das war genug Zeit, für Ambra und Shibam ein Versteck zu suchen.

Kurz entschlossen durchquerte er die Stadt und fuhr weiter Richtung Norden.

Der Weg führte an zwei Katen und einer Mühle vorbei, über ausgedehnte Felder, dann in einen Wald, dort ging es zuerst eine Steigung hinauf, dann in leichtem Gefälle wieder bergab. Als Mathieu um eine Biegung fuhr und über die Schulter zurücksah, entdeckte er ein Stück oberhalb des Weges eine Höhle, halb verdeckt hinter Tannen und Gestrüpp.

Er hielt an. Hinter ihm ging ein Mann, der eine Karre an einem Brustgeschirr zog. Als er auf seiner Höhe war, blickte er auf, aber er grüßte nicht. Mathieu bemerkte, daß er ein grunzendes Schwein in seiner Karre hatte.

Er nahm meinen Trinkschlauch vom Wagen und tat, als würde er seinen Durst stillen. Als der Mann hinter der nächsten Biegung verschwunden war, öffnete Mathieu den Einstieg des Fasses.

Ambras Kopf erschien. Sie atmete tief die frische Luft ein, dann kletterte sie auf das Faß und sprang auf den Boden. Ihr Blick war düster, sie reckte sich mit schmerzverzerrtem Gesicht.

Shibam folgte ihr. Auch er schien am Ende seiner Geduld zu sein. Sein Schwanz peitschte heftig, dann schüttelte er sich und lief ein Stück den Hang hinauf, wo er seinen Strahl gegen einen Baum prasseln ließ.

Mathieu deutete den Hang hinauf. »Siehst du die Höhle da oben?«

Ambras Blick folgte seinem Fingerzeig. Sie nickte.

»Kannst du dort bleiben, bis ich das Faß verkauft habe? Vielleicht zwei oder drei Tage?«

»Ja, alles ist besser, als sich in dem Faß die Glieder zu verrenken.«

»Gut. Dann behalte hier, was wir bei uns haben. Die Bündel, die Decken, das Brot und den Wasserschlauch. Nur ein paar Stück von den Seifen nehme ich mit und versuche sie gegen etwas zu essen einzuhandeln. Ich komme, so bald ich kann, und wenn es länger dauert, schaue ich zwischendurch einmal vorbei. Ich werde die ersten Töne des Liedes pfeifen, das du immer singst, dann weißt du, daß ich es bin.«

Sie schafften alles in die Höhle hinauf. Zweimal kam jemand den Weg herunter, aber sie hatten Glück, denn sie standen immer gerade am Wagen und konnten tun, als müßten sie etwas am Rad richten.

Bevor Mathieu ging, umarmte Ambra ihn. Er spürte ihre Angst und erinnerte sich daran, daß sie schon einmal ein paar Tage und Nächte in einer Höhle ausharren mußte.

»Kommst du wieder?« fragte sie.

»Mach dir keine Sorgen! Ich werde vorsichtig sein, es wird mir nichts geschehen.«

Sie wußten beide, daß so ein Versprechen nichts wert war, aber es machte den Abschied leichter.

Am Stadtrand von Gannat fand Mathieu ein einfaches Wirtshaus, in dem er auch La Blanche unterbringen konnte. Die Stute war erschöpft und hungrig, und er bezahlte eine doppelte Portion Heu und ein Maß Hafer für sie. Dann aß er selbst etwas in der Gaststube und lauschte dabei auf die Gespräche.

Ein Zimmerer, der am Nebentisch saß, erzählte, daß er mit seinen Gehilfen einen neuen Dachstuhl auf der Burg bauen mußte.

Ein anderer lachte. »Vielleicht warst du es ja, der den Brand gelegt hat, damit du ein Geschäft machen kannst!«

»Halt den Mund«, fuhr ihn der Zimmerer an. »Wenn du so etwas hier herumkrakeelst, dann nimmt's der Nächste für bare Münze, und ich hab' die Häscher des Burggrafen am Hals.«

Ein anderer sagte: »Es war die Küche, die gebrannt hat, und der Vorratskeller, und jetzt ist alles beim Teufel. Was noch an Vorräten da war, ist verbrannt, und die leeren Zuber und Fässer sind verkohlt. Wenn es also darum geht, daß einer einen Vorteil hat, dann trifft es wohl ein paar mehr von uns!«

Der Mann sah einen Schwarzhaarigen an, als meinte er gerade ihn, und das erzürnte den so sehr, daß er aufsprang und den Kerl am Kragen packte.

Ehe Mathieu sich's versah, war eine Prügelei im Gange. Er nahm die Schüssel vom Tisch und verzog sich in die Ecke. Dort löffelte er sie hastig aus, warf dann dem Wirt das Geld hin und ging.

Was er gehört hatte, gab ihm Hoffnung. Er würde gleich morgen in der Frühe anspannen und auf die Burg hinauffahren.

Die Wachmänner am Tor schienen noch müde und schlechtgelaunt zu sein. Einer von ihnen richtete seine Pike auf Mathieu. »He, was willst du hier?« fuhr er ihn an.

»Siehst du das Faß?« Mathieu deutete auf seinen Wagen. »Ich habe gehört, hier hat es gebrannt. Vielleicht kannst du mich zum Küchenmeister bringen. Ich mache ihm einen guten Preis für mein Faß. Er wird es gebrauchen können.«

Der Wachmann mit der Pike ließ einen Schwall Flüche über ihn ergehen, aber der andere zog ihm am Ärmel, und sie steckten die Köpfe zusammen.

»Also gut.« Der Wortführer sah Mathieu wieder an. »Meinetwegen fahr durch.« Er pfiff nach einem Knecht. »Bring den Fuhrmann zum Küchenmeister!«

Auf dem Brunnenrand saß ein dicker Kerl mit einem schwitzenden roten Gesicht und starrte auf die verkohlten Überreste des Küchengebäudes.

»Den Fuhrmann soll ich zu dir bringen«, sagte der Knecht und deutete auf Mathieu.

»Und, was willst du von mir?«

»Schau dir das Faß an, Küchenmeister. Es ist neu und allerbeste Arbeit. Ich sollte es in Gannat bei einer Alten abliefern, doch die ist inzwischen gestorben. Was soll ich das Faß wieder mit nach Clermont nehmen?

Ich würde es dir überlassen, und ich mache dir einen guten Preis.«

»Ich brauche kein Faß! Du siehst doch, hier ist alles nur noch Schutt und Asche!«

»Ja, darum. Wenn das wieder aufgebaut ist, dann hilft dir der beste Wein, das beste Bier nichts, wenn du kein Faß hast. Kannst auch Fleisch drin pökeln, da paßt ein ganzer Ochse rein.«

»Ich habe Fässer genug«, brummte der Küchenmeister und spuckte aus.

»Sie sind alle verkohlt. Da wird sich der Burggraf freuen, wenn er zu allem auch noch rußgeschwärztes Bier trinken muß.«

»Was soll dein Faß kosten?«

»Einen Louis d'or ist es wert, gib mir zwanzig Livres dafür.«

Der Küchenmeister lachte. »Das nennst du einen guten Preis?«

»Du weißt genau, daß es ein guter Preis ist. Schau dir an, wie gut es verarbeitet ist. Und es hat ein Mannloch, so groß, daß selbst du deinen Kopf hineinstekken kannst.«

Der Küchenmeister stand auf und umrundete Mathieus Wagen, beäugte dabei das Faß wie eine Jungfrau, die er zum Weib nehmen sollte.

»Fünfzehn Livres«, sagte er.

»Achtzehn – mein letztes Wort.«

Der Küchenmeister klopfte gegen das Faß, dann kratzte er sich das Kinn und grummelte etwas, das Mathieu nicht verstand. »Also gut, du bekommst siebzehn Livres.«

»Achtzehn, und dafür geb' ich dir noch fünf Stück Seife. Die könnt ihr brauchen, so wie das hier aussieht!« Mathieu deutete auf die rußverschmierten Küchenutensilien, die herumlagen und gescheuert werden mußten.

Der Küchenmeister schlug ein und rief ein paar Kerle, die das Faß abluden.

»Mach's gut!« sagte Mathieu zum Abschied. Er ließ die Münzen, die er für das Faß bekommen hatte, in einen Lederbeutel gleiten und stieg auf den Wagen. Dann schnalzte er mit der Zunge und gab La Blanche die Zügel.

Er war bester Laune. Nun konnten sie weiterziehen. Ambra würde staunen, daß er schon zurückkehrte!

Doch zuerst fuhr er auf den Markt, um einiges einzuhandeln. Er nahm Käse und Brot, Eier und Äpfel, und sogar ein Stück Pökelfleisch kaufte er, gab dafür Seife oder bezahlte mit Sol.

Als er an der Kirche vorbeikam, ein langgezogenes Schiff mit einem eckigen Turm, steckte er einer Bettlerin, die in einer Nische kauerte, einen Liard zu. Sie starrte auf das Geld, dann auf Mathieu. »Du siehst nicht aus wie ein reicher Herr, der etwas zu geben hat.«

Er lachte. »Habe ich auch nicht. Habe selbst schon um einen Kanten Brot betteln müssen.«

»Dann vergelt's dir die Heilige Jungfrau doppelt!«

»Sitzt du den ganzen Tag hier?«

»Hab' sonst nichts zu tun.«

»Sag mir, wo geht einer wie ich hin?«

»Kommt drauf an, was er will.«

»Ich bin vogelfrei, aber hier mag ich nicht bleiben.«

»Dann geh nach Vichy, da gibt es schöne Frauen.« Sie lachte und ließ Mathieu ihren zahnlosen Mund sehen.

»Und wo liegt Vichy?«

»Im Osten, keine Tagesreise von hier.«

Er nickte und tat, als überlegte er. »Gut. Dann gehe ich nach Vichy!«

Er tätschelte La Blanche den Hals und stieg auf den Wagen. Die Alte schob die Münze in eine Falte ihres Rockes und sah ihm nach. »Schönes Pferd hast du!« rief sie noch hinter ihm her.

»Vielleicht finde ich in Vichy den passenden Hengst für sie!« brüllte er ein bißchen lauter als nötig zurück. Er hatte keineswegs vor, nach Vichy zu ziehen, aber es konnte nicht schaden, eine falsche Fährte zu legen. Eines Tages würde der Wackere hier auftauchen und bei den Leuten herumfragen.

Es war Mittag, als Mathieu zur Höhle kam. Er pfiff das Lied, und schon erschien Ambra mit dem Hund zwischen den Bäumen. Als sie sah, daß er das Faß nicht mehr auf dem Wagen hatte, lachte sie. »Dann können wir also weiterziehen?«

»Ja, komm herunter!«

Sie schickte Shibam vor. Er begrüßte Mathieu, indem er sich an ihn drückte und streicheln ließ. Dabei zog er die Lefzen hoch, als ob er lachen würde.

Mathieu holte aus der Höhle, was Ambra nicht hatte tragen können, sie verstauten alles auf dem Wagen und brachen auf.

»Und wohin jetzt?«

»Wir müssen nach Moulins. Einer im Wirtshaus, der aus Paris kam, hat sich damit gebrüstet, den Weg in zwei Tagen geschafft zu haben.«

»Nach Paris?«

Mathieu lachte. »Nein, nach Moulins! Es geht immer Richtung Norden, die Handelsstraße entlang.«

Ambra schob ihre Hand in seine. »Wenn wir erst einmal in Paris sind, werden wir Seife sieden und sie verkaufen. Gute Seife aus Olivenöl. Wir werden die Menschen überzeugen, daß sie sich waschen müssen und daß es nicht krank macht. Allen voran den König!«

»Den König? Du bist verrückt! Kein normaler Mensch kann mit dem König reden. Auf die Erde werfen mußt du dich, wenn er auch nur in deine Nähe kommt! Es heißt sogar, man wird blind, wenn man es wagen sollte, ihn anzusehen.«

»Das ist dumm, was du da sagst.«

»Mag sein.« Mathieu lachte. »Aber was du sagst, ist auch nicht gerade klug. Niemals wird der König sich mit Wasser waschen, erst recht nicht mit Seife! Er nicht und sonst auch niemand! Und wenn du es ihnen doch einredest, ergeht es dir wie Marthe.«

Als er Marthe erwähnte, senkte Ambra den Blick. »Mein Vater hat gesagt, daß es in Frankreich so viel Krankheit und Tod gibt, die Pest, den Durchfall, das Fieber und Wundbrand, das liegt daran, daß keiner sich sauberhält und die Leute ihre Brunnen verpesten. Er dachte, er könnte den Menschen etwas Gutes tun, wenn er sie lehrte, was man im Land meiner Mutter längst wußte. Aber man sieht ja, wie es geendet hat. Tot sind sie beide, und Marthe hat man in den Turm geworfen. Vielleicht hast du recht, vielleicht ist es besser, nicht länger darüber nachzudenken.«

Sie hatten Pech. Am zweiten Tag, in der zweiten Stunde nach Mittag, brach ihnen ein Rad.

Sie bockten den Wagen auf, nahmen das Rad ab, und Mathieu ging damit in den nächsten Ort. Dem Wagner bot er zwei Stück Seife für seine Arbeit, doch der wollte sie nicht, also mußte Mathieu mit Geld bezahlen. Einen Sol und einen Liard verlangte der Halsabschneider.

»Einen Sol, mehr bekommst du nicht – und das ist noch viel zu viel!« Mathieu fluchte und gab ihm das Geld. »Wann hast du das Rad fertig?«

»In zwei Tagen, früher nicht.«

»Du schaffst es in einem Tag!«

»Nein, dann nimm's wieder mit.«

Mathieu ließ es da und ging.

Als er zum Wagen zurückkehrte, waren Ambra und der Hund verschwunden, dafür machte sich ein Kerl am Geschirr von La Blanche zu schaffen.

Mathieu warf mit einem Stück Holz nach ihm. »Was tust du da?«

Der Mann sprang zur Seite und starrte ihn an. »Nichts.«

»Das sehe ich!« Mathieu packte den Kerl am Kragen und zog ihn hoch, daß seine Füße kaum noch auf den Boden reichten. »Das ist mein Pferd, also laß deine Finger davon! Und wo ist mein Weib geblieben?« Er schüttelte den Kerl.

»Weiß ich doch nicht! Und wenn du deinen Wagen und den Gaul behalten willst, dann laß sie nicht alleine im Wald herumstehen.«

»Du siehst doch, daß ein Rad gebrochen ist!« Mathieu bugsierte den Mann auf den Wagen und drückte ihn gegen die Sprossen, daß ihm die Luft wegblieb. »Wo ist sie, was hast du mit ihr gemacht?«

Plötzlich stand Ambra neben ihm. Den Hund hielt sie am Strick, er knurrte und fletschte die Zähne. »Laß ihn los, ich bin doch hier!«

Mathieu sah sie an, als wäre sie vom Himmel gefallen. Langsam lockerte er den Griff, und der Kerl wand sich unter ihm wie ein Wurm. Mathieu versetzte ihm einen Stoß, daß er rückwärts taumelte. »Und jetzt verschwinde!« schrie er.

Murrend zog der Mann ab.

Mathieu sah Ambra an. »Wo warst du, um Himmels willen? Der Kerl wollte La Blanche stehlen!«

Sie lachte. »Er wäre nicht weit gekommen, ich hätte ihm Shibam nachgeschickt. Schließ mal die Augen und sei still – hörst du etwas?«

»Wasser«, sagte er.

Sie nickte. »Siehst du dort drüben die Holunderbüsche?«

Ja, er sah sie, sie waren zwei oder drei Steinwurf vom Weg entfernt.

»Hinter ihnen verbirgt sich ein kleiner Wasserfall, der sich in eine kleine Mulde ergießt. Sie liegt vollkommen verborgen hinter Bäumen und Gestrüpp und hat klares, sauberes Wasser. Dort könnten wir bleiben, bis das Rad fertig ist. Oder willst du die Nacht etwa hier am Wegrand verbringen?«

Mathieu ging und sah sich den Platz an. Es gab sogar eine kleine Lichtung, auf der La Blanche grasen konnte

– gerade recht, um zwei Tage auszuharren. »Wir müssen versuchen, den Wagen dort hinzuschaffen«, sagte er, holte einen Gurt aus seinem Ranzen und band ihn zusammen. Die eine Schlaufe hängte er sich um die Schulter, die andere um die Achse, an der das Rad fehlte. Dann nahm er die Zügel und schnalzte.

La Blanche trat an, und Mathieu lenkte sie zwischen den Bäumen durch. Dabei schob sich das alte Laub auf, und Äste, die darunter verborgen lagen, verhakten sich in den Rädern. Doch La Blanche war erfahren im Wald, oft genug hatte die Stute Baumstämme aus dem Dikkicht gezogen, und so schafften sie es trotz allem bis auf die Lichtung.

Als Mathieu La Blanche ausgeschirrt hatte, setzte er sich keuchend auf einen Baumstumpf. Der Himmel über ihnen wurde bereits dunkel, die Sonne war bereits untergegangen.

»Und jetzt?« fragte er.

Ambra klatschte in die Hände und drehte sich, daß ihr Rock flog. Sie war glücklich und lachte. »Wir machen ein Feuer, und wir werden baden!«

Sie fing an, Holz zu sammeln, warf Äste auf einen Haufen, bis ihr der Haufen groß genug erschien. Dann zog sie den Feuerschläger aus ihrem Unterrock, häufte am Ufer trockenes Moos und Laub auf und zündete es an.

Mathieu sah ihr dabei zu. Feuer machen konnte sie besser als er. Er mochte es, wie sie sich nach vorne beugte und in die Glut blies und die ersten aufzüngelnden Flammen sich in ihren Augen spiegelten.

Als das Feuer brannte, zog sie ihre Schuhe aus und

band den Zopf auf. Nun fiel ihr das dichte schwarze Haar in Wellen bis zur Taille. Mathieus Blick glitt tiefer, über den roten Rock bis zu ihren Füßen. Auch ihre Füße waren schlank und hatten lange, schlanke Zehen, aber schwielig waren sie vom vielen Barfußlaufen. Schuhe trug Ambra nur im Winter oder wenn sie weit gehen mußte.

Ambra setzte sich zu Mathieu, dabei streiften sich ihre Arme. Es war eine Berührung, so leicht wie der Windhauch, aber gerade das erregte ihn und jagte ihm einen Schauder durch den Körper.

Er roch den süßlichen Duft, den sie verströmte, der ihm die Brust ganz seltsam beengte und ihn nach Atem ringen ließ. Still seufzte er in sich hinein. Sie so neben sich zu spüren fühlte sich an, als wäre eine Katze auf seinen Schoß gesprungen, um schnurrend sich zu drehen, zweimal, dreimal, bis sie sich schließlich hinlegte und zufrieden zusammenrollte.

Ambra nahm seine Hand und legte ihr Gesicht hinein. Sein Herz schlug heftiger. Was um sie herum war, verschwamm auf einmal. Das beständige Kauen des Pferdes, der Gesang der Amsel, das Rauschen des Wasserfalls wurden zu einem einzigen Singsang, der mit dem Pochen seines Blutes verschmolz.

Plötzlich stand Ambra auf. Sie drehte sich zur Seite, löste die Verschnürung an ihrem Kleid und ließ es auf den Boden fallen. Darunter trug sie einen weißen Kittel, den sie nun langsam über den Kopf zog.

Mathieu starrte sie an. Von der Taille aufwärts wurde ein Streifen ihrer Haut sichtbar, die dunkel und glatt war, und er staunte darüber, als ob es ein Wunder wäre, daß Ambras Körper aussah wie ihre Arme, ihre Füße, ihr Gesicht.

Nach und nach kamen auch die Bögen ihrer Rippen zum Vorschein und schließlich ihre Brüste. Sie standen von ihrem Körper ab wie zwei Hügel, die sich ihm entgegenreckten, und ihre Spitzen wurden von Knospen gekrönt, die noch dunkler waren als Ambras übrige Haut.

Noch nie hatte Mathieu den entblößten Körper einer Frau gesehen, obgleich er ihn sich so oft vorgestellt hatte. Aber so schön wie das, was er jetzt sah, hatte er es sich nicht ausmalen können.

Er vergaß zu atmen, und sein Geschlecht regte sich, wuchs und drängte sich gegen den Stoff seiner Hose.

Ambras Hände griffen nach der Kordel, die den Unterrock zusammenhielt, in dessen Falten sich ihre Schätze verbargen. Taschen mit kleinen Fläschchen, die gefüllt waren mit kostbarstem Duftöl, Goldmünzen und Mohnpaste, Feuerschläger und einem Messer. Doch ihr größter Schatz kam erst zum Vorschein, als sie auch diese Hülle noch fallen ließ – ein Dreieck von schwarz gelocktem Haar.

Nun stand sie vor ihm, wie Gott sie geschaffen hatte.

Einen Moment verharrte sie so, sah Mathieu nicht an, war ganz versunken. Dann drehte sie sich plötzlich zu ihm hin, lächelte und ging. Sie stieg ins Wasser, und so wie ihr Körper sich ihm Stück für Stück offenbart hatte, versank er nun wieder vor seinen Augen.

»Gibst du mir die Seife?« Sie mußte es zweimal fragen, bevor er es hörte.

Mathieu ging an ihr Bündel, holte sie und reichte sie ihr.

»Komm auch herein! Es ist wunderbar erfrischend!«

Ambra setzte sich auf einen Stein, der glatt und rund aus dem Wasser ragte, und fing an, sich einzuseifen. Kleine weiße Bläschen bildeten sich auf ihrer Haut. Sie summte ein Lied, strich über ihren Körper, warf den Kopf zurück, fuhr sich über den Hals und die Brüste.

»So komm doch!«

Mathieu öffnete seine Hose und ließ sie fallen. Sein Glied reckte sich in die Höhe und zuckte. Erschrocken griff er danach. Es war ihm, als müßte er es festhalten, damit es nicht von ihm fortsprang, hinüber zu der Frau, die er so sehr begehrte.

Die Berührung traf ihn wie ein Blitz, er zuckte zurück und stieß nach vorne. Ein Feuerstrahl fuhr ihm in die Lenden, er stöhnte auf, und etwas schoß aus ihm heraus. Dann sank er zusammen und fiel auf die Knie.

Wie benommen spürte er in sich hinein. Sein Herz pochte, und es war ihm, als würde er zerfließen. Nur langsam wurde sein Kopf wieder klar.

Als er schließlich aufsah, war Ambra verschwunden. Das Wasser mußte sie verschlungen haben! Mathieu war vor Angst und Scham wie gelähmt. Für das, was ihm gerade passiert war, mußte Gott ihn bestrafen, und darum hatte er ihm Ambra genommen.

Doch da tauchte ihr Kopf plötzlich wieder auf, sie lachte und winkte ihm, damit er endlich zu ihr kam.

Langsam stand er auf. Ambra lachte und sah ihn neugierig an. Schon wieder wuchs sein Glied, als ob es sich selbstständig machen wollte. Er verdeckte es mit seinen Händen und spürte, daß ihm das Blut in den Kopf stieg und seine Ohren zum Glühen brachte.

Er ging zum Becken und tauchte in das Wasser ein. Es war ein gutes Gefühl, beinahe wie eine Liebkosung. Das Wasser war kalt, aber nach einer Weile spürte er die Kälte nicht mehr.

Seit er Ambra kannte, wusch er sich. Manchmal nur mit einem Lappen, gelegentlich setzte er sich auch in einen Zuber, in den er aber nie richtig hineinpaßte. Nun aber tauchte er ganz ins Wasser ein, zuerst bis zum Hals, dann auch mit dem Kopf. Es fühlte sich seltsam unbeschwert und leicht an, so im Wasser zu schweben. Er wollte lachen, aber als er den Mund öffnete, verschluckte er sich, fuhr hustend hoch, keuchte und rang nach Atem.

Ambras Hände klatschten ins Wasser, daß es spritzte, und dazu lachte sie, daß sie beinahe daran erstickte.

Mathieu starrte sie zornig an. Daß sie sich derart über ihn lustig machte! Beleidigt wollte er aus dem Wasser steigen, doch sie hielt ihn zurück und umarmte ihn.

»Sei nicht immer gleich böse!« sagte sie. »Es macht doch Spaß, und du wirst nicht sterben daran, daß du dich einmal verschluckst und jemand über dich lacht.«

Da konnte er nicht länger an sich halten. Er umfaßte ihre Taille und preßte sie an sich, beugte sich über ihr Gesicht und drückte seine Lippen auf ihren Mund.

Er hatte noch nie eine Frau geküßt und hatte auch nie jemanden gesehen, der es getan hatte.

Ambra ließ es geschehen. Sie küßten sich, leckten an ihren Lippen, spielten mit ihren Zungen und spürten ihre Körper, die sich verlangend aneinanderdrängten.

Doch plötzlich schob ihn Ambra von sich und sah ihn ernst an. »Zuerst das Ritual«, sagte sie. »Wenn wir

Mann und Frau werden wollen, dann müssen wir uns Achtung und Treue versprechen und uns segnen. Wir müssen der Erde Wasser geben und dem Wasser Erde. Wir müssen dem Himmel danken und ein Liebesfeuer entzünden, und solange es brennt, mußt du dich zügeln und darfst mich nur liebkosen. Erst wenn es erloschen ist, darfst du dich auf mich legen und mich ganz nehmen. So hat es mir meine Mutter erklärt, als ich zum ersten Mal blutete und in den Kreis der Frauen aufgenommen wurde.«

Sie taten es genau so, wie Ambra es gesagt hatte. Sie stiegen aus dem Wasser und rieben sich mit Tüchern trocken, versprachen sich Achtung und Treue, segneten sich, schöpften etwas von dem Wasser auf die Erde und ließen Erde ins Wasser rieseln. Dann dankten sie dem Himmel mit einem Gebet, zündeten neben dem großen ein kleines Feuer an, und solange es brannte, liebkosten sie sich. Mathieu küßte Ambras Arme, ihr Gesicht, ihre Brüste, ihren Schoß, während sie ihn streichelte und ihm Worte ins Ohr flüsterte, die er nicht verstand, die ihm aber süß wie Honig klangen. Dann, als das Feuer erloschen war, legte er sich auf sie.

14.

Als Ambra erwachte, zeigte sich über den Bäumen ein erster Hauch von Morgenrot, und eine Amsel sang ihr Lied. Mathieus Arm hielt sie fest umschlungen. Sie wagte es nicht, sich zu rühren, aus Angst, den kostbaren Augenblick zu vertreiben. Solange Mathieu schlief, gehörte er nur ihr und ihren Träumen. Sie spürte seinen Atem an ihrer Stirn, roch seinen Duft und fühlte seine Wärme. Seine Brust hob und senkte sich, sein Glied, das wie eingebettet zwischen seinem Bauch und ihrem Schenkel lag, war weich und warm.

Das also hatten ihre Eltern füreinander empfunden, wenn sie Blicke tauschten, die tief und innig waren und ein Lächeln auf ihren Lippen lag, das anders war als das Lächeln, das sie für Ambra und ihre Brüder gehabt hatten.

Auch an Marthe mußte Ambra an diesem Morgen nach ihrer Hochzeit denken. Sie hatte von ihr geträumt: Mit einem Lachen war Marthe über eine Mauer gesprungen und dann auf eine Leiter gestiegen, immer höher und höher hinauf, und immer kleiner war sie dabei geworden, bis Ambra sie nicht mehr sehen konnte. Nur ihr Rufen und Lachen konnte sie noch hören: »Mach dir keine Sorgen, mein Kind, es geht mir gut!«

Nun, in den Armen Mathieus, wurde Ambra zur Gewißheit, was sie längst geahnt hatte: daß Marthe nicht mehr lebte, und sie mußte weinen.

»Aber warum weinst du denn?« Mathieu war wach geworden, setzte sich auf und sah sie erschrocken an.

»Ich weine vor Glück, daß es dich gibt, und ich weine um alle, die ich verloren habe. Meine Brüder, meine Eltern und Marthe. Ich habe von ihr geträumt. Jetzt weiß ich, daß sie tot ist.«

Er nahm sie in die Arme und hielt sie fest, und sie war dankbar, daß er schwieg und ihre Trauer mit ihr teilte.

Nach einer Weile löste sie sich aus seiner Umarmung. »Ich möchte wissen, was in Marthes Bündeln ist. Laß uns nachsehen.«

Ambra stand auf, begrüßte Shibam, der sich an sie drückte und ihr die Hände leckte, klopfte La Blanche den Hals und holte die beiden Bündel aus dem Wagen.

Sie banden die Knoten auf und schlugen die Tücher zurück. In dem einen waren Kleider und ein Paar Schuhe, in dem anderen ein verschnürter Lederbeutel, die sieben Kästchen mit den Steinen, die Karten mit den Tieren, die beiden Bücher, aus denen sie gelesen hatten, und ein verknotetes Seidentuch.

Das Tuch nahm Ambra als erstes in die Hand und öffnete es. Ein goldenes Halsband, an dem drei schwarze Perlen hingen, kam zum Vorschein. Sie machten große Augen und fragten sich, wie Marthe an einen so unermeßlichen Schatz gekommen sein mochte. Dann öffneten sie den Lederbeutel und leerten ihn aus. Es waren Münzen in ihm. Ein Louis d'or und 36 Livres, was insgesamt den Wert von zweieinhalb Louis d'or ausmachte. Davon konnte man ein gutes Pferd kaufen oder zwei Milchkühe, einen großen Acker oder einen schönen Garten mit Obstbäumen.

Auch die Kästchen öffneten sie eines nach dem anderen und fanden darin die Steine, so wie Ambra sie in Erinnerung hatte. Einen Rosenquarz, einen roten Karfunkelstein, einen Mondstein, einen Bergkristall, einen Aquamarin, eine kleine Pyritsonne und einen Hämatit. Alle ungeschliffen und, abgesehen von der Pyritsonne, keiner größer als eine Kirsche.

Als Ambra das Buch zur Hand nahm, in dem Marthe schon als Kind gelesen hatte, spürte sie wieder, wie ihr Tränen in die Augen traten. Mochten die Schätze, die vor ihnen lagen, auch noch so wertvoll sein, das Buch war ihr am wertvollsten!

Es roch nach Seife und Weihrauch, nach Zimt und nach Marthe. Ambra schloß die Augen und sah die Schublade vor sich, in der es gelegen hatte. Dunkel und wohlbehütet, bis kleine Kinderhände danach griffen und es ans Licht zogen. Sie sah Marthe als Mädchen, wie sie damit in einer verborgenen Ecke unter der Treppe saß und die Buchstaben zusammenfügte, bis sie ein Wort ergaben, und dieses Wort dann über ihre Lippen kam wie eine Offenbarung. Dann sah sie sich selbst mit dem Buch in Marthes Hof sitzen, Marthe und Mathieu neben sich, ihren Worten lauschend, als hätten sie sie zuvor nie gehört.

Ambra hob das Buch an ihre Lippen, küßte es und roch daran. Dabei sah sie Marthe vor sich, dankte ihr und hörte sie wieder lachen und rufen: »Mach dir keine Sorgen, mein Kind, es geht mir gut!«

Plötzlich verstand Ambra, daß Mathe nicht wirklich tot war, solange sie an sie dachte, und daß auch ihre Eltern und ihre Brüder für immer in ihr weiterlebten.

Zwei Tage blieben sie dort am Wasserfall. Sie badeten, liebkosten sich, lachten und redeten den ganzen Tag. Sie aßen das Brot, das Mathieu gekauft hatte, sammelten Beeren und Pilze, und einmal brachte Shibam einen Hasen, den sie über dem Feuer brieten und dessen Balg sie dann vergruben, damit man sie nicht der Wilderei bezichtigen konnte.

Am späten Nachmittag des zweiten Tages machte sich Mathieu auf den Weg in die Stadt, um das Rad zu holen, damit sie es montieren und gleich am nächsten Morgen weiterziehen konnten. Ambra verabschiedete ihn mit heißen Küssen und der unsinnigen Angst, ihn nie wiederzusehen.

Als sie alleine war, breitete sie Marthes Bündel aus und verteilte die Münzen in den Taschen ihres Unterrocks. Das Halsband nähte sie in den Saum ihres Rokkes ein, die Kästchen mit den Steinen verbarg sie zwischen Marthes Kleidern.

Nun hatten sie nur noch ein Bündel von Marthe und ihres und den Ranzen von Mathieu. Sie legte alles auf den Wagen, sammelte Laub, häufte es über die Bündel und breitete dann die beiden Decken über das Laub. Danach vertrieb sie sich das Warten damit, Beeren zu sammeln, die es auf der Lichtung gab.

Doch die Zeit wollte nicht verstreichen, und je länger es dauerte, bis Mathieu zurückkehrte, desto unruhiger wurde sie. Immer öfter lief sie zur Hecke, die ihr den Blick auf den Weg versperrte, und hielt Ausschau. Wagen, Reiter und Wanderer zogen vorbei, doch von Mathieu war nichts zu sehen.

Schließlich brach die Dämmerung herein. Immer weniger Leute waren auf dem Weg, immer dunkler wurde es im Wald.

Auch Shibam war seltsam angespannt. Er lag mit aufgerichtetem Kopf da und spitzte die Ohren. Er starrte in die Richtung, aus der Mathieu kommen mußte, und ließ keinen Laut vernehmen.

Die Angst um Mathieu ließ Ambra fast wahnsinnig werden. Immer dunkler wurde es. Wie sollte er den Weg zurück finden? Er kannte den Wald nicht. Wie sollte sie ihn finden, wenn sie ihn suchte – sie kannte den Wald noch weniger!

Aber sie hatte den Hund. Auf seinen Spürsinn war Verlaß.

Ambra hielt es nicht länger aus. Sie entfachte ein Feuer, nahm die Laterne vom Wagen, zündete sie mit einem Span an und ging los. Der Hund lief ihr voraus. Zuerst nur ein paar Schritte von ihr entfernt. Sie konnte sehen, wie er Witterung aufnahm. Dann wurde er plötzlich schneller, es gelang ihr kaum noch, mit ihm Schritt zu halten.

Inzwischen war es so dunkel, daß sie den Weg unter ihren Füßen nicht mehr erkennen konnte. Sie trat auf Wurzeln und Steine, stolperte und fing sich wieder.

Einmal stürzte sie und schlug sich das Knie auf. Der Schmerz lähmte sie für einen Augenblick. So lag sie da und starrte keuchend in die Dunkelheit.

Der Hund lief jedoch weiter. »Shibam!« rief sie und versuchte, wieder auf die Füße zu kommen. »Shibam!«

Im nächsten Moment jaulte er auf, dann hörte sie ein Stück abseits des Weges sein wütendes Gebell. Sie hob die Laterne auf und lief los. Das Unterholz wurde dichter. Gestrüpp zerrte an ihrem Rock.

Plötzlich sah sie eine Gestalt auf dem Boden liegen. Blutend und mit weit aufgerissenen Augen, Shibam über ihr, mit gefletschten Zähnen, wild vor Wut. An der linken Hand fehlten dem Mann drei Finger, das mußte der Wackere sein!

Im nächsten Moment wurde sie herumgerissen, spürte Arme, die sie umklammerten, fühlte Lippen auf ihrem Gesicht. »Mein Gott, ich hatte solche Angst …«, hörte sie Mathieus Stimme an ihrem Ohr.

»Und ich erst!« Keuchend hielten sie sich fest.

Nach einer Weile ließ Mathieu von ihr ab. »Du mußt den Hund von ihm wegholen.«

Ambra schnalzte mit dem Finger. Sofort kam Shibam zu ihr und legte sich an ihre Seite.

»Ist er tot?« Voller Ekel starrte sie den Mann an.

Mathieu ging neben ihm in die Knie und befühlte ihn. »Ja, ich glaube, er ist tot.«

»O Gott!« Ambra schlug beide Hände vors Gesicht.

»Komm, wir müssen ihn verstecken. Man darf ihn vom Weg aus nicht sehen. Wenn man ihn nach einiger Zeit findet, denkt man vielleicht, es war ein Wolf, der ihn getötet hat.«

»Hat Shibam ihn etwa …« Ambra brach ab. Der Gedanke war zu schrecklich.

»Ja, es war Shibam. Doch wenn er nicht gekommen wäre, läge ich jetzt hier, mit einem Messer in den Rippen.« Mathieu setzte den Mann auf und griff unter seinem Arm durch. »Es war seine Rache, die ihn trieb. Wir hatten ihn nicht darum gebeten, uns zu verfolgen.«

Sie schleppten den leblosen Körper noch ein Stück weiter ins Gestrüpp, dann schickten sie Shibam voraus und folgten ihm. Wieder auf dem Weg, nahm Mathieu Ambra die Laterne aus der Hand und suchte nach dem Rad, das er verloren hatte. Es lag nicht weit entfernt im Graben.

Erst nachdem sie es am Wagen befestigt und sich ans Feuer gesetzt hatten, erzählte Mathieu, was geschehen war.

»Nachdem ich in die Stadt gelangt war, ging ich sofort zum Wagner. Der Mann kam mir seltsam vor. Als ich ihm das Rad hingebracht hatte, hatte er sich als Rüpel gezeigt. Doch nun gab er sich plötzlich freundlich, ja fast unterwürfig. Er habe das Rad noch nicht fertig, leider. Viel fehle nicht mehr, aber ich solle später wiederkommen. Ich sah das Rad jedoch in der Ecke stehen und wies ihn darauf hin. Das sei es zwar, antwortete er, aber er müsse noch etwas daran tun, ich hätte schließlich ein Recht auf gute Arbeit. Ich ließ mich von ihm hinhalten und lief über den Markt. Als ich zurückkam, strich er das Rad mit einer Beize ein und ließ sich dabei mächtig viel Zeit.

Es war schon recht spät, als ich endlich den Weg zum Wald einschlug. Ein seltsames Gefühl beschlich mich – als würde mir jemand folgen. Ich sah mich um. Hinter mir ein Wagen, hinter dem Wagen ein paar Leute, in der Ferne ein Reiter. Nichts Auffälliges.

Nach einer Weile überholte mich der Reiter. Ich sah mich wieder um. Der Wagen war noch da, auch die Leute folgten ihm noch immer. Wie viele es waren, konnte ich nicht genau erkennen – vielleicht drei, vielleicht vier.

Schließlich gelangte ich in den Wald. Der Wagen holte auf. Ich blieb stehen, ließ ihn vorbei. Die Leute waren inzwischen hinten aufgesprungen und ließen sich kutschieren. Es waren zwei Männer und eine Frau.

Ich folgte dem Gespann, aber ich konnte nicht mithalten, denn das Rad sprang kreuz und quer über Stock und Stein. Irgendwann verschwand der Wagen hinter einer Biegung, und ich war allein.

Es war nun fast dunkel, und daß ich kein Licht bei mir hatte, beunruhigte mich. Auch das Gefühl, verfolgt zu werden, ließ mich nicht los.

Ich ging so schnell ich konnte. Das Messer steckte in meinem Gürtel. Ich hätte es gerne bereitgehalten, aber für das Rad brauchte ich beide Hände.

Auf einmal entglitt es mir und rollte in den Graben. Ich fluchte, als mich plötzlich etwas von hinten ansprang und mir die Kehle zudrückte. In Todesangst riß ich mein Messer aus dem Gürtel, fuhr herum und stieß es meinem Angreifer in den Arm. Er brüllte, aber er ließ mich nicht los. Als ich ein zweites Mal zustechen wollte, warf er mich herum. Dabei gerieten wir immer weiter ins Gestrüpp, und ich verlor das Messer. Ich tastete danach, doch der Wackere war schneller. Er packte es, hob den Arm und hätte es mir wohl in die Brust gerammt, wäre da nicht plötzlich ein Schatten aus der Dunkelheit aufgetaucht, um sich mit wütendem Grollen auf meinen Gegner zu stürzen.

Ich rollte mich zur Seite und starrte wie benommen auf Shibam. Er stand über dem Wackeren, jaulte und bellte, und der Mann rührte sich nicht mehr. Dann bist du auch schon gekommen.«

»Und der Wagner?« fragte Ambra. »Was hatte er mit der Sache zu tun?«

»Der Wackere hatte ihn wohl angestiftet, mich so lange hinzuhalten, bis es dunkel würde und er mir unbemerkt nachschleichen konnte.«

In der Nacht quälten Ambra die schlimmsten Träume, und sie war froh, als endlich der Morgen graute. Sie aßen ein paar Bissen Brot, füllten ihren Trinksack auf, schirrten La Blanche ein und zogen los.

Acht Tage gingen sie und gönnten sich kaum eine Rast. Hin und wieder aßen sie in einem Gasthaus eine warme Mahlzeit, aber meist begnügten sie sich mit Brot und Käse oder Früchten, die sie fanden.

Am neunten Tag erreichten sie gegen Abend Nevers. Schon von weitem hatten sie einen unförmigen Turm in den Himmel ragen sehen. Wie sie später erfuhren, gehörte er zur Kathedrale von Saint-Cyr-Sainte-Juliette.

In den engen Gassen, die sich durch die Stadt wanden und die gesäumt waren von hohen, reich verzierten Bürgerhäusern, roch es nach gebratenem Fleisch, Fisch, nach Kräutern und Knoblauch.

»Sag, wo kann man hier mit Roß und Wagen unterkommen und etwas essen?« fragte Mathieu einen Mann, der ihnen mit einem Eimer voller Fische entgegenkam.

»Da müßt ihr runter zu den Kais. Einfach immer geradeaus.«

»Zu den Kais?« Ambra sah ihn erstaunt an. »Ja, aber sind wir hier denn am Meer?«

Der Mann lachte, daß es von den Mauern der Häuser dröhnte. »Am Meer! Nein, nur an der Loire. Das ist ein Fluß, falls ihr es nicht wissen solltet.«

Als der Mann gegangen war, beugte sich Mathieu zu Ambra und flüsterte: »Was meint er mit Kais?«

»Es sind befestigte Ufer, an denen Schiffe andokken.«

»Woher soll ich das wissen? Ich habe nie ein Schiff gesehen.« Mathieu mochte es nicht, wenn jemand über sie lachte, und er haßte es, über so viele Dinge nichts zu wissen. Aber was hatte es schon gegeben in Marly: zwei Kirchen, drei Gasthäuser, eine Burg, den Markt.

Er spuckte aus und zog an La Blanches Zügel. »Komm!« sagte er, und sie gingen schweigend weiter.

Am Ufer des Flusses, den der Mann ›Loire‹ genannt hatte, blieben sie stehen und starrten überwältigt auf das Bild, das sich ihnen bot.

Dieser Fluß war so breit, daß vier Schiffe nebeneinander fuhren. Die einen hin, von der Strömung mitgenommen, die anderen her, von Pferden gezogen. Auch Segelschiffe waren darunter, aber weil es so gut wie windstill war, hingen ihre Segel schlaff an den Masten.

Eine Brücke führte in weitem Bogen über den Fluß, und drehte man sich halb nach rechts, stand dort ein Eckturm der Befestigungsanlage, die sich weiter hinten den Hügel hinaufzog und deren Mauern in der Abendsonne leuchteten. Dazu hörte man das Geschrei der Menschen, die sich an den Kais tummelten, um Waren zu verladen, und das Kreischen von Vögeln, die sich auf die Abfälle stürzten, die liegengeblieben waren oder von den Schiffen aus ins Wasser geworfen wurden.

»Daß es so etwas gibt!« Mathieu nahm ergriffen Ambras Hand und starrte wieder auf den Fluß. »Pferde, die Schiffe ziehen. Hast du das schon gesehen?«

»Nein.« Ambra lehnte sich an ihn und genoß das Glück, etwas Neues mit ihm erleben zu dürfen.

Erst das Grollen Shibams riß sie aus ihren Gedanken. Er stand neben dem Wagen und kaute auf einem Fischkopf, den ihm ein Rabe streitig machen wollte.

Lachend verjagte Mathieu den Vogel. »Shibam hat recht, es ist Zeit für ein gutes Essen.«

Am Fluß gab es einige Wirtshäuser und Spelunken. Sie beobachteten einen Mann, der ein Pferd am Halfter führte und damit im Hof eines der Wirtshäuser verschwand.

»Dort frage ich, ob sie Platz für uns haben! Ihr wartet hier auf mich.« Mathieu drückte Ambra die Zügel der Stute in die Hand und ging.

Nach einer Weile kam er zurück. »Sie haben einen richtigen Stall für die Pferde, die die Schiffe ziehen. Sie nennen sie Treidelpferde. Und sie haben eine Scheune für den Wagen. Schlafen können wir auf dem Wagen oder auf einem Strohsack in einem Verschlag über dem Stall. Dort schlafen auch die Leinenreiter, so nennen sie die Männer, die das vorderste Treidelpferd reiten.« Er war stolz, daß er Ambra etwas erzählen konnte, das auch sie noch nicht wußte. »Also, wo willst du schlafen?«

Ambra lachte. »Mit dir auf dem Wagen natürlich! Was soll ich mir die Nacht in Gesellschaft schnarchender Kerle um die Ohren schlagen, wenn ich doch dein zärtliches Liebesflüstern für mich alleine haben kann.«

»Auf dem Wagen ist es eng.«

»Mir reicht der Platz!«

Als Mathieu die Stute in den Stall gebracht und versorgt hatte, stellten sie den Wagen unter und banden den Hund darauf fest. Ihr Gepäck lag noch immer unter dem Laub und den Decken verborgen, und dort ließen sie es auch, denn in Shibams Obhut war es am sichersten.

In der Wirtsstube ging es laut zu. Ein Mädchen schleppte Krüge und Humpen zu den Tischen, ein anderes saß bei einem Kerl auf dem Schoß und ließ sich betatschen, sonst waren nur Männer da. Sie grölten und lachten, schlürften Suppe und schmatzten dabei.

Ambra und Mathieu fanden einen Platz am Tisch einiger Leinenreiter. Die Suppe, die aufgetragen wurde, roch nach Hammelfleisch und Rüben.

»Na, greift zu!« Einer der Männer schob ihnen zwei Löffel hin, die das Mädchen achtlos auf den Tisch geworfen hatte. »Oder wollt ihr etwa *à la carte* essen?« Sie lachten dröhnend.

Aus den Augenwinkeln sah Ambra, daß Mathieu sich über den Spott ärgerte. Sie stieß ihn unter dem Tisch an und lachte mit.

»Wenn ihr im Gasthaus eßt, dann seid ihr wohl nicht von hier?« fragte einer.

»Nein.«

»Und woher kommt ihr dann?«

»Aus Marseille«, gab Ambra nach einigem Zögern zur Antwort.

»Und wo wollt ihr hin?«

Sie sahen sich an und schwiegen.

»Die Herrschaften wissen es noch nicht! Madame et Monsieur reisen ohne Ziel«, feixten die Männer.

»Paris!« sagte Mathieu. »Wir wollen nach Paris.«

»Oh, nach Paris!« Die Männer verkniffen sich ein neuerliches Lachen.

»Mathieu hat einen Bruder dort«, behauptete Ambra. »Er kann uns Arbeit beschaffen. Was meint ihr, wie lange braucht man von hier bis Paris?«

»Die Wege sind nicht schlecht. Vielleicht zwei Wochen, wenn ihr euch sputet.«

»Schneller geht's allerdings, wenn wir euch bis Orléans auf dem Schiff mitnehmen. Aber das kostet was, und Geld habt ihr wohl nicht.«

»Nein, viel Geld haben wir nicht«, antwortete Ambra, »und außerdem ein Pferd und einen Wagen.«

»Ein Pferd und einen Wagen?« Die Männer sahen sich an.

»Wenn euer Gaul auf das Boot geht, dann ist das kein Problem. Wir haben Platz für sechs Treidelpferde, führen aber nur vier mit. Euer Roß und den Wagen bekommen wir schon unter, doch dann wird's noch teurer.«

»Was kostet es denn?« fragte Ambra.

Nun war Mathieu es, der sie unter dem Tisch anstieß. Ambra wußte, was er dachte. Wozu Geld ausgeben für so eine Fahrt, wo sie doch zu Fuß gehen konnten? Sie hatte aber seinen Blick gesehen, als sie am Kai gestanden und den Schiffen nachgesehen hatten.

»Ein Livre«, sagte der eine. »Dafür nehme ich euch alle mit.«

»So viel haben wir nicht! Sechs Sol haben wir, aber etwas brauchen wir auch noch für uns. Wenn du vier Sol gesagt hättest ...«

»Vier Sol!« Der Mann lachte. »Dafür, daß ihr in zwei Tagen in Orléans seid und von da nur noch fünf Tage zu Fuß bis Paris gehen müßt. Das ist die halbe Zeit für den Weg.«

»Was soll's, wir haben doch Platz«, sagte ein anderer leise, jedoch laut genug, daß Ambra es hören konnte.

»Gut. Fünf Sol, aber dafür versorgst du die Pferde, Bursche.«

Mathieu sah Ambra an. »Willst du wirklich unser ganzes Geld ausgeben für so eine Fahrt?«

»Die Füße tun mir weh. Wir könnten früher da sein. Und La Blanche – du hast doch selbst gesagt, sie geht links vorne etwas lahm.«

»Ja, schon, aber ...«

»Kein aber!« rief der, der am anderen Ende des Tisches saß und den sie Jacques nannten. »Wenn die Weiber etwas bestimmen, dann wird's auch so gemacht! Das mußt du noch lernen, Bursche!« Sie lachten wieder, und Ambra lachte mit.

»Na gut«, war Mathieu endlich einverstanden.

Mitten in der Nacht wurden sie durch Shibam geweckt. Grollend stand er neben dem Wagen, die Lefzen nach oben gezogen, das Gebiß entblößt. Er starrte zur Scheunentür, die einen Spaltbreit offen stand. Eine Laterne wurde gehoben.

»Was ist das für ein Vieh?« fragte eine Stimme.

»Zuerst sag, wer du bist!«

»Ich bin Egon, einer der Schiffer, bei denen ihr mitfahren wollt.«

»Und das ist unser Hund.«

»Von einem Hund war nicht die Rede.«

Mathieu sprang vom Wagen. »Der Hund stört niemanden. Er folgt besser als die Männer auf deinem Kahn.«

Einen Moment schwieg der andere und schien zu überlegen. »Na gut«, sagte er dann. »Steht auf, macht euch bereit. In einer Stunde legen wir ab.«

Im Stall waren die ersten Treidler schon dabei, ihre Pferde zu füttern und zu putzen. Mathieu nahm seine Bürste und machte sich ebenfalls ans Werk. Ambra blieb mit Shibam beim Wagen und schlief noch einmal ein. Als Mathieu mit La Blanche im Geschirr zurückkehrte und das Scheunentor öffnete, zeigte sich bereits der erste Schimmer Tageslicht am Himmel.

Sie spannten das Pferd vor den Wagen und fuhren am Kai entlang, bis sie den Kahn fanden, auf dem sie mitfahren wollten.

»He, kommt her, hier sind wir!« Einer der Männer rief und winkte.

Das Schiff war nicht besonders groß, nur etwa vierzig Schritt lang. Es hatte Weinfässer aus Beaune geladen, die nach Orléans gebracht werden sollten. Die vier Treidelpferde der Bootsleute standen bereits auf Deck und kauten Heu.

»Spannt das Pferd aus, den Wagen schieben wir aufs Schiff«, rief Jacques.

Er kam über die hölzerne Rampe auf den Kai, gab Ambra das eine Ende einer langen Leine in die Hand, das andere hielt er selbst. »Wenn euer Gaul Zicken macht, heben wir das Seil und führen es von hinten an sein Hinterteil, als ob wir ihn damit anschieben wollten. Das irritiert ihn, und es kitzelt ein wenig, und dann weicht er nach vorne aus – zumal es eine Stute ist!« Jacques lachte anzüglich, wandte sich dann an Mathieu: »Los, führ deinen Gaul auf das Schiff!«

Mathieu trat links neben La Blanche. Er hielt den Zügel kurz und ging los. Als sie den ersten Huf auf die Rampe setzte und das Holz dumpf krachte, schnalzte Jacques mit der Zunge, und sie spannten das Seil um ihren Hintern wie eine Schlinge, in die sie sich hineinsetzen sollte. Die Stute legte die Ohren an, doch als Jacques wieder mit der Zunge schnalzte, ging sie weiter. Es rumpelte gehörig, und dann war es auch schon vorbei. La Blanche stand auf dem Schiff und wieherte lauthals.

»Na bitte, sie ist doch ein kluger Gaul!« Jacques klang ungewöhnlich freundlich. Er schien Pferde zu lieben.

La Blanche wurde in einem Ständer angebunden, dann schoben die Männer das Fuhrwerk über die Rampe und vertäuten es.

»Aber dein Hundsvieh läuft hier nicht herum!« rief Simon, der Kapitän. »Der bleibt mir auf dem Wagen!«

Als sie ablegten, schlug eine Kirchturmuhr sechsmal, und am Kai herrschte schon wieder Geschrei und Gedränge.

Simon stand am Ruder, Egon und Jacques machten die Leinen los. Als sie unter der Brücke durch und auf der Mitte des Flusses waren, lösten sie die Verschnürung um ein braunes Segel und hievten es hoch. Es knatterte im Wind, blähte sich plötzlich. Das Schiff nahm Fahrt auf.

Ambra und Mathieu setzten sich an den Bug und sahen zum Ufer hinüber. Die Landschaft flog nur so an ihnen vorbei.

Mathieu lachte. »Selbst das beste Pferd könnte im gestreckten Galopp nicht mithalten!« Der Wind zerzauste sein Haar.

Wälder und Felder, Dörfer, Weinberge, Gutshäuser und Städte sahen sie vorbeiziehen. Fuhren sie unter Brücken durch, mußten die Männer das Segel einholen und den Mast streichen. Dann herrschte geschäftiges Treiben an Bord. Ging es jedoch einfach so dahin, erledigten sie Arbeiten unter Deck oder am Schiff oder machten es sich für eine Weile neben Ambra und Mathieu gemütlich.

Zu Beginn fuhren nur stromabwärts Schiffe. Je näher sie der nächsten Treidelstation kamen, desto öfter kamen ihnen auch Schiffe entgegen, die von Pferden oder Menschen gezogen wurden. Sie gingen auf einem breiten Pfad, der mit Kies ausgelegt war und den Jacques Leinpfad nannte.

»Fuhrwerke dürfen den Pfad nicht benützen«, erklärte er, »und die Bauern dürfen ihr Vieh nicht darübertreiben. Die Wege sind auch so schlecht genug, und es passieren mehr Unglücke, als uns recht sein kann.«

Als er das sagte, kam ihnen gerade ein Schiff entgegen, das von sechs Pferden gezogen wurde. Auf dem hintersten ritt ein Mann im Seitsitz und führte das Gespann an langen Zügeln. Ambra und Mathieu staunten und hielten es für das Größte Schiffsgespann, das es geben konnte. Aber da lachte Jacques nur.

»Je weiter man dem Meer entgegenfährt und je breiter der Fluß wird, desto größer sind auch die Schiffe. Kann eines mit fünfzig oder gar hundert Tonnen beladen werden, dann braucht man schon zwölf bis zwanzig Treidelpferde. Das siehst du gegen Mündung hin sogar oft!«

»Führen die Schiffe ihre Pferde immer selbst mit?«

»Wir schon, doch nicht alle haben eigene Treidelpferde. Mann kann auch Halfen mit ihren Heuerpferden mieten. Treidelstationen gibt es den ganzen Fluß entlang. Heuerpferde haben sogar gewisse Vorteile. Sie sind stets ausgeruht. Unsere eigenen Pferde sind nach geraumer Zeit müde, und wir müssen öfter mal Rast einlegen. Andererseits wissen wir, was wir von unseren Pferden zu halten haben, und ich weiß, was ich als Leinenreiter kann. Einem Fremden vertraue ich nicht gerne.«

»Dann bist du bei euch der Leinenreiter?«

»Ja, das bin ich.«

»Und warum reiten sie im Seitsitz wie die feinen Damen?« fragte Ambra.

Jacques lachte. »Nicht wie die feinen Damen. Das ist zu ihrer Sicherheit. Damit sie schnell abspringen können, wenn die Gäule in den Fluß gezogen werden.«

Mathieu riß die Augen auf. »Das passiert?«

Jacques nickte bedeutungsvoll. »Jetzt ist es trocken, aber sind die Wege vom Regen aufgeweicht oder durch ein Hochwasser überschwemmt, rutschen die Pferde leicht aus und werden dabei manchmal in den Strom gezogen. Oder das Schiff wird bei schwierigen Strömungsverhältnissen oder durch Unachtsamkeit des Steuermanns vom Ufer weg zur Strommitte hingetrieben. Ist die Strömung zu stark oder sind die Pferde müde, reicht ihre Kraft nicht immer aus, um das Schiff zurückzuhalten. Dann hilft nur noch schnelles Handeln. Du springst vom Pferd und kappst mit einem Beil oder Messer die Seile. Bist du nicht schnell genug, ersaufen dir deine Pferde, und du selbst vielleicht mit ihnen.« Jacques legte Mathieu eine Hand auf die Schulter. »Warum gehst du nach Paris? Bleib mit deinem Gaul bei uns. So einen wie dich könnten wir schon gebrauchen.«

Mathieu sah ihn an und schüttelte lachend den Kopf. »Nach allem, was du erzählt hast – nein, danke!«

Die Nacht verbrachten sie auf dem Schiff. Die Männer schliefen unter Deck, Ambra und Mathieu auf dem Wagen. Für die Pferde holten sie Heu von einem Bauern, für Shibam bekamen sie einen Kübel Schlachtabfälle, die übel stanken, aber Shibam schien es trotzdem zu schmecken. Für sich selbst erstanden sie Brot, Käse und einen Krug Wein.

Als die Amseln ihr Morgenlied sangen, standen sie auf, und die Männer machten das Schiff zur Abfahrt klar. Mathieu tränkte und putzte die Pferde und kam dann wieder zu Ambra auf den Wagen. »Kein übles Leben«, sagte er und lachte. »Wie gut, daß wir nicht in Marly geblieben sind.«

Zweiter Teil

15.

Als Kind war Mathieu manchmal in eine Höhle geklettert, riesig groß mit schwarzen Wänden, glänzend vom feuchten Dunst der Erde. So hoch, daß drei Mann hätten übereinanderstehen können. Der Eingang wie ein Schlund, ein aufgerissenes Maul. Dahinter blauer Himmel, wenn man von innen hinaussah, und wenn man seinen Namen in die Höhle hineinrief, dann hallte er vielfach zurück.

»Es ist das Echo«, hatte sein Vater gesagt und Mathieu ausgelacht, weil er Angst gehabt hatte vor den »Geisterstimmen« in der Höhle.

»Mathieu – ...thieu – ...thieu –«

»Hallo – ...lo – ...lo –«

»Wie gut, daß wir nicht in Marly geblieben sind – ... Marly geblieben sind – ... geblieben sind –«

Nun saß er in einem Kerker, und das Echo dieses Satzes hallte durch seinen Kopf wie damals sein Name durch die Höhle. Wie gut, daß wir nicht in Marly geblieben sind! Es klang wie Hohn!

Mathieu schloß die Augen und dachte zurück an das Schiff, auf dem sie gefahren waren. Am späten Nachmittag des zweiten Tages waren sie in Orléans angekommen. Die hellgrauen Steine der Häuser leuchteten rot in der Abendsonne. Zwei klotzige Türme der Kathedrale ragten in den Himmel. Ein Kai, an dem sich Schiffe tummelten. Händler, Fischer, Fuhrwerke und

Lastenkräne, die Ladungen an Land hievten; auch die Fässer aus ihrem Schiff.

Als sie an Land gegangen waren und La Blanche vor den Wagen spannten, kam ein Mann auf Mathieu zu und fragte, ob er für ihn eine Fuhre nach Saint Lyé übernehmen könne. Ein Faß Olivenöl, ein Faß Wein, Salz und Trockenfisch.

Saint Lyé lag auf ihrem Weg, also nahmen sie dieses Angebot an. Vier Stunden, das war an dem Abend nicht mehr zu schaffen. Daher gingen sie eine Stunde und schliefen im Wald. Sie hatten ja Shibam, der sie bewachte.

In Saint Lyé wurden sie freundlich empfangen. Sie bekamen ein gutes Essen, einen Schluck Wein und zwei Sol auf die Hand. Dann zogen sie weiter.

Eine seltsame Ungeduld erfaßte sie auf einmal, der Wunsch anzukommen. Paris! Das war wie ein Lockruf, wie eine Verheißung! Ein langer Weg, und sei er noch so schön, braucht doch ein Ziel.

Fünf Tage.

Sie kamen gut voran, keine Berge mehr, nur sanfte Hügel, die Wege ordentlich gepflegt, für die Kutschen der hohen Herrschaften. Hin und wieder überholte sie eine. Die Pferde, die sie zogen, waren von edlem Geblüt, die Kutscher in Livree.

Und dann Paris. Was für ein Schrecken!

Die Gassen waren eng und schmutzig. Vierhunderttausend Leute und vielleicht noch mehr in eine Stadt gepfercht! Da lauerte das Elend an jeder Ecke. Arme, Krüppel und Kranke. Kein Wasser, kein Essen. Die Kleider in Fetzen, die Füße nackt. Dazu so viele Karren, Fuhrwerke und Kutschen, daß sie die Straßen verstopften. Sie mußten sich zwischen den Menschen und Verkaufstischen der Händler hindurchzwängen, und kamen sich zwei entgegen und wußten nicht, wie aneinander vorbei, dann gab's Geschrei und Lärm. Clermont erschien Mathieu und Ambra in der Erinnerung wie ein fröhlicher Garten Eden gegen diesen Höllenschlund von einer Stadt.

Eine Weile liefen sie kreuz und quer, waren ratlos und erschöpft. Endlich fragte Mathieu jemanden, der aussah wie ein Fuhrmann. Der Mann lungerte in einem Hauseingang herum, kaute auf einem Stück Holz.

»Ein Wirtshaus?« Er sah Mathieu abschätzend an, dann auf La Blanche und den Wagen. »Und dein Fuhrwerk?«

»Für das brauche ich auch einen Platz. Wenn's möglich ist, schlafen wir am liebsten auf dem Wagen.«

Der Mann stand auf und spuckte das Holz aus. »Ein Wirtshaus ist gleich hier um die Ecke, aber Stallungen haben die nicht. Für euer Fuhrwerk und den Gaul gibt's einen anderen Platz, das sind nur ein paar Schritte von hier. Auf dem Wagen schlafen dürft ihr aber nicht. Im Wirtshaus haben sie einen Schlafboden. Das kostet für euch beide nicht mehr als einen Sol.«

Ein Sol – das war verdammt viel Geld für einen verlausten Strohsack auf einem dunklen Dachboden.

Mathieu sah Ambra an, sie nickte. »Wir brauchen eine Unterkunft, und morgen sehen wir weiter.«

»Und der Hund?« fragte Mathieu.

Der Mann zuckte die Schultern. »Das ist euer Problem. Beim Wagen kann er jedenfalls nicht bleiben.«

Er führte sie zum Wirtshaus. Mathieu wollte hineingehen und nach einem Schlafplatz fragen, aber der Mann hielt ihn zurück. »Sie soll das besorgen und hier auf dich warten.« Er deutete mit einer Kopfbewegung auf Ambra. »Wenn sie sagt, sie kommt von Guilbert, wird sie behandelt wie eine Königin. Und wir bringen einstweilen das Pferd zum Stall.«

»Aber ...«

»Ich habe nicht bis in alle Ewigkeit Zeit. Schlafplätze sind in Paris rar. Wenn ihr noch lange wartet, husten euch die Flöhe was! Außerdem wird der Stall bei Dunkelheit verschlossen, dann kommst du mit deinem Gaul nicht mehr rein.«

Es dämmerte bereits. Mathieu sah zum Himmel, dann blickte er Ambra an.

»Geh nur«, sagte sie. »Ich habe ja den Hund, mir passiert schon nichts.« Sie band Shibam den Strick um den Hals, nahm beide Bündel und Mathieus Ranzen vom Wagen und verschwand im Wirtshaus.

»Na komm schon!« Ungeduldig zog ihn der Fremde weiter. Um zwei Ecken in einen Hinterhof. Mathieu erinnerte sich noch an eine tote Katze, an der drei Ratten nagten, den Gestank nach verwestem Fleisch. Dann fühlte er plötzlich einen Schlag auf den Nacken, und es wurde dunkel um ihn hin.

Mathieu spürte einen Tritt. Vor Schmerz riß er die Augen auf und sah in drei Gesichter, die ihn anstarrten.

»Er ist es!« sagte die Frau.

Die beiden Uniformierten packten ihn und zerrten ihn hoch. »Bist du sicher?«

»Ja, er ist es! Seit Tagen lungert er hier herum, bettelt, belästigt anständige Bürger.«

Sie schlugen Mathieu und traten nach ihm. Wie ein Vieh trieben sie ihn vor sich her.

»Das stimmt nicht«, widersprach er den Anschuldigungen.

»Halt's Maul!«

»Wo ist mein Pferd ... mein Fuhrwerk ...«

Ein heftiger Schlag gegen den Rücken brachte ihn zum Schweigen.

Sie stießen ihn in einen geschlossenen Karren und warfen die Tür hinter ihm zu. Im Innern war es stockdunkel. Mathieu hörte einen Riegel, der vorgeschoben wurde, dann nahm er leises Stöhnen wahr.

Suchend tastete er seine Umgebung ab. Ein Körper lag halb unter ihm, ein anderer daneben, hinter sich fühlte er ein Paar nackte, behaarte Beine.

»He, Pfoten weg!« fauchte ihn einer an.

»Wo sind wir hier?«

»Auf dem Weg ins Generalspital.«

Panik beschlich Mathieu. Warum brachte man ihn in eine Besserungsanstalt wie einen Landstreicher und Bettler? Er klopfte gegen die dunkle Bretterwand, die ihn umgab. »Haltet an, laßt mich hier raus!«

Die Stimme lachte. »Du kommst gleich raus. Warte nur, bis wir da sind. Dann sperren sie dich für heute zu den Ratten in einen Kerker.«

»Und morgen?« fragte er, Unheil ahnend.

»Morgen werden sie dich zur Arbeit einteilen. Dann darfst du schuften von Sonnenaufgang bis Sonnenuntergang. Und das so lange, bis du tot umfällst.«

»Aber warum? Ich bin Fuhrmann, ich habe mir nichts zu Schulden kommen lassen!«

Wieder lachte der Mann. »Keiner von uns hat sich etwas zu Schulden kommen lassen, außer daß er arm ist und vielleicht mal die Hand aufgehalten hat.«

»Aber ich bin doch gar nicht arm!« Wie um sich dessen zu versichern, griff Mathieu nach dem Beutel, der an seinem Hals gehangen hatte und in dem noch drei Livres sein mußten. Doch der Beutel war verschwunden.

Mathieu rutschte ein Stück höher und lehnte sich gegen die Wand. Sein Rücken, sein Kopf schmerzten, der Gestank in diesem Wagen drückte ihm auf den Magen. Dennoch versuchte er seine Gedanken zu ordnen.

Ambra und er waren nach Paris gekommen. Sie hatten ein Quartier gesucht. Da war dieser Kerl gewesen. Sie hatten Ambra zu einem Wirtshaus gebracht, danach war er ihm mit dem Fuhrwerk gefolgt. In einem Hinterhof ... Mathieu versuchte sich zu erinnern. Der Mann mußte ihn niedergeschlagen und ausgeraubt haben! Und La Blanche und den Wagen gestohlen!

Aber warum hatte die Frau solche Lügen erzählt? Und was war mit Ambra geschehen?

»Mein Gott!« stieß er verzweifelt hervor.

Die Stimme lachte. »Gott hilft dir jetzt auch nicht mehr! Außerdem ist er sowieso nur für die Reichen da.«

»Mein Weib ... Sie kann beweisen, daß wir nicht arm sind!«

»Pa, dein Weib! Ich rate dir: Laß dein Weib aus dem Spiel. Hat sie Geld, sagt man, sie hat es gestohlen. Hat sie keines, landet sie da, wo sie dich jetzt hinbringen.

Und dort zu sein ist kein wahres Vergnügen. Wenn man sich erst einmal vorgenommen hat, einen besseren Menschen aus dir zu machen, dann bist du denen auf Gedeih und Verderben ausgeliefert. Weigerst du dich, in einer ihrer Manufakturen zu rackern wie ein Pferd, sperrt man dich in eine Zelle, die sie mit Wasser volllaufen lassen. Es gibt eine Pumpe in dieser Zelle, und wenn du nicht ersaufen willst, dann kannst du pumpen. Zwölf Stunden lang. Du oder das Wasser. Oder man peitscht dich zur Strafe aus und schickt dich anschließend auf eine Galeere. Da kannst du dann die christliche Seefahrt genießen und etwas Gutes für deinen König tun!«

Plötzlich rumpelte es im Wagen. Es schien ein Handgemenge zu geben, und einer schrie den Kerl an, der gesprochen hatte: »Wenn du nicht gleich dein verdammtes Schandmaul hältst, dann wirst du nichts mehr von alledem erleben!«

Der Mann, der neben Mathieu auf dem Boden lag, stöhnte und wimmerte. Mathieu schloß die Augen.

16.

Im Wirtshaus ging es zu wie auf den Kais von Orléans. Alle Tische waren besetzt, und es war so laut, daß die Leute sich anschreien mußten, wollten sie miteinander reden. Es stank nach saurem Wein und angefaulten Kartoffeln, nach Schweiß und ungewaschenen Kleidern.

Der Wirt war mit seiner Arbeit beschäftigt, und die beiden Weiber, die ihm zur Hand gingen, rannten mit Krügen und dampfenden Schüsseln hin und her.

Keiner schien Ambra zu bemerken.

Nachdem sie eine Weile am Tresen bei der Tür gestanden und vergeblich gewartet hatte, daß der Wirt oder eine der Frauen kam, um sie zu bedienen, ging sie zur Schenke. Endlich sah der Wirt auf und streifte sie mit kühlem Blick.

»Was willst du hier? Du siehst doch, wir haben zu tun!«

»Einen Schlafplatz suche ich; für mich, meinen Mann und den Hund.«

»Warum kommt er nicht selbst herein, dein Mann.«

»Es ist weil ... Guilbert schickt uns. Sie bringen noch das Fuhrwerk weg.«

Als Ambra den Namen Guilbert nannte, sah der Wirt sie plötzlich interessiert an. »Ach.« Das war alles, was er sagte.

»Also – hast du noch einen Schlafplatz für uns?«

Der Wirt füllte Wein aus einem Faß in einen Krug. »Für den Hund nicht«, sagte er, ohne Ambra anzusehen.

»Wir bezahlen für ihn.«

Er stellte den Krug auf die Theke und füllte einen zweiten. Danach verschränkte er die Arme und grinste Ambra an. »Ihr könnt ein Zimmer nehmen wie die feinen Herrschaften. Da ist es mir egal, ob ihr zu zweit oder mit einem Hund drin schlaft. Aber für ein Zimmer habt ihr wohl kein Geld.«

»Was kostet es denn?«

»Auf jeden Fall mehr, als ihr habt!« Abrupt drehte der Wirt sich um und machte sich wieder an die Arbeit. Ambra würdigte er keines Blickes mehr. Erst als er zwei weitere Krüge gefüllt hatte und sie immer noch da stand, fuhr er sie an: »Verschwinde von hier! Such erst mal deinen Mann! Und wenn ihr dann immer noch ein Zimmer braucht, schick ihn selbst zu mir.«

Ambra dachte an die Worte des Kerls, der sie hergebracht hatte: Wenn sie sagt, sie kommt von Guilbert, dann behandeln sie dein Weib wie eine Königin! Was glaubte der, wie man eine Königin behandelte?

Sie verließ die Wirtsstube und kauerte sich draußen in die Toreinfahrt. Mit angezogenen Knien, Shibams Kopf auf ihrer Schulter, hockte sie da und starrte auf die Straße. Nach einer Weile kam der Wirt heraus und hängte eine Laterne über die Tür. Zum Glück reichte der Lichtschein nicht bis zu Ambra, daher bemerkte er sie nicht.

Leute gingen vorbei, Kutschen fuhren, ein Nachtwächter rief die zehnte Stunde nach Mittag aus – und Mathieu war immer noch nicht zurück!

In Ambra kochte die Angst hoch wie der Seifensud in Marthes Töpfen. Sie fragte sich, warum sie so dumm gewesen waren, sich zu trennen. Und was, um Himmels willen, sollte sie jetzt tun?

Warum kam Mathieu nicht zurück? Es gab nur eine Erklärung: Ihm mußte etwas passiert sein! Ambra mußte ihn suchen! Aber wo sollte sie anfangen und wie sollte sie sich in dieser Stadt zurechtfinden, die so groß war, daß ihr Marseille wie ein Dorf dagegen erschien?

Verzweifelt legte sie ihren Kopf auf die Knie und weinte. Shibams kalte Schnauze stupste sie an, sie nahm ihn in den Arm. »Wie gut, daß ich dich habe.«

Plötzlich wußte sie, was zu tun war. Der Hund konnte Mathieu suchen.

Sie hängte sich den Ranzen um, band die beiden Bündel aneinander und warf sie sich über die Schulter. Dann nahm sie Shibam und sagte: »Such Mathieu! Such!«

Er ging los, die Schnauze auf dem Boden, nahm Spur auf, dort, wo das Fuhrwerk gestanden hatte. Er zog sie, ging immer schneller, so schnell, daß sie ihm kaum folgen konnte.

Wenig später fand sie sich in einem Hinterhof wieder. Shibam schnüffelte und roch, jaulte und winselte und kratzte auf den Pflastersteinen, aber Ambra konnte nichts sehen außer dem Kadaver einer Katze, über den sich ein paar Ratten hermachten.

Eine Tür führte in das Haus, eine in den Keller. An den Türen zeigte Shibam jedoch kein Interesse. Wäre Mathieu dort hineingegangen, würde der Hund es ebenfalls versuchen. Und außerdem, wo sollte dann das Fuhrwerk geblieben sein?

Ambra rief leise Mathieus Namen und horchte in die Dunkelheit. Nichts. Verzweifelt schüttelte sie den Kopf, die Tränen in ihren Augen verschleierten ihr den Blick.

»Such, Shibam!«

Der Hund ging wieder los, zog sie auf die Straße hinaus, suchte ein Stück die Gasse hinauf, ein Stück hinunter. Lief hin und her, jaulte, zog sie zurück auf den Hof, ließ sich dort nieder und sah sie hechelnd an.

Plötzlich kam ein Mann aus der Tür. Er leuchtete ihr mit einer Laterne ins Gesicht. »Was ist, Weib, was willst du in unserem Hof?«

»Ich suche meinen Mann. Er war mit seinem Fuhrwerk hier. Jetzt ist er verschwunden.«

»Mit einem Fuhrwerk? Siehst du irgendwo ein Fuhrwerk?«

»Nein.«

»Also. Verschwinde!«

Ambra verließ den Hof, ging zum Wirtshaus zurück und setzte sich wieder in die Toreinfahrt. Es war eine dunkle Ecke, man konnte sie nicht sehen, aber sie hatte einen guten Blick auf die Gasse. Es kamen und gingen noch immer Leute, und es fuhren Wagen vorbei. Jedesmal wenn sie das Getrappel von Hufen hörte, schlug ihr Herz höher, aber dann war es wieder nur eine der vielen Kutschen, die durch Paris fuhren, und von Mathieu war weit und breit nichts zu sehen.

Der Nachtwächter rief die elfte Stunde aus.

Im Wirtshaus wurde es ruhiger. Irgendwann schlief

sie erschöpft ein, wurde wach, als Shibam knurrte, schreckte hoch und starrte in das Licht einer Laterne.

»Was drückst du dich hier herum? Ich hatte gesagt, du sollst verschwinden!« Es war der Wirt.

»Mein Mann ist nicht zurückgekommen. Hast du einen Schlafplatz für mich?«

»Nicht mit dem Hund.«

Ambra nahm ihr Bündel und machte sich auf. Als sie an dem Wirt vorbeimußten, fletschte Shibam die Zähne. Der Mann trat einen Schritt zurück. »Und laß dich hier nicht mehr blicken!« rief er ihr nach. »Oder ich sorge dafür, daß sie dich ins Arbeitshaus bringen! In Paris ist das Betteln verboten!«

Ambra fand einen Brunnen. Sie tauchte ihre Hände in das Wasser und trank, wusch sich das Gesicht und sah zu, wie auch Shibam seinen Durst stillte. Die Nacht hatte sie in einem Kellerloch verbracht, doch als es hell wurde, machte sie sich davon. Es war besser, niemandem in die Quere zu kommen.

Von dem Geld in den verborgenen Taschen ihres Unterrocks hatte sie sich einen Sol herausgenommen, ihn in ein Tuch gebunden und in den Ausschnitt gesteckt. Als sie an einem Bäcker vorbeikam, kaufte sie einen Wecken Brot und aß ihn mit Hunger. Shibam hatte sich nachts ein paar Ratten gejagt, um ihn brauchte sie sich nicht zu sorgen.

Ambra ging weiter und kam an einen Fluß, den man die Seine nannte. Händler boten dort ihre Waren feil, Bänkelsänger und Akrobaten unterhielten die Leute. Sie setzte sich ans Ufer und starrte ins Wasser.

Drei Tage und drei Nächte streifte sie durch die Stadt und suchte nach Mathieu. Sie kehrte zum Wirtshaus zurück, beobachtete den Eingang, hielt nach Guilbert Ausschau – aber nichts, keine Spur von Mathieu oder dem Mann.

Bald sah sie wirklich aus wie eine Bettlerin. Ihre Kleider waren schmutzig und abgerissen und sie selbst stank nach dem Dreck, in dem sie die Nächte gelegen hatte. Dann kam das Fieber. Zuerst spürte Ambra es am Urin, der ungewöhnlich scharf roch. Bald danach glühten ihr auch Stirn und Wangen, und ihre Glieder begannen zu schmerzen.

Sie konnte kaum noch gehen, trotzdem schleppte sie sich über die Brücke zur Notre-Dame. Etwas zog sie hin. Vielleicht die Hoffnung, Gott könne ihr helfen.

Im Fieberwahn glaubte sie plötzlich, Mathieu zu sehen. Er saß auf einer Mauer und winkte ihr zu. Sie rief seinen Namen und wollte loslaufen, doch ihre Füße waren schwer wie Blei. Ambra blieb an einem Stein hängen, stolperte und fiel. Sie spürte noch, wie ihr Kinn auf das Pflaster schlug.

Es waren Steinplatten, wie auf Gräbern. Sie fielen um und begruben Ambra unter sich. Jemand hob sie auf. Sie wurden zu Feuerbällen, die um sie herumtanzten. Dann prasselte glühender Regen auf sie nieder. Sie schrie und wollte fliehen, doch etwas drückte sie zurück, und sie versank in einem Meer von Federn, die aufstoben, um auf sie herabzurieseln wie Schnee. Da war alles in ein gleißendes Licht getaucht, doch dann wurde es plötzlich wieder dunkel und still um sie.

Im Niemandsland zwischen Leben und Tod gab es keine Zeit. Es war eine Welt ohne Hunger und Durst, ohne Gerüche, ohne Kummer und Schmerz, ohne Liebe, ohne Sehnsucht, ohne Hoffnung. Nichts hatte mehr Bedeutung. Es war eine Welt voller Gleichmut, in der Stille herrschte.

Doch hin und wieder raunte dieses Flüstern durch die dunkle Endlosigkeit, in der Ambra schwebte: »Du kannst es schaffen – du mußt es nur wollen!« Es war wie das Säuseln in den Muscheln, die sie auf Perim gefunden und sich staunend ans Ohr gehalten hatten.

Muscheln auf Perim.

Blutspuren im Schnee.

Ihre Eltern, von Flammen umzüngelt, der Geruch nach verkohltem Holz und verbranntem Fleisch.

»Du kannst es schaffen – du mußt es nur wollen!«

Ambra fühlte etwas Kaltes auf ihrer Stirn und etwas Feuchtes, Warmes an ihrer Hand. Es leckte ihre Finger. Shibam!

Sie versuchte ihre Lider zu öffnen, hörte ein Ächzen, wie das Ächzen der Masten auf dem Schiff, mit dem sie über das Meer gekommen war. Da fiel plötzlich Licht in die Dunkelheit, die sie gefangenhielt, und ein Gesicht schob sich in ihr Blickfeld.

Es gehörte zu einer jungen Frau, nicht viel älter als Ambra. Sie roch nach frisch gemolkener Milch, nach Zimt und ein wenig nach Bittermandel. Ihr dunkelblondes, langes Haar hatte sie zu einem Zopf geflochten, und den Zopf hatte sie aufgesteckt. Ihre Augen waren grau wie die der Katzen auf Perim, und als sie lächelte, sah Ambra eine Reihe gesunder weißer Zähne.

»Mein Gott, ich danke dir, daß du sie der Welt zurückgegeben hast!« sagte die Frau und legte Ambra lächelnd ihre kühle Hand auf die Stirn.

Plötzlich schob sich Shibam vor. Seine rote Zunge hing aus dem Maul, und er winselte leise.

Die Augen fielen Ambra wieder zu, doch das Bild von Shibam nahm sie mit in ihre dunkle Welt. Es erfüllte sie mit einer Sehnsucht, die ihr die Kraft gab, nicht zu sterben.

Ambra hörte einen Vogel singen. Sie öffnete die Augen und drehte den Kopf. Eine Amsel saß am geöffneten Fenster und blickte sie an.

Plötzlich wurde die Tür aufgeschoben, und die Frau trat herein, deren Gesicht Ambra schon einmal gesehen hatte.

»Du bist ja wach!« Ihr Lachen war warm und herzlich. Sie kam zu ihr, setzte sich und strich ihr über den Kopf.

»Die Amsel ...« flüsterte Ambra. »Warum fliegt sie nicht fort, wenn jemand ins Zimmer kommt?«

Die Frau hielt ihre Hand hoch, der Vogel flog zu ihr und setzte sich auf ihren ausgestreckten Finger. »Das ist Troubadour. Er hatte einen gebrochenen Flügel. Ich habe ihn gesund gepflegt, dafür belohnt er mich mit seinem Gesang. Er kommt jeden Abend und singt mir ein Lied.«

»Dann ist jetzt Abend?«

»Ja. Bald wird die Sonne untergehen.« Sie ging zum Fenster und ließ Troubadour hinausfliegen.

»Und wer bist du?« fragte Ambra.

»Ich bin Babeline. Ich habe dich gefunden, als ich zur Notre-Dame ging, um eine Kerze für meinen verstorbenen Mann anzuzünden. Ich habe dich zu mir bringen lassen und gepflegt. Fünf Tage hast du mit dem Tod gerungen.«

»Fünf Tage! So lange schon ...« Ambra schloß die Augen und dachte an Mathieu. Was, wenn er doch zurückgekommen war? Wenn er sie bei dem Gasthaus gesucht und nicht gefunden hatte?

Als Babeline sah, daß sich ihre Augen mit Tränen füllten, legte sie ihr eine Hand an die Wange. »Du bist noch am Leben, dafür solltest du Gott danken! Und falls du deinen Hund vermißt, er ist hier. Als ich dich fand, ohnmächtig auf der Straße liegend, saß er neben dir, hat dich bewacht und niemanden in deine Nähe gelassen. Nur mir hat er es erlaubt, weiß der Himmel warum. Und als wir hier waren, legte er sich neben dein Bett und wollte das Zimmer nicht einmal zum Fressen verlassen. Nur um sich zu erleichtern, ist er bereit, hinauszugehen.«

Sie hörten ein leises Kratzen und Winseln an der Tür. »Siehst du, da ist er schon wieder!«

Babeline ließ ihn ins Zimmer, und er stürmte auf Ambra zu.

»Shibam!« flüsterte sie. »Guter Hund ...«

Er winselte und leckte ihr die Hand, er drehte sich vor Freude um sich selbst, als wollte er tanzen. Sie versuchte ihn zu streicheln, aber ihre Kraft reichte nicht aus.

Babeline verließ das Zimmer und kehrte kurz darauf mit einem Becher zurück. Sie zog Ambra ein Stück hoch, hielt sie im Arm und flößte ihr heiße Brühe ein. »Schlaf dich gesund. Was immer dich so quälen mag, es wird vorübergehen.«

Am nächsten Tag ging es Ambra bereits besser. Sie konnte Shibam streicheln und ein paar Bissen gekochtes Gemüse essen. Sie schlief viel und trank, als wäre sie ein Faß ohne Boden.

Abends kam Babeline mit einer Schüssel warmen Wassers. Sie stellte sie auf einen kleinen Tisch beim Bett und legte einen Lappen daneben. »Ich werde dich waschen«, sagte sie.

Erstaunt sah Ambra sie an. »Mich waschen?«

Babeline lachte. »Ja, warum nicht? Oder hast du etwa Angst, es könnte dir schaden? Ich habe dich, seit du hier bist, jeden Tag gewaschen. Von Kopf bis Fuß. Du hast es nur nicht bemerkt.«

»Wo sind meine Bündel?« fragte Ambra, statt eine Antwort zu geben.

»Ich habe sie sicher verwahrt. Auch deinen Unterrock mit den vielen Taschen.«

»Dann bring mir bitte das rote.«

»Zuerst wasche ich dich.«

»Nein, zuerst das Bündel!«

Babeline stand auf und holte es. Ambra knöpfte es auf und reichte Babeline ein Stück Seife. »Damit kannst du mich waschen.«

»Mit Seife?« Nun war Babeline es, die Ambra erstaunt ansah.

»Hast du etwa Angst, es könnte mir schaden?« fragte Ambra, und sie lachten beide.

Babeline rieb mit dem nassen Tuch über die Seife. »Wie gut sie duftet! Und wie fest sie ist!«

»Ich habe sie selbst aus Olivenöl gesiedet. Und was du riechst, dieser süße Duft, das ist Jasmin.«

»Aus Olivenöl und Jasmin? Davon habe ich noch nie gehört. Was ist Jasmin?«

»Das ist ein weiß blühender Kletterstrauch, der in dem Land wächst, in dem ich geboren wurde.«

»Dann bist du also Seifensiederin?«

»Ja, das bin ich.« Ambra schloß die Augen, um Babeline zu zeigen, daß sie nicht weiter darüber reden wollte, und Babeline verstand und fragte auch nicht mehr.

Es tat Ambra gut, so liebevoll berührt und umsorgt zu werden, doch die Sehnsucht nach Mathieu brannte wie ein Feuer in ihr, und daran konnte auch Babeline nichts ändern.

Am vierten Morgen bat Ambra Babeline, ihr beim Aufstehen zu helfen. Sie setzte ihre Füße auf den Boden und versuchte, ein paar Schritte zu gehen. Bis zum Fenster – weiter kam sie nicht. Erschöpft legte sie sich wieder hin und schlief ein.

Abends wurde sie von Troubadour geweckt. »Hallo, da bist du ja!« Sie hielt ihre Hand hoch und lockte ihn. Eine Weile hüpfte er unentschlossen hin und her, dann flog er auf und setzte sich auf ihren Finger. Da lachte sie wieder.

Babeline kam herein. Troubadour flog auf ihre Schulter und von da zum Fenster hinaus. Sie schloß es und setzte sich an Ambras Bett.

»Wie war es, als du mich gefunden hast?« fragte Ambra.

»Als ich den Platz vor der Notre-Dame überquerte, fiel mir zuerst dein Hund auf. Einen so großen und so schönen Hund hatte ich noch nie zuvor gesehen. Dann fiel mein Blick auf dich, und ich bemerkte, daß dir nicht wohl war. Kaum hatte ich das erkannt, bist du auch schon gestürzt und bliebst wie tot liegen. Ein Mann ging zu dir. Er sah dich an, und als er sicher war, daß du dich nicht mehr rührst, versuchte er, deine Bündel an sich zu nehmen. Doch Shibam fletschte die Zähne und jagte den Mann davon. So ging es noch ein paarmal. Wenn einer versuchte, sich dir zu nähern, sprang dein Hund auf und lehrte ihn das Fürchten.

Ich selbst blieb zuerst ein paar Schritte entfernt stehen und redete mit ihm. Er hob die Lefzen, aber er knurrte nicht. Nach einer Weile wagte ich es, mich neben dich zu knien und dich auf den Rücken zu drehen. Er beobachtete jede meiner Bewegungen, und ich bin sicher, hätte ich dir auch nur ein Härchen gekrümmt oder mich mit deinen Sachen davongemacht, hätte er mich zerfleischt.

Als ich festgestellt hatte, daß du noch lebst, rief ich einen Mann mit einer Karre. Vorsichtig und unter Shibams aufmerksamen Blicken legten wir dich hinein und brachten dich hierher.«

»Ich danke dir für alles. Du hast mir das Leben gerettet.« Ambra schloß die Augen, sie sah Mathieu vor sich, hörte sein Lachen, roch den Duft seiner Haut. »Doch es ist ein Leben, mit dem ich nichts mehr anzufangen weiß«, fügte sie leise an.

Babeline legte eine Hand auf Ambras Arm. »Sagst du mir, was dich so bedrückt?«

Sie nickte. »Du hast ein Recht zu erfahren, wer ich bin.«

Dann erzählte Ambra von Perim, von der großen Welle und der Überfahrt nach Frankreich. Von der Zeit in Marseille, von all dem Elend, das sie dort gesehen hatte. Sie erzählte von ihrem Aufbruch nach Paris, wie Shibam zu ihnen gekommen war, erzählte von Marly und dem Brand, von Mathieu, von ihrer Flucht und dem Leben bei Marthe. Sie berichtete auch von ihrer zweiten Flucht, vom Wackeren, von der Reise nach Paris und Mathieus Verschwinden.

Babeline nahm sie in die Arme. »Ich würde dir so gerne etwas Tröstendes sagen, aber ich müßte dich belügen. Das Wirtshaus, von dem du gesprochen hast, liegt in einer üblen Gegend. Der Mann, der sich Guilbert nannte, hatte es vermutlich von Beginn an auf das Fuhrwerk abgesehen. Er hat euch getrennt, damit er ...« Babeline brach ab und wich ihrem fragenden Blick aus.

»Damit er Mathieu leichter töten kann?« Mit Tränen in den Augen sah Ambra sie an. »Nein, das glaube ich nicht. Er ist nicht tot! Ich würde es spüren.«

Babeline nickte. »Vielleicht hast du recht, vielleicht sehe ich die Dinge zu schwarz. Wenn du wieder ganz gesund bist, werden wir ihn suchen.«

»Und du?« fragte Ambra. »Wie kommt es, daß du dieses Haus ganz alleine bewohnst?«

»Mein Mann starb im letzten Winter an Schwindsucht. Er war zwölf Jahre älter als ich. Kinder hatten wir nicht. Nun gehört das Haus Richard, dem jüngeren und einzigen noch lebenden Bruder meines Mannes. Doch er fährt zur See und ist nur selten hier. Vom Tod seines Bruders weiß er noch nichts. So kommt es, daß ich alleine lebe.«

»Und wer hat dir beigebracht, dich zu waschen? Es ist ungewöhnlich, so gut wie niemand tut es hier.«

»Ich habe es von Richard gelernt. Er ist ein kluger Mann, kann lesen und schreiben. Er hat die ganze Welt bereist und lange in fernen Ländern gelebt. Er ist Kapitän auf seinem Schiff und sagt, daß seine Männer gesund sind, weil er dafür sorgt, daß sie gutes Essen bekommen und nicht nur das Schiff, sondern auch sich selbst sauberhalten.«

»Mir scheint, du hast ihn sehr gern?«

Babeline errötete. »Wenn du willst«, sagte sie, ohne auf Ambras Bemerkung einzugehen, »kannst du gerne hierbleiben und bei mir wohnen. Platz ist genug, und Richard wird bestimmt nichts dagegen haben.«

Als Ambra wieder bei Kräften war, zeigte Babeline ihr das kleine Anwesen. Es lag in Saint Denis, einem Dorf am Rande von Paris, und war einmal ein Bauernhof gewesen. Doch außer Hühnern und einem Schwein lebten keine Tiere mehr hier, und die Ländereien waren längst verkauft.

Im Hof gab es eine Werkstatt mit einem Ofen, denn Babelines Mann war Kerzenmacher gewesen, und unter der Werkstatt befand sich ein großer Keller, in dem einmal die Vorräte gelagert wurden.

»Die Werkstatt wäre groß genug, um Seife zu sieden«, bemerkte Ambra, doch kaum hatte sie den Gedanken ausgesprochen, verwarf sie ihn auch schon wieder. Sie wollte keine Pläne schmieden, solange sie nicht wußte, was mit Mathieu geschehen war.

In einer der Markthallen hatten sie Stoff gekauft, hatten daraus zwei Röcke und zwei Mieder für Ambra genäht und einen Umhang für die kalte Zeit. Die Sachen waren ihrem Stand gemäß schlicht, trotzdem kleideten sie Ambra zu ihrem Vorteil. Sie sah nun nicht mehr aus wie ein Bauernmädchen, und ganz sicher würde sie niemand für eine Bettlerin halten. Verließ sie das Haus, trug sie eine weiße Haube wie die verheirateten Frauen, und wenn sie alleine ging, nahm sie zu ihrem Schutz Shibam mit.

Doch an einem Montag, Anfang Oktober, begleitete sie Babeline, und Shibam ließen sie zu Hause.

Zuerst gingen sie in die Präfektur. Als sie endlich den zuständigen Amtmann gefunden hatten, war es schon Mittag. Auf dem Tisch vor ihm lagen ein Wecken Brot, Käse und ein Apfel. Er war im Begriff zu essen, als die beiden Frauen die Stube betraten.

Mißmutig sah er auf. »Was wollt ihr? Ihr seht doch, ich habe jetzt keine Zeit!«

»Nur eine Frage. Mein Mann ist verschwunden. Es war heute vor sechzehn Tagen. Er heißt Mathieu Barthes, ist zwanzig Jahre alt, stammt aus Marly und ist Fuhrmann. Das Fuhrwerk, mit dem er unterwegs ist, ist ein einfacher Heuwagen, von einer Schimmelstute gezogen. Es ist ebenfalls verschwunden.«

»Viele Männer verschwinden in Paris!« brummte er. »Und von einem Fuhrwerk weiß ich nichts.«

Ambra legte ihm drei Sol auf den Tisch. »Vielleicht können Sie jemanden schicken, damit er in den Büchern nachsieht.«

Der Amtmann sah das Geld an. »Hm«, sagte er, »das ist nicht viel.«

»Mehr habe ich nicht.« Babeline hatte Ambra davor gewarnt, ihn mit einem größeren Betrag zu bestechen. Es hätte ihn mißtrauisch gemacht, und er hätte sie vielleicht des Diebstahls verdächtigt.

»Ich werde sehen, was ich für dich tun kann. Komm später wieder!«

»Wann später?« So leicht ließ Ambra sich nicht abspeisen.

»In zwei Stunden. Und jetzt laßt mich endlich essen!«

Sie verließen die Präfektur und gingen zu dem Wirtshaus, in dem Ambra auf Mathieu hatte warten sollen. Es lag auf der anderen Seite der Seine. Ambra fand es mühelos wieder. Drei Tage und Nächte war sie dort herumgeirrt und hatte in jede Einfahrt, hinter jede Hausecke gesehen.

Wie damals waren viele Leute in der Wirtsstube. Sie löffelten aus dampfenden Schüsseln eine Suppe, die nach Steckrüben und Hammelfett stank.

Als sie die Schenke betraten, sah der Wirt von seiner Arbeit auf und zu ihnen hinüber. An seinem Blick erkannte Ambra, daß er sich an sie erinnerte. Trotzdem tat er, als wüßte er nicht, wer sie sei.

»Was wollt ihr?« fragte er.

»Noch immer suche ich meinen Mann.«

»Wer soll das sein?«

»Du weißt schon, wovon ich spreche. Es war vor zwei Wochen. Ein Mann namens Guilbert hatte mich geschickt, und du hast mich weggejagt.«

»Ich kenne keinen Guilbert, und dich kenne ich auch nicht.«

»Wenn ich meinen Hund hereinhole, den ich draußen angebunden habe«, drohte Ambra, »erkennst du mich! Darauf verwette ich meine Habe! Sag mir, wo mein Mann ist!«

»Woher soll ich das wissen? Ich habe ihn ja nie gesehen.« Wie damals füllte er Wein aus einem Faß in Krüge und stellte sie auf die Theke. Die Frauen liefen hin und her, brachten die vollen Krüge weg und leere zurück.

»Dann sag mir, wo ich diesen Guilbert finde.«

Eine der Frauen stellte sich zu ihnen. Der Wirt sah sie an. »Kennst du einen Guilbert?« fragte er.

Sie zuckte die Schultern. »Der Mann meiner Schwester heißt so. Er ist sechzig Jahre alt, und ihm fehlt ein Auge – meint sie etwa den?«

»Nein, den meine ich nicht!« Wütend starrte Ambra die Frau an. Sie hatte das Gefühl, man spielte mit ihr Katz und Maus.

Babeline nahm Ambra an der Hand. »Komm!« Sie zog sie hinaus. »Es ist sinnlos, sie werden dir nichts sagen. Laß uns gehen!«

»Aber ich muß doch etwas tun!«

»Was? Was willst du tun?«

»Die Leute fragen. Hier auf ihn warten.«

»Warten bis an dein Lebensende?« Sie faßte Ambra an den Schultern und schüttelte sie. »Sei doch vernünftig! Wir gehen zurück zur Präfektur. Wenn der Amtmann nichts über Mathieu herausgefunden hat, kannst du nur noch auf den Zufall hoffen.«

»Zufall!« Ambra stieß sie von sich. »Der Zufall ist ein grausamer Tyrann! Er läßt sich nicht bitten. Er spielt mit dir wie der Wind mit einem Blatt!« Weinend schlug sie die Hände vors Gesicht.

»Komm«, sagte Babeline beschwichtigend. »Gehen wir besser.«

Als sie wieder in die Präfektur kamen, schrieb der Amtmann etwas in ein Buch. Er sah auf und steckte seine Feder in das Tintenfaß, das vor ihm stand.

»Nun?« fragte Ambra.

»Von einem Mathieu Barthes steht nichts in den Berichten. Auch von einem Fuhrwerk nicht. In den letzten zwei Wochen wurden einige namenlose Leichen aufgefunden, die man in die Anatomie geschafft hat.«

»In die Anatomie? Was ist eine Anatomie?«

»Dort werden die Leichen in Stücke zerteilt und untersucht. Die Gelehrten sehen in ihre Körper hinein und nehmen die Eingeweide heraus, um zu ergründen, wie alles zusammengehört. Es ist für die Wissenschaft, verstehst du?«

Ambra wurde übel, ein Schwindelgefühl ergriff sie. Babeline faßte sie unter. »So gut geht es dir noch nicht, als daß du solche Nachrichten ertragen könntest! Wir sollten jetzt nach Hause gehen!«

Ambra wehrte sich nicht. Mathieu in Stücke zerschnitten, sein Herz auf einem Tisch. Der Gedanke war so entsetzlich, daß sie am liebsten selbst gestorben wäre.

»Komm jetzt endlich!« Babeline führte sie hinaus. Unter freiem Himmel wurde es ihr etwas besser. Sie atmete tief ein. »Nein!« schrie sie, als könnte sie so die Schreckensbilder vertreiben. »Nein, das kann nicht sein! Ich bin sicher, Mathieu lebt noch!«

»Ja, natürlich, er lebt noch. Komm, wir nehmen eine Karosse. Nicht weit von hier fahren sie in unsere Richtung.«

Willenlos folgte Ambra ihrer Freundin. Babeline hob die Hand und hielt eine der Mietdroschken an, die es in Paris gab. Ein Mann mit einem Käfig voller gackernder Hühner und eine Bürgersfrau mit zwei kleinen Kindern saßen auf den Bänken. Sie stiegen ein, zwängten sich daneben. Nach einer Weile ließ der Mann den Kutscher anhalten und stieg aus. Die Kinder setzten sich auf den freigewordenen Platz.

All das nahm Ambra nur am Rande wahr. Es war ihr, als würde sie im Wasser schweben, immer tiefer und tiefer sinken, bis sie auf dem Grund liegenblieb. Auf Perim hatte sie das mit ihren Brüdern gespielt: sich auf den Grund des Meeres sacken lassen, als wäre man ein Stein. Und wer es am längsten aushalten konnte, hatte gewonnen! Still war es dort unten, auf dem Meeresgrund gewesen. Ruhig und seltsam leicht hatte man sich gefühlt.

Ambra hörte die Schreie ihrer Eltern im Feuer, hörte das Lachen Marthes in ihrem Traum, sah Mathieus Herz auf einem Tisch liegen, und sie fragte sich, was sie noch auf dieser Welt hielt.

Die Paste fiel ihr ein. Sie konnte die Paste nehmen. Wenn sie alles auf einmal schluckte, hätte es schnell ein Ende mit ihr.

Am Stadttor von Saint Denis stiegen sie aus. Babeline faßte Ambra unter, führte und zog sie. Ambra war willenlos, es war ihr gleichgültig, was mit ihr geschah.

Plötzlich stieß Babeline sie von sich und schrie sie an: »Du läßt dich gehen! So oft hast du deinem Schicksal getrotzt, so weit bist du gekommen, und nun willst du dich wegwerfen! Was, glaubst du, würde Mathieu von dir denken, wenn er dich so sähe? Seine Frau, die er liebt, weil sie stark ist! Und jetzt gibt sie sich auf! Und ihn dazu!«

»Du sprichst von ihm, als stünde er neben uns!« schrie Ambra zurück.

»Hast du nicht selbst gesagt, du glaubst nicht daran, daß er tot sein könnte? Du würdest es fühlen? So lange es noch einen letzten Funken Hoffnung gibt, solltest du nach einem Ausweg suchen. Und wenn nicht, wird dir nichts anderes übrigbleiben, als das Beste aus deinem Leben zu machen. Auch ohne ihn. Er würde es jedenfalls so wollen, davon bin ich überzeugt. Nach allem, was du mir von ihm erzählt hast!«

Wütend ging Babeline davon. Sie wäre in eine Kutsche gelaufen, hätte Ambra sie nicht zurückgerissen.

Der Kutscher fluchte. »Verdammte Weiber, habt ihr keine Augen im Kopf?«

Sie gingen bis zu Babelines Haus schweigend nebeneinander her. Shibam begrüßte sie mir einem Freudentanz. Danach legte sich Ambra ins Bett und weinte.

17.

Der Morgen war kühl. Dunkelgraue Wolken bedeckten den Himmel. Fröstelnd zog sich Ambra ihr altes Wolltuch um die Schultern und ging in die Küche, wo Babeline dabei war, eine Suppe für das Frühstück zu kochen.

»Da bist du ja! Komm, ich habe Hunger.« Sie holte den Topf vom Feuer und stellte ihn auf den Tisch, dann nahmen sie sich einen Löffel und aßen schweigend.

»Hast du gut geschlafen?« fragte Babeline nach einer Weile.

»Nein. Ich habe die ganze Nacht wach gelegen und habe nachgedacht. Wenn es dir recht ist, richte ich mir in der Werkstatt deines Mannes eine Seifenküche ein. Ich werde Seife sieden und sie auf dem Markt verkaufen. Ich werde immer zur selben Zeit am selben Platz sein und mir die Leute ansehen, die vorübergehen. Wenn Mathieu noch lebt und in Paris ist, wird er eines Tages dort vorbeikommen.«

Babeline nickte. »Ja, du hast recht, so kann es gehen! Du darfst den Mut nicht verlieren. Ich habe ihn ja auch nicht verloren – damals.«

»Was meinst du damit?« fragte Ambra nach.

»Ich mußte Edmond heiraten, doch seinen Bruder habe ich geliebt.«

»Und Richard, wie stand er zu dir?«

»Er fuhr zur See. Was sollte er da mit einer Frau?«

18.

Es dämmerte, durch die schmale Luke fiel kaum noch Licht in die Zelle. Mathieu stieg auf die Bank, zog sich an den Gitterstäben hoch und sah nach draußen. Ein Stück Himmel über den Dächern, schwarz, von roten Sonnenflecken durchzogen, ein Kirchturm, ein Schornstein, drei Krähen, die über dem Hof kreisten und krächzten.

Wie ein gefräßiges Tier verschlang die Dämmerung alles. Die Dächer, den Kirchturm, den Schornstein, auch die Krähen mit ihrem schwarzen Gefieder.

Zwölf Tage saß er nun schon in diesem Loch, zwölf Tage zerriß ihn die Sehnsucht nach Ambra. Nicht zu wissen, was mit ihr geschehen war, ob sie überhaupt noch lebte, war das Schlimmste. Wenn er nicht an Ambra dachte, überlegte er, wie er fliehen könnte. Doch aus diesem Gefängnis herauszukommen schien so unmöglich zu sein, wie mit bloßen Händen einen kräftigen Baum auszureißen.

Daß es eine Frau war, die das Generalspital leitete, hatte Mathieu schnell herausgefunden. Viermal hatte er die Wächter gebeten, mit Madame Durand sprechen zu dürfen. Mit Bitten, mit Flehen, mit Schreien, mit Tritten hatte er es versucht. Viermal hatte er sich nichts als Prügel eingehandelt.

Die Zelle war feucht und kalt. Vier Strohsäcke für

acht Männer, eine Bank, auf dem sie höchstens zu viert sitzen konnten – das war alles. Dazu vom Morgengrauen bis zur Abenddämmerung schuften. In einer Manufaktur, die Strümpfe auf Wirkstühlen herstellte. Auf den meisten waren sechshundert Maschen pro Minute möglich, in einer Feinheit von zwölf Nadeln auf die Länge eines halben kleinen Fingers. Das waren die älteren Wirkstühle. Doch daneben gab es auch zwei mit der doppelten Anzahl von Nadeln, auf denen mit fünfzehnhundert Maschen pro Minute sogar Seidenstrümpfe gefertigt werden konnten.

Man war stolz auf diese Erfindung und behauptete, der Menschheit damit zu dienen. So würden Strümpfe billiger werden, und auch die Armen könnten sich bald den Luxus leisten, ihre Füße und Beine einzukleiden. Doch um Garne auf den Spinnrädern herzustellen und die Wirkstühle zu bedienen, sammelte man die Armen von den Straßen auf wie räudige Katzen. Man sperrte sie ein – angeblich um bessere Menschen aus ihnen zu machen – und ließ sie ohne Lohn und bei schlechtem Essen rackern, solange der Tag Licht hergab.

»He, du, komm da runter!«

Mathieu brauchte sich nicht umzudrehen, um zu wissen, wer ihn so anmaulte. Es war Maurice, der Kerl, der mit ihm hierhergebracht worden war und ihm all die Schauergeschichten erzählt hatte.

»Warum?«

»Frag nicht so dumm. Weil andere auch einmal ein Stück Freiheit kosten wollen.«

»Freiheit?« Mathieu sprang von der Bank. »Was weißt du schon von Freiheit! Bist du je auf einem Schiff gefahren? Hast du je ohne Kleider in einem See gebadet oder gesehen, wie ein Adler über Bergen kreist, die so hoch sind, daß niemand sie überqueren kann?«

Maurice packte ihn, zog ihn an sich und starrte ihn wild an. »Halt die Klappe, sonst ...«

»Komm, laß ihn doch.« Ein Mann namens Pierre klopfte Maurice auf die Schultern. »Haben wir nicht schon genug Ärger? Müßt ihr auch noch welchen machen?«

Mathieu setzte sich auf den Strohsack, den er sich mit Henry, einem Dreizehnjährigen, teilte. Der Junge lag da und wimmerte. Seine Hände waren von den Seilen aufgerissen, an denen er zwölf Stunden täglich über eine Winde Säcke voll Wolle in die Spinnstuben ziehen mußte, die im ersten Stock der Manufaktur lagen. Die Wunden waren voller Dreck und eiterten.

»Seine Hände müssen gereinigt werden«, sagte Mathieu. »Wir brauchen Wasser und ein sauberes Tuch.«

Maurice, der gerade in einen Eimer in der Ecke pißte, lachte auf. »Wasser und ein sauberes Tuch! Monsieur können ja den Hausdiener bitten, es zu bringen. Wünschen Monsieur sonst noch etwas?«

»Wir sind doch kein Vieh, das man einfach so verrecken läßt! Der Junge wird die Wundfäule bekommen und daran sterben!« Mathieu sprang auf und rüttelte an den Gitterstäben der Zelle. »Wache!«

»Halt's Maul, dort hinten!«

»Wache, hab ich gesagt!«

»Er will wirklich eins aufs Maul!« Einer der Wächter kam her, stieß mit einer Pike nach Mathieu. »Was willst du, verdammter Scheißkerl?«

»Du mußt dir den Jungen ansehen. Er ist erst dreizehn und muß den ganzen Tag Säcke in die Spinnstuben hieven. Die Haut an seinen Händen hängt in Fetzen, und niemand kümmert sich darum. Bring mir Wasser und saubere Lappen, und ich reinige seine Wunden und verbinde sie.«

»Sonst noch was? Halt's Maul, du Bastard!«

»Aber so bringt ihr ihn um!« Mathieu sprang wieder vor, rüttelte an den Gitterstäben. Die Wut kochte in ihm. »Uns alle bringt ihr um, verdammte Schweine!«

Der Wächter schloß das Gitter auf und packte ihn. Mathieu schlug und trat nach dem Mann, doch der ließ sich nicht beeindrucken und zerrte ihn hinter sich her.

Es ging durch einen dunklen Flur, auf den Hof hinaus. Dort kettete er Mathieu an und pfiff nach einem Kameraden. »He, komm her, kannst ihn auspeitschen!«

Plötzlich stand eine Frau hinter ihnen. Mathieu konnte sie nicht sehen, nur hören, was sie sagte. Es mußte Madame Durand sein, die Leiterin des Generalspitals. Sonst gab es hier keine Frauen, außer denen, die einsaßen, aber die liefen nicht herum.

»Warum wollt ihr ihn auspeitschen?« fragte sie.

»Der Kerl wiegelt die anderen auf. Wasser will er und saubere Lappen, um einem Jungen die Hände zu verbinden!«

Madame Durand sah Mathieu an, er spürte ihren Blick. »Warum gebt ihr ihm nicht das, was er will?« hörte er sie fragen.

»Bald werden sie alle irgendwelche Wünsche haben! Wo kämen wir da hin?«

»Ich habe euch gesagt, daß ihr die Leute nicht wie Ratten behandelt sollt. Arbeiten können sie nur, wenn sie gesund sind. Arbeit ist das Wichtigste! Macht ihn los und bringt ihn zurück.«

Mathieu hörte ihre Schritte über den Hofes hallen. Plötzlich blieb sie noch einmal stehen und fragte: »In welcher Zelle ist der Mann untergebracht?«

»Rechter Flügel, zweiter Stock, gleich hinter der Wachstube.«

»Ich werde ihm Wasser und saubere Lappen bringen.«

Mathieu hörte die Tür ins Schloß fallen. Der Wachmann, der ihn auf den Hof gezerrt hatte, brachte ihn wieder in den Kerker zurück. Er fluchte dabei, aber er stieß und trat ihn nicht mehr.

»Da habt ihr ihn wieder!« fauchte er die anderen an, schob Mathieu in die Zelle und schlug die Gittertür hinter ihm zu.

Die anderen Häftlinge starrten Mathieu an und wunderten sich, daß er unversehrt zurückkehrte, sie wagten jedoch nicht, ihn zu fragen, was mit ihm passiert war. Hätte man ihn ausgepeitscht, wäre die Wut der Wächter fürs erste gestillt gewesen, aber so mußten sie damit rechnen, selbst noch Prügel zu beziehen.

Es dauerte nicht lange, bis Madame Durand kam. Sie trug eine Schüssel aus Ton und hatte sich mehrere Tücher über den Arm gelegt.

Sie ließ sich von einem der Wächter die Zelle aufsperren. Als sie die Schüssel vor Mathieu auf dem Bankgestell absetzte, sah sie ihn forschend an. Ihre Augen waren von einem leuchtenden Blau, ihre Haare blond, sie war groß und schlank und für ihr Alter von etwa fünfunddreißig Jahren noch immer sehr hübsch. An ihrer Sprache war zu hören, daß sie nicht aus Frankreich stammte, aber aus welchem Land sie kam, hätte Mathieu nicht sagen können.

»Nun, was wartest du? Laß sehen, wie du eine Wunde versorgst!« Sie gab ihm die Tücher und verschränkte die Arme.

»Ist das Wasser aus einem sauberen Brunnen?« fragte er.

»Es ist das Wasser, mit dem mein Tee zubereitet wird.«

Mathieu nickte und winkte den Jungen zu sich. Zögernd kam er, auch die anderen Männer drängten sich um sie und gafften.

»Hab keine Angst«, sagte Mathieu zu Henry. »Vielleicht tut es ein bißchen weh, aber es wird dir nicht schaden.«

Zuerst wusch er seine eigenen Hände, tauchte sie ein, schöpfte Wasser aus der Schüssel, hielt sie über den Boden und rieb sie ab. Er achtete darauf, daß nichts von dem Schmutzwasser, das von seinen Händen rann, in die Schüssel zurücktropfte. Dabei dachte er an Ambras Seifen, die ihm nun hilfreich gewesen wären, und an die vielen Nächte in Marthes Haus, in denen sie aus dem Buch über Kräuter und Heilkunst gelesen hatten.

Schließlich forderte er den Jungen auf, ihm seine Hände hinzuhalten. Henry öffnete sie mit schmerzverzerrtem Gesicht. Es war kaum noch Haut da, nur rohes Fleisch, verdreckt und vereitert.

Mathieu riß einen der Lappen in Streifen, tauchte einen der Streifen ins Wasser und begann die Wunden zu säubern. Zuerst die noch heilen Wundränder, dann holte er einen kleinen Holzsplitter, Seilreste und Schmutz aus dem Fleisch. Er betrachtete sein Werk, doch ihm war klar, wenn er die Hände so verbinden würde, wäre nicht viel gewonnen.

Er sah auf und Madame Durand an. »Verzeihen Sie, Madame, aber wir benötigen Fliegenmaden, um sie in die Wunde zu setzen. Sie müssen noch jung sein.«

Henry entriß ihm erschrocken seine Hand, aber Madame Durand verzog keine Miene. »Wächter, hole Fliegenmaden. Das dürfte hier ja kein Problem sein.«

Grummelnd zog der Mann ab. Nach einer Weile kehrte er zurück und hielt Mathieu die Maden hin, die er gesammelt hatte. »Ich habe sie auf einem Rattenkadaver gefunden.«

Mathieu nahm sie Stück für Stück und setzte sie in die Wunden. Henry verzerrte dabei vor Ekel das Gesicht.

»Die Maden tun dir nichts, sie sind wie kleine Ärzte«, beruhigte er ihn. »Fressen nur das kranke Fleisch, das gesunde interessiert sie nicht. Du wirst sehen, in drei Tagen ist das Wundfleisch wieder sauber. Dann kann es abheilen.«

Er band die Stoffstreifen um die Hand und knotete sie fest. Dann wandte er sich an Madame Durand. »Die Verbände müssen feucht gehalten und täglich gewechselt werden, und bevor die Wunden nicht verheilt sind, darf der Junge nicht wieder arbeiten.«

Madame Durand sah ihn eine Weile stumm an. Schließlich nickte sie, drehte sich um und ging. Als sie am Wächter vorbeikam, sagte sie: »Gib ihm, wonach er verlangt. Und laß den Jungen in der Zelle, bis ich es dir sage.«

Als Madame fort war, pöbelte Maurice Mathieu an. »Ich dachte, du seist Fuhrmann, und jetzt gibst du dich als Doktor aus. Bist du sicher, daß der Junge deine Stümpereien überleben wird?«

»Ich gebe mich nicht als Doktor aus. Ich habe nur versucht, Henry zu helfen.«

»Schöne Hilfe!« Maurice spuckte aus und legte sich auf seinen Strohsack. »Na dann, mein Junge, schlaf schön, es wird wohl deine letzte Nacht sein!«

Mit aufgerissenen Augen starrte Henry Mathieu an.

»Mach dir keine Sorgen«, beruhigte er ihn. »Schlaf und freue dich auf ein paar Tage, an denen du nicht zu schuften brauchst.«

Madame Durand erschien nun immer zur gleichen Zeit, um dabei zu sein, wenn Mathieu bei Henry die Verbände wechselte. Tatsächlich sahen die Wunden bereits nach einem Tag deutlich besser aus. Der gelbe Belag aus Eiter und faulem Fleisch war dünner geworden, die Wundränder sauberer.

Von da an begegneten ihm seine Zellenkameraden mit Achtung. Sie nannten ihn »der Doktor«, und selbst Maurice hielt sich mit seinen Flüchen zurück und war freundlich zu ihm.

Auch am dritten Abend erschien Madame Durand zur üblichen Zeit. »Nun denn, laß sehen!« Sie stellte sich halb hinter Mathieu, so nah, daß ihr Rock seine Beine streifte.

Er wickelte die Binden ab und nahm die Maden aus

dem Fleisch, dann beugte sich Madame Durand über Henrys Hände und betrachtete sie.

»Es wird noch ein paar Tage dauern, bis alles verheilt ist, und auch danach kann er die schweren Säcke nicht mehr nach oben ziehen.« Mathieu sah Madame Durand entschlossen an. »Vielleicht haben Sie eine andere Arbeit für ihn.«

Sie sagte nichts und ging, und er wickelte Henrys Hände in frische Binden.

Am nächsten Morgen wurde er von einem der Wächter aus der Zelle geholt. »Komm mit, Kerl!« herrschte er ihn an.

»Wohin?«

»Wirst du schon sehen.«

Vor einer Tür blieb der Wachmann stehen und klopfte.

»Herein!« Es war Madame Durands Stimme.

»Also los, du hörst ja!« Der Wächter deutete mit einer Kopfbewegung an, daß Mathieu eintreten solle.

Sie stand mit dem Rücken zum Fenster, hinter ihr freier Himmel und gleißendes Licht.

»Du kannst gehen«, sagte sie zum Wächter, »und schließ die Tür.«

Eine Weile sahen sie und Mathieu sich stumm an. Dann deutete sie mit einer Handbewegung auf ein Sofa, das in der Ecke stand. »Setz dich.«

Mathieu tat, wie befohlen. Nie zuvor hatte er auf einem so vornehmen Möbelstück gesessen. Selbst bei Marthe hatte es nur einfache Bänke gegeben.

»Dein Name ist Mathieu Barthes?«

»Ja, Madame.«

»Wer bist du und woher kommst du?«

»Ich bin der Sohn eines Fuhrmanns aus Marly. Und ich bin selbst Fuhrmann.«

»Wie kommt es dann, daß man dich hierhergebracht hat? In ein Generalspital? Ein Arbeitshaus?«

»Als mein Weib und ich mit unserem Fuhrwerk in Paris ankamen, war es Abend, Madam. Wir brauchten ein Quartier, vor allem wegen des Pferdes. Zu unserem Unglück gerieten wir an einen Halunken, der mich niederschlug und sich mit meinem Fuhrwerk davonmachte. Als ich aus meiner Ohnmacht erwachte, beugten sich zwei Uniformierte und ein Weib über mich. Das Weib, das ich nie zuvor gesehen hatte, behauptete, ich hätte gebettelt und herumgelungert. Daraufhin nahmen mich die Ordnungshüter mit und brachten mich hierher. Hier habe ich mehrmals darum gebeten, mit Ihnen sprechen zu dürfen, um das Mißverständnis aufklären zu können, aber ...« Er verstummte, weil er nicht sicher war, ob Madame es gutfinden würde, wenn er sich über die Wächter beschwerte, also schwieg er.

Auch sie schwieg eine Weile, dann fragte sie: »Und dein Weib? Was ist mit ihr?«

»Ich weiß es nicht, Madame. Wenn ich wüßte, was mit ihr geschehen ist, wenn ich sicher sein könnte, daß sie noch lebt, wäre alles leichter zu ertragen.«

Ihr Blick ruhte lange auf ihm, verlegen sah er zu Boden.

»Wie kommt es, daß du angeblich Fuhrmann bist und doch so gut weißt, wie man Wunden heilt?«

»Was ich weiß, weiß ich aus einem Buch, Madame. Ich habe es wohl an die zehnmal gelesen.«

»Du kannst lesen?«

»Ja, Madame.«

Sie ging zu einem Sekretär, nahm ein Buch, das dort lag, und legte es ihm auf den Schoß. Es maß gut eine Elle in der Höhe und war mindestens sechs Pfund schwer. »Hier hast du die Bibel«, sagte sie. »Beweise es mir!«

In Marly hatte es nur eine einzige Bibel gegeben. Der Pfaffe las daraus bei seinen Messen. Sie war in Latein geschrieben, und Latein beherrschte Mathieu nicht. Er sagte es Madame, aber sie winkte ab. »Diese ist übersetzt.«

Also schlug er das Buch auf und betrachtete das Bild auf der ersten Seite. Es zeigte einen nackten Mann und eine nackte Frau, die beide ihr Geschlecht mit einem Blatt verhüllten. Der Rand des Bildes war mit Ornamenten verziert; Ranken und Blätter, in den Farben Grün, Rot und Gold gehalten. Ehrfürchtig legte er seine Hand darauf, nie zuvor hatte er ein so kostbares Buch gesehen!

Madame räusperte sich ungeduldig, und er beeilte sich umzublättern.

Auf der nächsten Seite war eine große, kunstvoll verzierte Anfangsletter zu sehen. Ein I. Daran schloß sich der Text an. Mathieu las: »Im Anfang schuf Gott ...«

»Nein!« Madames Stimme klang unwirsch. »Schlag das Buch irgendwo in der Mitte auf. Ich möchte sicher sein, daß du den Text nicht auswendig kennst.«

Er tat es und begann: »Gott der Väter und Herr des Erbarmens, du hast das All durch dein Wort gemacht. Den Menschen hast du durch deine Weisheit erschaffen, damit er über deine Geschöpfe herrscht. Er soll die

Welt in Heiligkeit und Gerechtigkeit leiten und Gericht halten in rechter Gesinnung. Gib mir die Weisheit, die an deiner Seite thront, und verstoß mich nicht aus der Schar deiner Kinder! Ich bin ja …«

»Das genügt«, sagte sie.

Seltsam, dachte er bei sich, wie es kam, daß er gerade diese Stelle aufgeschlagen hatte. Als wollte Gott durch ihn ein Wort an diese Frau richten, die die Macht besaß, über sein Geschick zu bestimmen.

Er schloß die Bibel, legte sie neben sich auf das Sofa und beobachtete, wie Madame Durand, ganz in Gedanken versunken, auf und ab lief.

Plötzlich ging sie zur Tür. »Ich werde sehen, was ich für dich tun kann.« Sie winkte ihn zu sich. »Komm mit!«

Sie gingen nicht weit, nur ein Stück den Flur hinunter. »Und kannst du auch schreiben?« fragte sie.

»Ja, Madame. Und ein wenig rechnen.«

Sie zog einen Schlüsselbund aus einer Falte ihres Rockes, öffnete eine der Türen und ließ ihn die Kammer betreten, die dahinter lag.

»Hier wirst du bleiben. Vorerst.« Sie sah ihn lange und mit einem tiefen Blick an. Dann trat sie auf den Flur, zog die Tür hinter sich zu und schloß ab.

Mathieu sah sich um. Gegenüber der Tür befand sich ein bleiverglastes, zweiflügeliges Fenster, an der linken Wand ein kleiner Tisch, davor ein Stuhl, an der rechten Seite ein einfaches Bettgestell mit einem Strohsack. Auf dem Strohsack lag eine Decke, auf dem Tisch stand ein Kerzenhalter, in dem eine Talgkerze steckte. Daneben lag eine Lichtputzschere.

Mathieu ging zum Fenster und öffnete es. Obwohl sich das Zimmer im dritten Stock befand, war es vergittert. Er preßte sein Gesicht an die Eisenstäbe und sah hinaus. Der Komplex bestand aus vier Gebäuden, die einen großen Innenhof umschlossen. Rechts und links erkannte er die Zellentrakte an den kleinen vergitterten Luken. Hinter dem linken Trakt ging die Morgensonne auf, hinter dem rechten ragten einige Bäume in den Himmel, deren Blätter, ins Licht der Sonne getaucht, gelb schimmerten.

Das Gebäude gegenüber war die Manufaktur. Es war niedriger als die übrigen drei Flügel und hatte viel größere Fenster als das Gebäude, in dem er sich befand. Im ersten Stock waren die Spinnstuben untergebracht, in der Etage darunter die Wirkstühle.

Über die Dächer der Manufaktur hinweg konnte Mathieu auf die Silhouette von Paris schauen. Die Stadt lag etwas tiefer in einer leichten Mulde und war von einer Mauer umschlossen. Hohe, eng aneinandergedrückte Häuser, Kirchen und Brücken, die über einen Fluß führten, und direkt am Fluß ein großes Gebäude – eine Burg oder ein Schloß, wie es schien.

Im Geiste sah er Ambra durch die Gassen irren und nach ihm suchen, den Hund an einem Strick. Tränen sammelten sich in seinen Augen.

Das Geräusch eines Schlüssels in der Tür riß Mathieu aus seinen Gedanken; er fuhr herum, Madame Durand stand vor ihm. Sie hatte ein Nachtgeschirr und ein Buch bei sich. Als sie die Tränen in seinen Augen sah, wurden ihr Blick kühl und ihre Lippen schmal. Sie warf den Kopf in den Nacken, stellte das Nachtgeschirr aufs

Bett, legte das Buch daneben und ging wieder, ohne ein Wort gesagt zu haben.

Mathieu schloß das Fenster wieder, setzte sich auf das Bett und nahm das Buch. Es war klein und handlich und nur zwei Finger dick. Der Einband war aus braunem Leder, die Lettern darauf in Gold gepreßt. »Cabinet des Fées«, las er laut – es war eine Sammlung von Feenmärchen.

Staunend schlug er die erste Seite auf. Daß es Märchen von Feen gab, wußte er. Seine Mutter hatte ihm manchmal die Geschichte eines kleinen Mädchens erzählt, das sich im Wald verirrte und bald unter die Erde kam, in ein Reich von kleinen, seltsamen Feen- und Zauberwesen, die den Leuten Streiche spielten. Doch daß sich jemand die Mühe machte, solche Geschichten zu einem Buch zusammenzufassen und zu drucken, erschien ihm seltsam. Immer hatte er geglaubt, in Büchern stünden nur wirklich wichtige Dinge. Weisheiten über Gott und über das Leben.

Auf der ersten Seite war ein kunstvolles Geranke aus Zweigen, Blättern und Blüten abgebildet. Auch Vögel und Schleifen und Schmetterlinge und in der Mitte in koketter Pose eine zierliche, fast nackte Frauengestalt, nur von Schleiern umhüllt. Die Farben waren blaß und doch leuchtend – ein Taubenblau, das Grün von den Blättern des Lindenbaumes, das kräftige Rosé der Kirschblüten.

Er blätterte um und las den Titel des ersten Märchens. *Blutrot, schneeweiß, rabenschwarz* – und dann tauchte er ein in den Text, flüsterte die Worte vor sich hin und war gefangen von den Bildern, die in seiner Phantasie Gestalt annahmen.

Einst durchstreifte im Winter eines großen Königs ältester Sohn ganz allein die tiefverschneite Flur. Da sah er einen Raben, der seine Jagdlust reizte. Der Vogel fiel tot in den Schnee und färbte ihn mit seinem Blut, und der Glanz des schwarzen Federkleides, das Weiß des Schnees und das Rot des Blutes vereinten sich zu einem Farbenspiel, das den Prinzen in Erstaunen versetzte ...

Er schloß die Augen und wurde von einer Erinnerung übermannt, die ihn erschaudern ließ. Weißer Schnee im Wald, die Leiche eines Mannes, vornüber gestürzt, in einer Blutlache verreckt, das schwarze Tuch Ambras daneben, wie ein abgestürzter Totenvogel.

Schnell schlug Mathieu das Buch zu und legte es auf den Tisch. Der Schrecken, den seine Erinnerung hervorrief, war größer als seine Neugierde.

Erst gegen Mittag wurde die Tür zu seiner Kammer wieder geöffnet. Madame Durand erschien in Begleitung einer Dienstmagd, die zwei Teller auf den Tisch stellte. Auf dem einen waren Brot und Käse, auf dem anderen ein dampfendes Stück Fleisch. Daneben legte sie ein seltsames Messer mit abgerundeter Spitze und ein Ding, das aussah wie eine zu klein geratene Forke.

An Mathieus Blick erkannte Madame, daß er nichts mit diesen seltsamen Geräten anzufangen wußte. Sie hieß ihn an den Tisch setzen, nahm das Messer in die rechte, die Forke in die linke Hand, steckte die Forke in das Fleisch, schnitt das Fleisch dann mit dem Messer ab und reichte ihm die Forke mit dem aufgespießten Braten.

»So bedienst du das Besteck. Das hier nennt man

Gabel. Und nun iß! Es ist Rindfleisch, gegart in einer guten Kräutersoße.«

Er zog das Fleisch mit den Fingern von der Gabel und schob es sich in den Mund.

»Nicht so!« Madame nahm ihm mit einer ungeduldigen Geste das Besteck aus der Hand, schnitt noch ein Stück Fleisch ab, schob sich die Gabel in den Mund, schloß ihn und zog sie ohne das Fleisch wieder heraus. »So machst du das! Und beim Kauen läßt du den Mund geschlossen.«

Sie ging, gefolgt von der Magd. Dic Tür fiel hinter ihr zu, der Schlüssel wurde herumgedreht.

Mathieu legte das Besteck auf den Tisch und griff mit der Hand nach dem Fleisch. Doch dann besann er sich. Sein Instinkt sagte ihm, daß es besser war, Madame Durand zu gefallen, denn nur mit ihrer Hilfe konnte er dieses Haus je wieder lebend verlassen. Er nahm das Besteck und versuchte nachzumachen, was sie ihm gezeigt hatte. Stach die Gabel in das Fleisch, schnitt, führte sie zum Mund und umschloß das Fleisch mit den Lippen.

Lachend schüttelte er den Kopf. Es war ganz einfach, nur kam es ihm seltsam vor. Nie hatte er jemanden mit solch merkwürdigen Dingern essen sehen. Und dann das Messer! Keine Spitze, vorne rund geschliffen – äußerst seltsam!

Er betrachtete es nachdenklich und machte sich seine Gedanken. Vielleicht war es alt, die Spitze abgebrochen und nur notdürftig repariert? Vielleicht hatte Madame befunden, daß dieses Messer für einen wie ihn gerade noch gut genug sei? Oder man hatte die Spitze abgeschliffen, damit er sich oder einem anderen nichts antun konnte? Erst viel später las er in einem der Bücher, die Madame ihm brachte, daß diese seltsam abgerundeten Messer eine neue Erfindung waren und der Unsitte entgegenwirken sollten, sich mit der Spitze Essensreste aus den Zähnen zu pulen.

Bald wurden die leeren Teller von einer Magd abgeholt, und Madame legte ihm einen Stoß Kleider auf sein Bett. »Dieses Hemd ist für die Nacht und dieses für den Tag«, erklärte sie ihm. »Dazu eine Hose, Strümpfe und eine Weste.«

Er sah auf ihre Finger, die über den Stoff strichen. Lange, schlanke Finger auf hellblauem Gewebe, die Berührung fast zärtlich, einer Liebkosung ähnlich. Dann hob er den Blick, betrachtete ihr Gesicht und entdeckte ein Lächeln auf ihren Lippen. Es war nur ein Hauch, der sich schnell wieder verflüchtigt hatte.

Die Stoffe waren schlicht, aber kostbar. Feinstes Leinen in Hellblau und Weiß mit sonnenblumengelben Bordüren. Auch Schuhe stellte sie ihm hin. Drei Paar in verschiedenen Größen. Sie waren getragen, jedoch in bestem Zustand. Auch einen Kamm und ein Band für die Haare legte sie auf den Tisch.

»Kleide dich an! In zwei Stunden werde ich dich holen.«

Madame Durand ging zur Tür, zog sie schon hinter sich zu, als Mathieu einfiel, daß etwas Wichtiges fehlte.

»Bitte, Madame …«

Sie sah ihn fragend an.

»Wasser«, sagte er. »In einer Schüssel. Damit ich mich waschen kann. Und ein Tuch, um mich trockenzureiben.«

Sie antwortete nicht, sondern schloß die Tür ab. Er hörte, wie auf dem Flur ihre Schritte verklangen.

Als er allein war, besah er sich alles. Ein Hemd für die Nacht! Er faltete es auf und hielt es sich vor – es reichte ihm weit übers Knie. Verwundert legte er es aufs Bett. Warum sollte er nachts ein anderes Hemd tragen als am Tage?

Er nahm die Weste und betrachtete sie. Ein Muster war hineingewebt, blau in blau, der eine Faden etwas dunkler als der andere. Ineinander verschlungene Ornamente, nicht größer als ein Fingernagel und nur zu erkennen, wenn man den Stoff nahe genug vor das Auge hielt. Dazu die Hose, seitlich geknöpft, unterm Knie mit einem Band zu schließen. Dasselbe Blau, der Stoff jedoch ohne Muster. Bluse und Strümpfe waren weiß.

Mathieu fragte sich, was Madame Durand damit bezweckte, ihm diese Kleider zu geben. Er war Fuhrmann und durfte seinem Stand gemäß solche Kostbarkeiten nicht tragen. Würde man ihn so aufgreifen, könnte man ihn der Hochstapelei bezichtigen.

Nach einer Weile hörte er wieder Schritte. Eine Magd erschien, brachte eine große Schüssel mit Wasser, legte ein Tuch daneben. Dann winkte sie einen Mann herein, der vor der Zelle gewartet hatte.

Er stellte ein Scherbecken auf den Tisch und bedeutete Mathieu, sich auf den Stuhl zu setzen. Dann begann er, ihn zu scheren und seinem Haar Form zu geben. Es war gewellt und fiel ihm eine Handbreit über die Schultern.

Als der Scherer gegangen war, wusch Mathieu sich

und kleidete sich an. Dann setzte er sich aufs Bett, öffnete trotz der Kälte das Fenster und starrte hinaus in den blauen Himmel, dessen Anblick ihn traurig stimmte. Dort draußen war die Freiheit, und er saß hier in diesem Gefängnis.

Madame Durand kam selbst, ihn zu holen. Sie befahl ihm, das Buch mit den Feenmärchen mitzunehmen. Den Rock leicht angehoben, ging sie mit weit ausholenden Schritten vor ihm her, so als hätte sie es eilig oder Angst, man könnte sie bei etwas Verbotenem entdecken.

Mathieu folgte ihr, den Blick auf ihre Schultern geheftet. Locken und eingeflochtene Bänder waren zu einer kunstvollen Frisur aufgesteckt, der hellhäutige Nacken halb von einem weißen, ausladenden Pikeekragen verdeckt.

Sie betraten dasselbe Zimmer, in dem Mathieu schon einmal gewesen war. Doch nun standen bei dem Sofa noch ein niedriger Tisch und ein Armlehnstuhl und auf dem Tisch ein Tablett mit einer hohen, schlanken Karaffe und zwei sehr kleinen Gläsern.

Madame deutete auf den Stuhl. »Setz dich!« Sie selbst nahm auf dem Sofa Platz.

Ein paar Augenblicke saßen sie so da und sahen sich stumm an, dann nahm Madame plötzlich die Karaffe und schenkte ein, füllte die Gläser mit farbloser Flüssigkeit, die ölig schimmerte und einen würzigen Duft verbreitete.

Sie reichte Mathieu eines der Gläser. »Zum Wohl! Es ist ein Likör, den die Niederländer aus der Schale einer Bitterorange und hochprozentigem Getreidealkohol herstellen. Sie nennen ihn Curaçao, nach einer Insel im Karibischen Meer, auf der diese Orangen wachsen.«

Sie nahm einen Schluck, spürte dem Geschmack nach, stellte das Glas dann auf den Tisch.

Mathieu tat es ihr nach. Das Getränk war süß und leicht bitter und brannte angenehm auf der Zunge und später im Magen.

Als er noch ein Kind war, hatte seine Mutter einmal etwas Rübensirup mit nach Hause gebracht. Sie hatten Brot hineingetunkt und es dann gegessen. Es war herrlich süß gewesen, damals konnte er sich nichts Besseres vorstellen! Den Geschmack des Getränkes noch auf der Zunge, hatte er dieses Bild vor Augen: seine Mutter und er, lachend vor dem Topf mit Rübensirup.

Madame Durand beobachtete ihn. Ihr Blick war dabei so seltsam, als gönne sie ihm nicht, was sie ihm gegeben hatte. Das irritierte ihn, und er stellte das Glas schnell auf den Tisch zurück. Überhaupt irritierte ihn alles an Madame, und es ärgerte ihn, daß er so vieles von dem, was sie sagte, nicht verstand.

»Schmeckt es dir etwa nicht?« fragte sie.

»Doch, Madame, es schmeckt mir sehr gut.«

»Aber etwas hast du doch?«

»Es ist ...« Er zögerte. »Ich weiß nicht, was ein Karibisches Meer ist. Ich weiß auch nicht, was eine Bitterorange ist. Daß die Niederländer ein Volk sind, ja, das weiß ich, und daß sie Krieg gegen unseren König führen, aber ich habe keine Ahnung, wo dieses Niederland liegt und wie die Menschen dort aussehen. Wo ich herkomme, gab es keine Niederländer.«

»Und es stört dich, daß du all diese Dinge nicht weißt?«

»Ja, Madame, bitte entschuldigen Sie.«

Nun lächelte sie wieder. Es kränkte ihn, denn er dachte, daß sie ihn im stillen auslachte. Um so fester sah er sie an.

»Na gut«, sagte sie nach einer Weile, »ich werde dafür sorgen, daß du ein Lexikon bekommst und deinen Wissensdurst stillen kannst. Im übrigen sind es nicht die Niederländer, die gegen deinen König Krieg führen, sondern umgekehrt – er ist es, der ihr Land erobern will, über das ohnehin bereits die Spanier verfügen! Und was ihr Aussehen betrifft: Nun, ich bin selbst eine Niederländerin, und so wie du an mir sehen kannst, sind wir zumeist groß und blond und ein zivilisiertes Volk.«

Sie sagte das mit Ironie in der Stimme, den Kopf stolz erhoben, den Rücken gerade, als hätte man ihr einen Stock zwischen die Schultern gebunden. Dann nahm sie einen zweiten Schluck aus ihrem Glas, lehnte sich zurück, deutete auf das Buch in seinem Schoß und befahl: »Lies mir vor!«

Mathieu schlug das Buch auf, beugte sich über die Seite und begann. Doch schon nach wenigen Sätzen riß sie es ihm ungeduldig aus der Hand. »Nicht so – nicht so hölzern!«

Sie las selbst, sprach dabei das eine Wort laut, das andere leiser, veränderte ihre Stimme, wenn einer etwas sagte, oder gab einem Satz mehr Wichtigkeit, indem sie jedes Wort betonte. Dann schob sie Mathieu das Buch über den Tisch. »Du liest zwar, aber es soll sich anhören, als würdest du mir eine Geschichte erzählen.«

Er begann noch einmal von vorne und bemühte sich, es so zu tun, wie sie es verlangte. Mit unbeweglicher Miene saß sie da und hörte zu. Hin und wieder seufzte sie, und als die Geschichte zu Ende war, sprang sie auf und gab ihm mit einer wegwerfenden Handbewegung zu verstehen, daß sie mit ihm unzufrieden war.

»Soll ich es noch einmal lesen?« fragte er.

Sie schüttelte den Kopf. »Nicht jetzt und nicht hier. Du wirst üben. Auf deiner Kammer. Jeden Tag wirst du mir eine andere Geschichte vorlesen. Das wird deine Aufgabe für die Zukunft sein.«

Erschrocken sah er sie an. »Für die Zukunft! Ja, aber wollten Sie mir denn nicht helfen, meinen Fall aufzuklären? Damit ich von hier fortkomme?«

Ihr Blick wurde kühl. Sie warf den Kopf in den Nacken und starrte ihn an. »So einfach geht das nicht!« Ihre Stimme klang schneidend. »Wir brauchen Zeugen, müssen bei Monsieur de la Reynie, dem Lieutenant de police, einen Antrag stellen. Das kann Monate dauern, vielleicht sogar Jahre! Jedenfalls kann ich dich nicht einfach gehen lassen, das liegt nun mal nicht in meiner Macht. Und jetzt komm mit!«

Sie winkte ihm, daß er ihr folgen sollte. Ihre Schritte hallten auf dem Flur, dann fiel die Tür seiner Zelle hinter Mathieu ins Schloß, und der Schlüssel wurde umgedreht.

18.

Es dämmerte bereits, und am Himmel über Ambra braute sich ein Unwetter zusammen. Sie kam aus Paris und war auf dem Weg nach Hause zu Babeline, bei der sie nun schon seit zwei Monaten lebte. Das Stadttor hatte sie passiert, die ersten Häuser von Saint Denis waren noch ein paar hundert Schritte entfernt.

Ein Sturm pfiff plötzlich über die Felder. Aus zusammengekniffenen Augen sah Ambra zum Horizont. Dort riß die Wolkendecke noch einmal auf. Roter Glanz leckte über die Ränder, ein Lichtstrahl fiel zu Boden.

Als ihr der Wind den Atem nahm, drehte sie sich um und ließ sich rückwärts treiben. Das Tuch, das sie sich um Kopf und Schultern gebunden hatte, flatterte knatternd, peitschte ihr ins Gesicht. Shibam folgte ihr mit gesenktem Kopf. Er suchte Schutz im Windschatten ihres Rockes, jaulte auf, als ihn ein herumwirbelnder Ast traf.

Noch einmal sah Ambra zum Himmel. Ein ganzer Schwarm Krähen zog krächzend über sie hinweg, sie hatten es eilig, irgendwohin zu kommen, bevor der Regen sich über das Land ergießen würde.

Ambra drehte sich wieder um, ließ sich schieben. Aufgewirbelter Sand fühlte sich auf ihrem Gesicht an wie tausend Nadelstiche. Sie senkte den Kopf, um es zu schützen, zog das Tuch enger um sich, beobachtete ihre Schuhspitzen, die immer abwechselnd nach vorne stießen, sich abrollten, unter ihr verschwanden.

An manchen Tagen begleitete Babeline sie nach Paris, aber meist ging sie alleine, verkaufte auf dem Markt ihre Seifen oder lief, nach Mathieu suchend, durch die Straßen, bis die Dämmerung sie nach Saint Denis zurücktrieb. Und dann wieder ein neuer Tag, der aus dem Fluß kroch und alles an seinen Platz zurückstellte; die Häuser, die Türme, die Kirchen und Mauern. Und die Vögel in den Himmel hängte und die Wolken drapierte – wieder ein neuer Tag ohne Mathieu.

Der Sturm wurde noch heftiger. Ambra preßte sich gegen die Wand einer Scheune, um Atem zu holen, sie ließ Mathieus Ranzen von der Schulter gleiten und strich Shibam über den Kopf.

Der Ranzen war noch halb gefüllt mit Seife. Zwölf Stück zum Schrubben der Böden und Waschen der Wäsche hatte Ambra auf dem Markt verkauft, und ein Stück von der anderen, bestellt von einer Dame, um ihren Geliebten zu betören.

Das Geschäft lief gut. In der Werkstatt hinter Babelines Haus hatte sie sich eingerichtet, hatte Aschefässer, Bottiche, Tröge, Regale, Körbe und einen Eichentisch hineingestellt. Eine Herdstelle war vorhanden gewesen, auch eine Theke, vorne, im Laden. Einen kleineren Tisch hatte sie daneben gestellt und drei Stühle dazu, um die Damen empfangen zu können, die sie im Schutze der Nacht heimlich aufsuchten.

Babeline hatte es in der Stadt herumerzählt, hatte es den Waschweibern und Dienstmägden, den Schneidergattinnen und Bäckersfrauen hinter vorgehaltener Hand zugeflüstert: »In Saint Denis gibt es eine Seifensiederin, die einen geheimnisvollen Liebeszauber kennt. Ihre Seifen wirken Wunder und sind besser als jeder Liebestrank!«

Es hatte nicht lange gedauert, und die ersten Kutschen waren vorgefahren. Feine Damen und weniger feine, Gattinnen und Maitressen, junge und alte, schöne und häßliche.

Aber nicht der Geschäfte wegen hatte Ambra solche Gerüchte in Umlauf bringen lassen, sondern weil sie wollte, daß ganz Paris wußte, wo sie zu finden war. Wenn Mathieu noch lebte, dann würde er früher oder später davon hören und zu ihr kommen. Auch zum Markt ging sie weiterhin aus diesem Grunde. Zweimal die Woche saß sie an ihrem Platz und sah jedem ins Gesicht, der an ihr vorüberkam. Schon bald kannte man sie, und alle nannten sie »die Seifensiederin aus Saint Denis«.

Plötzlich öffnete der Himmel seine Schleusen, und dicke Regentropfen prasselten auf sie nieder, schlugen kleine Krater in den Staub, immer mehr, bis schließlich alles naß war – eine einzige, nasse Pfütze die ganze Straße unter ihr.

Ambra griff in ihre Röcke und lief los, Shibam ihr nach. Sie sprangen über einen Graben, erreichten die Kirche, von dort noch zwei Straßen, dann waren sie da.

Die Fenster an Babelines Haus waren erleuchtet, eine vornehme Karosse stand davor. Die Pferde dampften im Regen, der Kutscher hatte sich unter einen Dachvorsprung geflüchtet. Ambra nickte ihm zu und lief an ihm vorbei. Im selben Moment schlug der Wind die Schabracke um, mit der das Wappen am Wagenschlag verhangen war, und sie konnte die Farben und Zeichen erkennen.

Als Ambra die Haustür aufriß, kam Babeline ihr entgegen. »Da bist du ja! Und naß wie eine Wasserratte!« Sie gab ihr ein Tuch, damit sie sich abtrocknen konnte, und schimpfte, als Shibam sich schüttelte und auch sie noch naß spritzte.

»Wem gehört die Karosse, die vor dem Haus wartet?« fragte Ambra.

»Einer feinen Dame. Sie ist jung und wunderschön, und man könnte meinen, daß ihr so oder so alle Männer zu Füßen liegen.«

Ambra zog ein trockenes Kleid an, band ihre Haare auf und ging in den Laden.

An der Tür blieb sie einen Moment stehen, schloß die Augen und atmete den Geruch ein, den die Dame verströmte. Ein Gemisch von altem Schweiß – etwas scharf und etwas erdig – und viel zu schwerem, süßem Parfüm. Darunter, ein Hauch nur, nahm sie den Duft von feuchtem Moos auf einer Waldlichtung wahr und von frisch geschälten, würzigen Äpfeln.

Die Fremde hatte am Tisch Platz genommen, sah neugierig zu Ambra hinüber. Tatsächlich war sie wunderschön. Ihre meergrünen Augen leuchteten im Schein der Kerzen, die Babeline angezündet hatte, über ihrem lockigen, dunkelblonden Haar lag ein leichter Schimmer von Rot, und ihre Haut hatte den Glanz und die Farbe von Perlen.

So wie die meisten der Damen, die nachts hier erschienen, war ihr Kleid von einem einfachen schwarzen Cape mit Kapuze bedeckt und doch sah man ihr an, daß sie von höherem Rang war als alle, die Ambra bisher um ihre Dienste gebeten hatten.

Ambra kam näher und stellte sich so in den Schein der Kerzen, daß die Fremde sie betrachten konnte. Erstaunen lag in deren Blick. »Du bist viel jünger, als ich es mir vorgestellt hatte, Seifensiederin!« Es klang fast wie ein Vorwurf.

»Aber Ihr seid doch auch noch sehr jung, Madame.« Ambra deutete eine Verbeugung an. Keinen Knicks, das hatte sie von Marthe gelernt.

»Du darfst nicht unterwürfig sein, mein Kind. Sie müssen deine Kraft spüren! Und auch wenn du weißt, wen du vor dir hast, zeige es nicht. Sie kommen und gehen im Schatten der Nacht, und du hast blind wie ein Maulwurf und vergeßlich wie ein uraltes Weib zu sein.«

»Möchtet Ihr etwas trinken – Wein oder Minztee?« bot Ambra ihr an.

»Nein, ich bin nicht zum Trinken gekommen, sondern ...« Die Fremde unterbrach sich, maß Ambra mit Blicken, fuhr dann fort: »Sondern weil ich etwas auf dem Herzen habe. Man sagte mir, du hättest ein Rezept für die Liebe und könntest mir helfen, den Mann gefügig zu machen, nach dem ich mich verzehre. Es heißt, du siedest Seifen, mit denen man nicht die Wäsche, sondern sich selbst zu reinigen hat, und du siedest einen Zauber hinein, der eine Frau so verführerisch erscheinen läßt, daß der Mann ihres Herzens ihr nicht länger widerstehen kann.«

»Ich siede Seifen, mit denen man sich selbst wäscht, ja, das stimmt. Doch mit Verlaub, ein Zauber ist nicht dabei.«

»Aber man sagte mir doch, es gäbe ein Geheimnis ...«

»Ein Geheimnis – ja, vielleicht. Doch es liegt alleine im Wissen um die Rezeptur und darin, daß ich mich darauf verstehe, herauszufinden, welcher Duft dem Wesen eines Menschen entspricht. Eine Seife, die zu Euch paßt, muß nicht zu Eurer Freundin passen. Auch wenn sie sich noch so sehr wünscht, genau so zu riechen wie Ihr, es wird nicht gelingen, nicht einmal mit derselben Seife.«

»Und das ist alles? Nur eine Seife? Und nur dein Wissen um die rechte Rezeptur?« Erstaunt hob die Fremde ihre Augenbrauen.

»Wenn Ihr ein Schiff habt, Madame, dann reicht ein wenig Wind im Segel, um es über das Meer zu bringen. Ein großer Sturm würde es nur kentern lassen. Das Wenige ist oft mehr, und feine Nuancen können Großes bewirken.«

»Es gibt aber auch Menschen, für die ist nur das Beste, das Größte und Schönste gut genug«, wandte sie ein.

»Das Größte läßt sich ja messen, aber was ist das Schönste oder das Beste?« hielt Ambra dagegen. »Der eine träumt nachts, wenn er vom Hunger wach liegt, von einem saftigen Braten, der andere von Roggenbrot mit Ziegenkäse. Der eine liebt das weite Meer, der andere die hohen, kargen Berge. Was also ist das Schönste und das Beste?«

Madame saß da und hörte aufmerksam zu. Als sie nichts entgegnete, neigte Ambra den Kopf und fügte an: »Die Nase ist unser größtes Liebesorgan. Im Land meiner Mütter, in Arabien, weiß man das seit ewigen Zeiten. Wenn ein Sultan nach einer seiner Frauen verlangt, wird sie gebadet, damit ihm durch seine Nase auch das offenbar wird, was seinen Augen verborgen bleibt. Ihr seid wunderschön, Madame. Diese Schönheit ist weithin sichtbar für jeden, ob Mann oder Frau. Doch tief in Eurem Innersten liegt noch eine andere Schönheit, die über den Atem die Seele erreicht und von innen die Herzen der Menschen betört. Wenn Euer Körper aus sich selbst nach kühlen Wintertagen duftet und Euer Wesen einer klaren Sternennacht entspricht, dann solltet Ihr Euch nicht mit Maiglöckchen oder Vanille parfümieren. Das wäre, als würde ein Maler sein eben fertiggestelltes Werk mit weißer Farbe überstreichen, um es vor neugierigen Blicken zu schützen.«

»Ich verstehe, was du sagst. Doch wozu soll ich mich waschen? Würde es denn, falls ich das falsche Parfüm benützte, nicht einfach genügen, ein anderes zu nehmen?«

»Aber riecht Ihr es denn nicht selbst, Madame? Der alte Schweiß, die Ausdünstungen, die in allen Poren haften? Dazu all das Parfüm, immer und immer wieder aufgetragen – mehr Gestank als Duft!«

»Nun, man riecht eben so.«

»Nicht, wenn man sich mit Wasser und Seife wäscht.«

»Aber es ist nun einmal gefährlich, sich auf diese Weise zu waschen. Niemand, der Vernunft besitzt, tut es … zumindest nicht ohne triftigen Grund!«

»Verzeiht, Madame, wenn ich widerspreche. Durchaus nicht alle riechen so. Es ist auch nicht gefährlich, sich zu waschen, wenn man die Brunnen sauberhält. Ich wasche mich täglich mit Seife und frischem Wasser und habe keinen Schaden genommen. Auch im Land meiner Mutter wäscht man sich täglich. Dort riechen die Menschen nach sich selbst, Madame, nicht nach Schweiß, vermischt mit schwerem Parfum. Hier, in Frankreich, glauben die Menschen, es sei der Reinlichkeit genüge getan, wenn man sich mit trockenen Tüchern abreibt. Solange die Tücher trocken sind, vermögen sie den Schmutz und den Schweiß jedoch nicht aufzunehmen.«

»Wie kannst du es wagen!« Madame sprang so plötzlich auf, daß der Stuhl, auf dem sie saß, umkippte. »Ich gehöre dem Hochadel an! Und du bist eine einfache Seifensiederin. Da willst du mir sagen, was gut und was richtig ist?«

Erschrocken neigte Ambra den Kopf. Sie hatte sich in Rage geredet und darüber vergessen, daß ein Spatz sich nicht mit einem Adler anlegen sollte.

»Verzeiht, ich wußte nicht …«

»Ja, schon gut!« Madame packte Ambra plötzlich am Arm und zog sie so nah zu sich, daß sie ihren Atem spüren konnte. Sie roch an Ambra wie Shibam an einer Hündin, ließ sie plötzlich wieder los und sagte: »Es stimmt, du riechst gut. Du riechst nach sauberer Wäsche, Orangen und … ich weiß nicht so recht?«

»Es ist Jasmin, nur ein Hauch davon, eben genug, daß Ihr es noch wahrnehmen könnt.«

»Jasmin!« Sie sah Ambra lange und nachdenklich an. »Was muß ich tun, um eine Seife von dir zu bekommen, die all das bewirken kann, wovon du gesprochen hast?«

Vielleicht war ihr durch die Aufregung und den Zorn warm geworden, vielleicht fand sie es auch einfach nicht länger nötig, sich vor Ambras Blicken zu verbergen. Jedenfalls öffnete die Fremde plötzlich die Schnalle an ihrem Cape, ließ es von den Schultern gleiten und legte es über den zweiten Stuhl, auf den sie zuvor bereits ihre Handschuhe gelegt hatte.

Ambra starrte das Kleid an, das Madame trug. Es war aus sonnengelber Atlasseide, der Stecker und die Ärmel waren mit Fäden und Perlen in der Farbe ihrer Augen bestickt. Ambra kannte dieses Kleid, sie hatte es schon einmal bewundert. Damals war der König in seiner Karosse an der Seine entlang über den Cours-la-Reine gefahren. In einer zweiten Karosse war ihm seine Gattin, die Königin, gefolgt, und neben ihr hatte eben diese Frau in genau diesem Kleid gesessen.

»Nun? Hat es dir die Sprache verschlagen? Und willst du mir nicht endlich den Stuhl aufheben?«

Ambra zuckte zusammen. »Ja, natürlich.« Sie ging um den Tisch, hob den Stuhl auf und wartete, bis Madame sich gesetzt hatte. Dann holte sie die große Schatulle, in der ihre Schätze verborgen waren, öffnete sie, nahm die sieben Kästchen heraus, stellte sie vor der Dame auf den Tisch und legte die Karten daneben. Alles geschah wortlos, auch Madame schwieg. So hatte Ambra Zeit, ihre Gedanken zu ordnen.

Eine Dame, die mit der Königin in einer Kutsche saß – dann war sie womöglich eine Hofdame! Eine Hofdame, die einen Mann betören wollte! Einen Mann, der über Macht verfügte. Vielleicht. Sie vermutete es. Sie hoffte es! Und wäre es so, dann mußte Ambra sie sich gefügig machen. Ein kleiner Amtmann, der für ein paar Sol nicht bereit war, nach Mathieu zu forschen, würde es sich anders überlegen, wenn er Befehle von einem hohen Offizier bekäme, von einem Chef de police oder einem Grafen gar!

Die Aufregung ließ Ambra zittern. Es gab Hoffnung, Mathieu wiederzufinden! Auf so einen Moment hatte sie lange gewartet. Nun mußte sie versuchen, herauszufinden, wie ihre Besucherin hieß und welchen Mann sie so sehr begehrte, daß sie abends bei Gewitter den weiten Weg zu ihr auf sich genommen hatte.

»Ihr müßt nicht viel tun, damit ich eine Seife für Euch sieden kann«, sagte Ambra, auf ihre Frage eingehend. »Nehmt eine der Karten aus dem Stoß und legt sie auf eines der Kästchen, ohne sie vorher anzusehen.«

»Das ist alles?« Während sie das fragte, fächerte Madame auch schon die Karten auseinander, zog eine heraus, legte sie verdeckt auf das mittlere Kästchen.

»Nein, nicht ganz. Ihr müßt mir noch etwas über diesen Mann verraten.«

»Was soll ich dir sagen?«

»Seinen Namen.«

Ihre Augen weiteten sich. »Das ist ganz und gar unmöglich!«

»Nur der Vorname, Madame«, schränkte Ambra schnell ein.

Sie dachte eine Weile nach, sagte schließlich leise und zögerlich: »Louis.«

Louis! Ambras Herz machte einen Satz und schlug ihr bis in den Hals. Sollte sie etwa gar den König selbst …

Sie schob den Gedanken beiseite, noch bevor sie ihn

zu Ende gedacht hatte. Es gab viele Louis in Frankreich! Louis Le Vau zum Beispiel, den Baumeister des Königs, der zur Zeit das neue Schloß in Versailles baute.

»Seine Lieblingsfarbe«, setzte Ambra nach, weil ihr nichts anderes einfiel und weil sie wußte, wie abergläubisch die Damen bei Hofe waren. Von Astrologie bis Zauberei – sie verfielen allem, wenn es nur ein wenig mystisch eingekleidet wurde.

Wieder zögerte Madame. »Gold. Gold wie die Sonne.«

Ambra schloß die Augen, ein leichter Schwindel erfaßte sie. Gold wie die Sonne! Also doch der König?

»Und ...« Sie wagte es kaum zu fragen, aber nun mußte sie es einfach wissen! »... das Jahr seiner Geburt?«

»1638.«

Das Geburtsjahr des Königs! Zuviel des Zufalls! Ihre Finger zitterten vor Aufregung. Kein Zweifel, die Schöne, die vor ihr saß, wollte Louis, den Sonnenkönig, verführen!

Langsam griff Ambra nach der Karte und drehte sie um – der Löwe! Dann öffnete sie das Kästchen und blickte auf den Pyrit.

»Was bedeutet das?« fragte Madame.

»Der Stein steht für Euch, die Karte für den Mann, um den es geht. Beide, Stein und Karte, lassen das Verborgene zutage treten. In unserem Inneren wissen wir, was gut oder schlecht, was wichtig oder unwichtig für uns ist. Das Sehen macht blind, das Fühlen macht stark. Wenn wir sehen wollen, müssen wir die Augen schließen. Der Suchende findet sein Geheimnis nur mit dem Herzen.«

»Aber die Kästchen und die Karten – was ist ihr Geheimnis?«

»In jeder Schatulle ist ein anderer Stein. Und auf jeder der Karten befindet sich das Bild eines anderen Tieres. Ihr habt den König der Tiere gewählt, Madame, und für Euch selbst die Pyritsonne. Sie glänzt wie Gold, wenngleich sie auch keines ist.«

Ambra sah sie fest an. In Madames Augen blitzte für einen Moment Zorn auf, doch dann lachte sie plötzlich. »Ja, ja, du hast recht! Ich bin kein reines Gold, aber immerhin glänze ich so. Tatsächlich möchte ich im Licht der Sonnenscheibe zu noch größerem Glanz erstrahlen – und nun weißt du, was für eine Seife für mich gut ist?«

Ja, nun wußte Ambra es. Sie hatte das Wesen der Fremden erfaßt. Sie, die im Schatten der Nacht zu ihr kamen, konnten ihr vieles erzählen! Worte waren geduldig. Sie konnten ihr falsche Namen nennen, konnten behaupten, sie seien so oder so, und waren dabei doch ganz anders! Aber niemals konnten die Karten oder Steine sie belügen. Denn was mit geschlossenen Augen gewählt wurde, entsprang dem tiefsten Wissen der Seele. Kein Zauber, so wie auch Träume kein Zauber waren und immer die Wahrheit aufzeigten – man mußte sie nur richtig zu deuten verstehen.

Der Duft der Fremden war der Duft frischen Waldmooses an einem taufrischen Frühlingsmorgen, aber sie wünschte sich, zu scheinen wie die Sonne, und brauchte das Licht, um ihre ganze Schönheit zu entfalten. Ambra würde ihr eine Seife sieden, die nach Moos und nach Morgentau duftete, ein wenig Öl aus den

Süßgräsern ihrer Heimat und etwas Öl vom Zitronenbaum dazu, ein Hauch nur, um den Moosduft nicht zu überdecken! Und wenn sie sich damit den abscheulichen Gestank vom Körper wusch, würde ihr kein Mann der Welt widerstehen können.

Was Ambra brauchte, besaß sie. Sie hatte es mitgebracht, hatte es von Perim über Marseille bis nach Paris gerettet. Nun wußte sie, wofür! Wenn Mathieu noch lebte, dann würden ihn ihre Kostbarkeiten zu ihr zurückbringen, daran glaubte sie ganz fest! Und wer weiß, vielleicht konnte sie zu allem auch noch den Traum ihres Vaters wahrmachen und die Seife zur Pflege des Körpers bei Hofe einführen. Diese Frau hatte ihr der Himmel geschickt!

»Ja, jetzt weiß ich es«, sagte Ambra laut. »Gebt mir eine Woche, Madame, dann kommt zurück, oder ich kann Euch die Seife auch bringen, wenn Ihr wollt.«

»Nicht nötig, ich hole sie mir. Ich werde hier sein, zur selben Stunde wie heute.«

»Wie Ihr wünscht.«

Madame nahm ihr Cape und warf es sich über. Dann ging sie zur Tür und wartete, bis Ambra sie geöffnet hatte.

»Gute Nacht«, wünschte Ambra.

Die Fremde verschwand ohne Gruß.

In jener Nacht kehrte für Ambra ein Stück Hoffnung zurück. Sie wußte nicht, wer diese Frau war, doch sie spürte in ihrem Inneren, daß sie wichtig sein würde und ihr helfen konnte, Mathieu zu finden. Also beschloß sie, Erkundigungen über die Edeldame einzuholen.

Man mußte wissen, mit wem man es zu tun hatte, wenn man etwas erreichen wollte!

Gleich am nächsten Morgen ging Ambra in die Stadt. Am Tor zum Palais des Tuileries wartete sie. Kutschen kamen, Kutschen verließen den Palast. Große, mächtige Karossen, von livrierten Dienern begleitet, oder kleine, zierliche Gefährte, die Schnitzereien mit Blattgold belegt und seidene Vorhänge vor den Fenstern. Doch Ambra sah sie nicht, die Dame mit den lavendelblauen Augen, die das Herz des Königs betören wollte.

Erst am dritten Tag hatte sie Glück. Gegen Mittag passierte die Karosse, die vor Babelines Haus gestanden hatte, die Tore. Das Wappen war nun nicht mehr verhängt. Die Peitsche des Kutschers knallte, die Pferde trabten davon.

Ambra ging zu einem der Soldaten, der etwas abseits stand und gähnend in den Himmel starrte, und hielt ihm ein Stück Seife hin. »Diese kostbare Seife kannst du deiner Mutter oder deinem Mädel mitbringen. Du sollst mir dafür nur sagen, wer die feine Dame war, die da eben in der Kutsche saß.«

»Wozu willst du das wissen?« Er griff nach der Seife, doch Ambra zog ihre Hand schnell zurück.

»Sag mir nur ihren Namen!«

Der Soldat sah sich um, ob sie auch niemand beobachtete. »Das war Madame de Montespan«, sagte er. Hastig packte er die Seife und ließ sie in seinem Rock verschwinden.

Als Ambra einmal ihren Namen kannte, war es nicht mehr schwer, herauszufinden, welche Stellung Madame de Montespan bei Hofe innehatte. Sie war am 5. Oktober 1640 im Schloß Tonnay-Charente in Lussac als Tochter von Gabriel de Rochechouart, Herzog von Mortemart, und Diane de Grandseigne geboren worden. Man hatte sie im Konvent Ste. Marie in Saintes erzogen und unter dem Namen Mademoiselle de Tonnay-Charente als Ehrendame der Königin bei Hofe eingeführt. Vor nunmehr fast fünf Jahren hatte sie den Marquis de Montespan geheiratet, der ein Jahr jünger war als sie und dem sie zwei Kinder geboren hatte. Zuerst eine Tochter mit dem Namen Marie Christine, dann einen Sohn – er war noch ein Säugling – mit dem Namen Louis-Antoine.

Madame de Montespan wurde nicht nur ihrer Schönheit, sondern auch ihrer Klugheit wegen bewundert. Madame de Sévigné, die, wie man hörte, so bemerkenswerte Briefe schrieb, daß man sie sogar in ein Buch gefaßt und gedruckt hatte, rühmte ihre kluge, kultivierte und charmante Art, eine Unterhaltung zu führen.

Doch Madame hatte auch Schwächen. Eine davon war der Aberglaube, dem sie verfallen war.

Nun kam Ambra ihr eigener Ruf als Zauberin entgegen, denn so vertraute man ihr in gewissen Kreisen, und sie erfuhr Dinge, die vor anderen geheimgehalten wurden. Daß Madame sich von »La Voicin«, einer berüchtigten Giftmischerin und Wahrsagerin, Liebestränke mischen ließ, die sie einem Mann ihres Herzens heimlich einflößte, um ihn sich gefügig zu machen. Daß sie, aus demselben Grund, von einem Priester namens Etienne Guibourg eine Schwarze Messe habe lesen lassen – sogar eine Kinderleiche solle dabei geopfert worden sein.

Auch um Madames Finanzen schien es nicht allzu gut bestellt zu sein. Sowohl ihr Mann als auch ihr Vater befanden sich in großen Geldnöten und hatten sich, wie erzählt wurde, nicht zuletzt ihretwegen schwer verschuldet.

Diese Informationen genügten Ambra, mehr brauchte sie nicht zu wissen.

Noch in derselben Nacht, als Madame de Montespan Ambra aufgesucht hatte, hatte sie so viel Seife vom Block geraspelt, wie sie für sie brauchen würde. Reine Olivenölseife von allerbester Qualität. Sie hatte die Flocken im Wasserbad zum Schmelzen gebracht, hatte die Duftstoffe beigefügt, hatte die fertige Masse in ein Dutzend kleine Model gefüllt und diese mit Tüchern abgedeckt.

Nun, da die Seife getrocknet war, löste Ambra sie aus ihrer Form. Sie wickelte elf Stücke in Wachstücher ein, um sie sorgfältig aufzubewahren. Das zwölfte schlug sie in ein Tuch aus wertvollem besticktem Musselin und legte es bereit.

Wie verabredet kam Madame genau eine Woche nach ihrem ersten Besuch, um die Seife abzuholen.

Ambra empfing sie auch diesmal wieder im Laden und legte das kleine, weiße Päckchen vor sie hin. Madame nahm es und roch daran, sah Ambra an, schloß die Augen und roch noch einmal.

»Ich weiß nicht …«, sagte sie. Der Zweifel stand ihr ins Gesicht geschrieben. »Nun gut, wir werden sehen. Was bekommst du dafür?« Sie zog einen dunkelblauen Samtbeutel aus ihrer Rockfalte, in dem sich Münzen befanden.

»Diese Seife ist ein Geschenk«, sagte Ambra.

Erstaunt hob Madame den Kopf. »Ein Geschenk? Du weißt so gut wie ich, daß es nichts umsonst gibt im Leben!«

Ambra lächelte. »Gewiß, Madame. Am Ende bekommt man für alles die Rechnung. Und doch, diese erste Seife ist ein Geschenk. Wenn Sie zurückkommen, um ein zweites Stück zu holen, werden wir über den Preis verhandeln. Wenn nicht, dann war dieses erste Stück nichts wert.«

Ambra konnte ihr ansehen, wie sie rechnete und erwog. Ein Stück Seife für den Hausgebrauch war nicht billig. Je nach Güte mußte man schon ein paar Sol hinlegen. Eine Seife mit einem Zauber würde sicher um so teurer sein. Vielleicht wäre die Seifensiederin dreist, dann würde sie einen halben Louis d'or verlangen. Das wäre für eine einfache Frau ein Vermögen, für Leute wie Madame höchstens eine Anmaßung.

Schließlich nickte Madame de Montespan, dann ließ sie die Seife in ihrem Rock verschwinden. »Gut, ein Geschenk also, danach werden wir weitersehen.«

Ambra erklärte ihr, wie sie die Seife benutzen sollte, dann ging Madame de Montespan so eilig und lautlos, wie sie gekommen war.

19.

Mathieus Schritte verklangen auf dem Flur. Madame Durand lauschte ihnen nach und seufzte leise. Es war eine Strafe, eine Frau zu sein! Schon immer hatte sie es gesagt, doch seit dieser Mann in ihr Leben getreten war, war es ihr noch bewußter als je zuvor. Was sie zeigte, weil es von ihr verlangt wurde, fühlte sie nicht, und was sie fühlte, durfte sie keinesfalls zeigen, oder man würde sie verachten.

Es war erbärmlich, so zu leben!

Nach Paris zu kommen war ein Fehler gewesen – auch Rodolphe Durand zu heiraten war ein Fehler gewesen!

In Amsterdam hatte man sie geachtet. Dort war sie Doorke van den Burgh, die Tochter des Diamantenhändlers van den Burgh gewesen. Ein kluger Mann, angesehen und wohlhabend, und desgleichen hatte man von ihr gehalten. Eine junge Frau, die gebildet war, des Lesens und Schreibens mächtig, in Mathematik so geübt wie in der Kunst des Philosophierens.

Doch was galt das schon in der Familie des Mannes, dessen Namen sie nun trug? Dorothée Durand war aus ihr geworden, und mit Verachtung sah man auf sie und die Arbeit herab, die sie leistete, ohne auch nur einen einzigen Liard dafür zu erhalten. Was in Amsterdam selbstverständlich war – daß Frauen aus gutem Hause, die wohlhabend waren, ihren Beitrag für die Allgemeinheit leisteten –, galt hier nur als Marotte, als Absonderlichkeit.

Doch alles war besser als zu Hause zu sein, bei diesem Mann, der sie mit seinen Grobheiten belästigte und sie mit seiner Kälte für ihre eigene Dummheit bestrafte, ihm nach Paris gefolgt zu sein.

Es hatte einen andern Mann in ihrem Leben gegeben – Hans, der Neffe einer Tante. Er war ihre große Liebe gewesen. Seine Klugheit, seine Entschlossenheit, sein Engagement für die Dinge, die ihm wichtig waren, hatten ihr imponiert. Und seine Schönheit! Mit sechzehn hatte sie sich ihm versprochen, bei heimlichen Treffen im Garten ihrer Eltern. Er war damals neunzehn gewesen und hatte sie so leidenschaftlich geliebt wie sie ihn.

Wenn an Neujahr, wie es üblich war, die ganze Sippe zusammenkam, dann hatten sie ihren Eltern ihre Liebe gestehen wollen, und sie würden heiraten und glücklich sein – davon hatten sie geträumt, und daran hatten sie geglaubt.

Doch dann kam alles anders. Sein Vater, der zwei Schiffe verloren hatte, zwang Hans, Josephine de Maas zu heiraten, ein Mädchen, das Hans nicht liebte und das ihn nicht liebte. Eine Geldheirat, eine Machtheirat. Eine Heirat, die Unglück über sie alle brachte.

Zuerst wurde Josephine nicht schwanger, und als sie es dann doch endlich war, starb sie bei der Geburt ihres Kindes und das Kind mit ihr.

Inzwischen war Hans verbittert und zynisch geworden und der Trunksucht verfallen, und sie, Doorke, hatte nach acht Jahren voller Kummer und Haß auf die,

die ihr Glück zerstört hatten, dieser unglückseligen Heirat mit einem französischen Juwelier zugestimmt. Ein Kunde ihres Vaters. Er war alt und häßlich, und er liebte sie nicht, aber das war ihr nur recht. Wer nicht liebte, forderte auch keine Liebe zurück!

Eine Heirat aus Trotz und Verzweiflung. In Paris, so hoffte sie, würde sie endlich Ruhe finden. Sie glaubte, es würde ihr helfen, Hans nicht mehr ansehen zu müssen. Nicht länger erleben zu müssen, wie er sich zugrunde richtete, wie sein einst so schönes Gesicht zu einer schwammigen Fratze und seine hellen, strahlenden Augen dumpfer und dumpfer wurden.

O, sie haßte Hans dafür, daß er sich so zerstörte!

Doch Paris und dieser abscheuliche Mann an ihrer Seite waren noch schlimmer zu ertragen! Fünf Jahre Schmach und Einsamkeit. Geschlagen hatte er sie, getreten hatte er nach ihr und sie mit seinen körperlichen Grobheiten verletzt.

Wenn die Kunden in sein Geschäft kamen, dann buckelte er. Madame hier, Monsieur dort! Jawohl, Marquise, jawohl, jawohl, jawohl. Doch kaum hatten sie den Laden wieder verlassen, verteilte er Ohrfeigen an seine Bediensteten, fluchte und schrie herum.

Dann war plötzlich Mathieu aufgetaucht. Jung und schön. Nicht gebildet, aber von einem unglaublichen Wissensdurst getrieben. Stark wie ein Hengst, naiv wie ein Kitz, mutig wie ein junger Hund und dabei unverdorben und schüchtern wie ein kleines Mädchen.

Als Doorke sah, wie er die Wunden des Jungen in seiner Zelle versorgte, wünschte sie, sie hätte selbst diese zerschundenen Hände gehabt, nur um von ihm berührt zu werden. Sie wünschte, er würde sich ebenso um sie kümmern und für ihr Leben kämpfen. Er sollte ihr in die Augen sehen und Doorke van den Burgh erkennen! Sie sehnte sich nach seinen Lippen auf ihrer Haut, wollte an seinem Haar riechen, wollte ihn berühren, ihre Hand auf sein Glied legen und fühlen, wie es zuckte.

Sein Blick fand sie jedoch nicht, und seine Gedanken waren bei einer anderen. Doorke war ihm gleichgültig, es sei denn, sie zeigte sich bereit, ihm die ersehnte Freiheit zu verschaffen.

Trotzdem konnte sie nicht von Mathieu lassen. Ihn in ihrer Nähe zu wissen half ihr, die Mühsal ihrer Tage zu ertragen. Wenn Liebende zuweilen behaupteten, ohne den anderen nicht mehr leben zu können, war das zumeist so dahingesagt. Im Rausch der Gefühle erschien einem sogar der Tod voller Poesie zu sein. Doch sie meinte es bitter ernst: Ohne Mathieu konnte sie nicht mehr leben!

Wenn sie ihn gegen zehn Uhr am Morgen zu sich holte, er sich in den Armlehnsessel setzte und ihr vorlas, dann fühlte sie sich, als würde sie für kurze Zeit aus einer schweren Ohnmacht erwachen. Jeden Gedanken, der über seine Lippen an ihre Ohren drang, empfand sie wie eine Zärtlichkeit.

Auch gegen Abend, bevor sie in das Haus ihres Mannes zurückkehren mußte, holte sie Mathieu zu sich. Dann tranken sie ein Glas Likör und sprachen dabei über das, was er in den Büchern gelesen hatte, die sie für ihn beschaffen ließ. Es war ihr, als hätte sie plötzlich Schwingen und könnte sich weit über ihr Elend erheben, höher und höher hinauf, dem Licht entgegen. Sie war wieder Doorke.

Um so grausamer, daß Mathieu ihr Werben mit so viel Gleichgültigkeit zurückwies. Immer war er höflich, manchmal sogar freundlich, doch selbst in seiner Freundlichkeit wirkte er kühl und distanziert.

Es lag an dieser Frau, von der sie nichts wußte. Sie hatte versucht, ihn über sie zu befragen, aber Mathieu erging sich in Ausflüchten.

»Wie heißt dein Weib?«

»Ihr Name wird Euch nichts sagen.«

»Seid ihr getraut?«

»Vor Gott und im Herzen.«

»Was wird sie ohne dich tun?«

»Wenn es ihr nicht ergangen ist wie mir, wird sie sich zu helfen wissen.«

Jedes weitere Wort war sinnlos, er würde ihr nichts verraten.

Natürlich hätte sie ihm zu seiner Freiheit verhelfen können, aber sie konnte ihn doch nicht gehen lassen, sie brauchte ihn so sehr! Sie versuchte, ihm seine Tage so angenehm wie möglich zu gestalten. Seine Zelle war hell und sauber, sein Nachtgeschirr wurde viermal täglich geleert. Er aß so gut wie sie selbst, und er bekam den besten Wein. Sie besorgte ihm Bücher von Molière, Pierre Corneille, Jean de La Fontaine oder der fast schon vergessenen Louise Labé. Sie ließ ihm Lexika bringen, Bücher über die Schiffahrt, die ihn zu begeistern schien, über Philosophie und sogar ein Werk über den neuen Kontinent und die großen Erfinder und Entdecker ihrer Zeit. Alles, was er haben wollte, bekam er von ihr, und immer bedankte er sich und verbeugte sich wie ein artiges Kind, das seiner Mutter die nötige Ehrerbietung erwies.

Von der Seifensiederin in Saint Denis erfuhr Doorke von ihrer Schneiderin. Während sie ihr das Kleid anpaßte, das ihr Mann zugeschnitten hatte, erzählte sie Madame Durand, daß nun immer mehr feine Damen auch fein rochen und daß sie dies bei ihrer Arbeit als äußerst angenehm empfand. Zuerst glaubte Madame Durand, die Schneiderin spräche von einem neuen Parfüm, und sie hörte kaum hin. Derlei Dinge interessierten sie nur wenig. Doch als die Frau dann von einem Liebeszauber erzählte und davon, daß er offensichtlich erstaunliche Wirkung zeigte, wurde sie neugierig. Nicht daß sie sonderlich viel von Zauberei und sonstigem Aberglauben hielt, aber um Mathieus Aufmerksamkeit zu erlangen, hätte sie alles nur Erdenkliche auf sich genommen.

Die Schneiderin gab auf ihre Fragen bereitwillig Auskunft.

»Das Weib scheint aus einem fremden Land zu kommen. Man erzählt sich, daß ihre Augen fast so schwarz sind wie ihr Haar und ihre Haut die Farbe von Milchkaffee hat. Schön soll sie sein wie eine Madonna, aber dabei mit dem Teufel im Bunde stehen, der sie in Gestalt eines Hundes begleitet. Sie geht nie ohne ihn aus, eine riesige schwarze Bestie, groß wie ein Kalb, mit einem Gebiß wie ein Wolf.«

Madame Durand hielt das für dummes Geschwätz. Würde es einen Teufel geben, hätte er die Menschen längst vernichtet, so wie sie ihn zu vernichten versuchten. Erst im vergangenen Monat hatte sie zugesehen, wie man drei Frauen und einen Mann auf den Scheiterhaufen gebunden und diesen dann angezündet hatte. Wo war da der Teufel mit seiner angeblichen Macht gewesen? Und wo war Gott gewesen?

An die unruhigen Seelen aus der anderen Welt, an Geister und die Kraft von Kräutern glaubte sie aber doch. Ihr selbst war ihre Mutter erschienen, zwei Tage, nachdem man sie zu Grabe getragen hatte. Und eine Schwester ihres Vaters war von Stimmen in den Wahnsinn getrieben worden. Man mußte sie in ihrem Bett anbinden, um das Schlimmste zu verhüten.

Madame Durand war neugierig auf diese Seifensiederin, aber vor allem hoffte sie, daß sie ihr helfen konnte. Deshalb beschloß sie, die Frau aufzusuchen.

An einem Donnerstag, Ende September, fuhr sie zu ihr. Es war bereits dunkel, als sie die Droschke bestieg und dem Kutscher den Befehl gab, sie nach Saint Denis zu bringen.

20.

Es war ein Donnerstag gegen Ende September, an dem der König geruhte, seinen Truppen, die an der Grenze zu Flandern kämpften, einen Besuch abzustatten.

Der Hof war in Aufruhr. Wenn ein König reiste, dann ging das nicht mit ein paar Koffern und Karossen ab. Erst recht nicht, wenn es sich um Louis XIV. handelte! Allein seine Leibgarde umfaßte 10000 Mann und einige hundert Pferde. 75 Kapläne, 48 Ärzte, 128 Sänger, 62 Herolde, 68 Quartiermeister und 383 Köche sorgten für sein leibliches Wohl. Dazu kamen die persönliche Dienerschaft, bestehend aus 24 Kammerherren und 24 Pagen, 32 Kammerdienern, 12 Mantelträgern, 2 Flintenträgern, 5 Uhrmachern, 3 Perückenknüpfern, 8 Rasierern und einem Abreiber, dem die Aufgabe zufiel, den Körper des Königs jeden Morgen mit trockenen Tüchern zu säubern. Insgesamt waren am Hofe etwa 60000 Personen beschäftigt, dazu Hunderte von Adeligen, die im Schloß wohnten.

Selbstverständlich reiste nur ein kleiner Teil all dieser Leute mit ihm, aber dennoch war es ein so riesiges Gefolge, daß die Spitze der Wagenkolonne bereits in einem Dorf anlange, während sich das Ende des Zuges noch im vorherliegenden befand.

Auch Madame de Montespan schloß sich dieses Mal dem Troß an. Zum Glück weilte Henri, ihr Gatte und

Vater ihrer beiden Kinder, gerade nicht in Paris. Er ging, wie so oft in letzter Zeit, in irgend einem Lustschlößchen dem Müßiggang nach, leckte seine Wunden und jammerte, weil das Geld nicht reichte. Noch immer bezahlte er an den Schulden, die er fünf Jahre zuvor für eine große, standesgemäße Hochzeit auf sich hatte nehmen müssen. Neue kamen ständig hinzu, für all die Roben, den Schmuck, die Accessoires, die Madame als Hofdame der Königin benötigte. Unsummen verschlang das, und Henri de Montespan hatte nichts anderes zu tun, als darüber zu jammern.

Mon Dieu, wie Madame es haßte, wenn er sich so gehen ließ! Was sollten ihre Kinder von ihm halten, sobald sie einmal alt genug wären, sich eine Meinung über ihn zu bilden? Was hielt der Bruder des Königs von ihm, dessen Freund er sich nennen durfte? Ein Jammerlappen war er, und Madame schämte sich für ihn!

Andererseits konnte es ihr auch recht sein, daß ihr Gatte sich immer seltener blicken ließ. Sie hatte höhere Ziele, und er mit seiner Eifersucht stand ihr dabei nur im Wege.

Es war längst an der Zeit, daß Louise de La Vallière aus dem Leben des Königs verschwand, damit sie, Madame de Montespan, ihren Platz einnehmen konnte. Nie hatte sie verstehen können, was er an Louise fand, wie er dieses blasse Reh mit der spitzen Nase und den Glubschaugen zu seiner *maitresse en titre* machen konnte!

Während Madame de Montespan vor dem Spiegel in ihrem Boudoir stand und ein Löckchen richtete, dachte sie an jenen Kostümball zurück, auf dem sie mit nichts als einem durchsichtigen blaßgrünen Schleier bekleidet vor seine Majestät hingetreten war! Als er sie gefragt hatte, was das denn für ein Kostüm sei, hatte sie kokett geantwortet: »Eine Seejungfrau, mein König!« Ganz grün war Louise de La Vallière da vor Ärger geworden, und anschließend, als Seine Majestät Madame de Montespans Hand nahm und sie küßte und sagte: »Eure Augen sind ein lavendelblaues Meer, Madame, in dem selbst ein König gerne ertrinken würde!«, wurde sie rot vor Wut.

Bedauerlicherweise war er dann doch nicht zu ihr gekommen. Ein König hatte eben wichtige Geschäfte zu erledigen. Oder es lag daran, daß die Vallière wieder einmal schwanger war und er Rücksicht auf sie nehmen mußte.

Madame de Montespan dachte jedoch gar nicht daran, sich durch so einem Fehlschlag davon abhalten zu lassen, ihre Pläne durchzusetzen. Wenn ihr Charme alleine nicht reichte, sich den König gefügig zu machen, mußte sie zu anderen Mitteln greifen. Sie ließ Schwarze Messen lesen und suchte *die Voisin* auf, eine weithin bekannte Wahrsagerin und Giftmischerin. Von ihr ließ sie Mixturen zubereiten, die sie ihrer verhaßten Rivalin heimlich einflößte. Doch auch das hatte nichts bewirkt. Zwar wurde Louise blasser und blasser, und die Flöhe fielen von ihr ab, weil ihnen vom bitteren Blut ihrer Wirtin übel wurde, aber das war auch schon alles. Sogar zur Herzogin hatte der König Louise noch gemacht und ihr das Gut Vaujours übertragen!

Doch seit Madame de Montespan sich mit der Seife wusch, verschlang der König sie mit Blicken! Gestern bei einem Bankett hatte er ihr dann ins Ohr geflüstert, daß er hoffte, sie würde ihm seinen schweren Weg zu seinen Soldaten an der Front mit ihrer Gegenwart ein wenig versüßen. Was das bedeutete, war klar! Seine Majestät würde geruhen, sie auf sein Feldlager zu holen!

Nun mußte sie packen. Ihre Kammerfrauen rannten hin und her wie die Wiesel, ihre Näherinnen reparierten noch dieses und jenes. Das dunkelblaue Casaquin mit den Sabot-Ärmeln mußten sie ein wenig herauslassen und kleine, goldene Krönchen zwischen die Blumen sticken und außerdem ein Négligé nähen – eine neue Art von Nachtgewand, das unlängst in Mode gekommen war und das die dickbäuchige Louise ganz sicher noch nicht trug! Einer königlichen Geliebten wollte sie alle Ehre machen, wunderschön wollte sie sein – nie wieder sollte der König nach seinem glupschäugiges Reh verlangen!

Erst in den frühen Morgenstunden legte Madame de Montespan sich nieder, um ein wenig zu schlafen. Zu der Zeit war der König bereits auf den Beinen. Oft geisterte er schon früh durch das Schloß, obwohl das offizielle Erwachen und die Morgenempfänge erst um acht Uhr stattfanden.

Gegen halb neun wurde Madame dann von ihrem Mädchen geweckt. »Möchtet Ihr auch heute wieder baden?« fragte es mit einem Knicks.

Madame de Montespan überlegte einen Moment, ob es nicht auch genügen würde, die Stirn ein wenig mit der Seife zu benetzen. Doch die Seifensiederin hatte darauf beharrt, daß die Wirkung nur zustande komme, wenn sie ihren ganzen Körper wusch. Also nickte sie und sagte: »Ja, bereite mir ein Bad!«

Eine halbe Stunde später tauchte Madame de Montespan in das warme Wasser ein und fuhr mit einem nassen Lappen, mit dem sie zuvor über die Seife gerieben hatte, über ihre Haut. Wohl war sie sich des Risikos bewußt, das mit solchen Waschungen einherging, aber um des Königs Gunst zu erlangen, hätte sie noch weit mehr riskiert!

Das Mädchen kam, legte angewärmte, trockene Tücher zum Abreiben bereit und ging wieder. Madame ließ sich noch ein Stück tiefer in das Wasser gleiten, hielt sich die Seife vor die Nase und roch daran.

Sie besaß eine ganze Reihe bester Parfums, die ein kleines Vermögen gekostet hatten und den Raum mit ihrem Duft erfüllten wie die Klänge des Orgelspiels einen Dom, wenn alle Register gezogen waren. Doch der Duft dieser Seife – ein Duft nach frischem Moos im Morgentau, so wie sie ihn aus ihrer Kindheit kannte – war zart wie der Klang einer Flöte aus weiter Ferne. Wenn sie an ihrer Haut roch, nachdem sie sich gewaschen hatte, und dabei die Augen schloß, dann tauchte vor ihr das Bild einer Wiese auf. In hellem Grün mit winzigen gelben Blüten, zwischen denen weiße Schmetterlinge hin und her flatterten.

Es waren seltsam ungewohnte Bilder für eine Frau wie sie, die den Prunk liebte und seit ihrer Kindheit nicht mehr über Morgenwiesen gegangen war. Und doch schienen sie aus ihrem tiefsten Inneren zu kommen und zu ihr zu gehören wie das Blau ihrer Augen oder der Zahn links unten, der leicht schief stand und an dem sie sich die Zunge wund rieb, wenn sie nervös war.

Doch nicht nur in ihr, auch in ihrem König schienen diese Bilder zum Leben zu erwachen. Gestern hatte er gesagt: »Madame, wenn ich in Eurer Nähe bin und Euer Duft meine Sinne betört, denke ich an eine Waldlichtung, und ich sehe Euch im Moos liegen, nackt und von einem Sonnenstrahl liebkost.«

Auch am Tag ihrer Abreise nach Avesnes wurde das übliche morgendliche Hofzeremoniell eingehalten. Um acht Uhr erschienen die Mitglieder der königlichen Familie, die Ärzte und Bediensteten im Schlafgemach seiner Majestät, um sich nach seinem Befinden zu erkundigen. Eine Viertelstunde später begannen die großen Empfänge im Beisein der hohen Beamten und der Prinzen und die Lesung der Morgengebete durch den König. Erst wenn all diese Pflichten erfüllt waren, man nebenbei den König angekleidet und herausgeputzt hatte, konnte das weitere Tagewerk beginnen.

Fünf Tage waren sie unterwegs, und vom König sah Madame de Montespan in all dieser Zeit kaum etwas. Von seiner Leibgarde umringt, von seinen wichtigsten Ministern mit Beschlag belegt, schien er ihr so fern wie die Sonne dem Mond.

Es war ein seltsames Land, durch das sie reisten. Von einem wilden Fluß durchzogen, den die Leute Oise nannten und der zu Zeiten des Regens kaum zu bändigen war. Ein Fluß, der sich durch Städte drängelte, als hätte er es eilig. Der über die Ufer trat, Weiden überschwemmte und das satte Grün der Wiesen in ein dumpfes Blau tauchte. Der Nebelschwaden über das

Land schickte, die die Stämme der Obstbäume zu verschlucken und ihre Kronen wie auf Wolkenschiffen fortzutragen schienen.

Kamen sie gegen Mittag durch Ortschaften, stieg ihnen ein Duft nach Pflaumenmus oder in Schmalz gebackenen Küchlein in die Nase. Doch so manches Mal duftete es auch nach Hase im Apfelzider oder gefüllter Gans und Blaukraut. Und weiter nördlich, als sie bereits ein gutes Stück an Saint Quentin vorbei waren, brachten ihnen die Leute zur Erfrischung den gepreßten Saft von Äpfeln und eine Gemüsetorte, die mit würzigem Käse überbacken war, welcher aus einer Abtei stammte, die unweit an einem Flüßchen lag und deren Namen Madame schon bald wieder vergessen hatte.

Die Scheunen aus Strohlehm und Holz blieben ihr hingegen noch lange in Erinnerung, so schief und über das Flußufer geneigt standen sie da, als wollten sie sich in der spiegelnden Oberfläche des Wassers betrachten.

Doch dann war es jäh vorbei mit der Beschaulichkeit. Ein kalter Oktoberwind, der von Flandern her über das Land fegte, trug ihnen den Lärm des Krieges entgegen. Je weiter sie nach Norden kamen, desto lauter klang das Dröhnen der Kanonen, das Zischen, Pfeifen und Schreien.

Die Soldaten des Königs standen dem Feind bei einem kleinen französischen Dorf namens Avesnes an der Grenze zu Flandern gegenüber. Es wurde um die spanischen Niederlande gekämpft, die Ludwig für Frankreich beanspruchte. Man warf ihm vor, daß er ohne Kriegserklärung in die Niederlande eingedrungen war und daß er seine Machtansprüche zu Unrecht durchzusetzen versuchte. Vertrag sei schließlich Vertrag! Aber war Philipp von Spanien nicht zuerst vertragsbrüchig geworden? Hatte er doch seiner Tochter eine hohe Mitgift versprochen, damit sie bereit war, auf spanisches Gebiet zu verzichten. Und dann bezahlte er nicht, sondern rettete sich immer wieder in Ausflüchte. Langsam fragte man sich, ob Spanien kein Geld mehr hatte. War man etwa arm geworden im Lande der Eroberer?

Aber was ging Madame schon die Politik an? Ihre Sache war eine andere. Sie würde ihrem König zur Seite stehen, indem sie sich ihm mit Leib und Seele hingab und ihn auf ihre Art erquickte. Sie war sicher, daß sie ihm schon bald beweisen konnte, daß sie im Bett die beste Feldherrin war und jede seiner Schlachten siegreich zu Ende führen konnte!

Als sie das Kriegslager endlich erreichten, waren die Zelte des Königs bereits errichtet worden. Mitten im Lager, umgeben von den Zelten der Feldherren und Offiziere, beeindruckten diese sie nicht nur durch ihre Größe, sondern auch durch ihre Pracht. Das Zelttuch war sauber und gebleicht, goldfarbene Schabracken waren angebracht. An den zurückgeschlagenen Überhängen war zu erkennen, daß die Innenseiten mit bestickten Seidenstoffen und Goldkordeln ausgestattet waren. Vor den Zelten hatte man die Standarten des Königs angebracht, und ringsum hielten Musketiere Wacht.

Henri de La Tour d'Auvergne, Vicomte von Turenne, der die französischen Truppen anführte, empfing den König gebührend, und es wurde sogleich über Kriegsgeschäfte verhandelt. Madame de Montespan quartierte man unterdessen in einem weniger prunkvollen Zelt ein, aber immerhin war es beheizt und mit Teppichen ausgelegt, und sie fand alles vor, was sie benötigte.

Ja, sie war bester Dinge! Doch dann mußte sie noch einmal zwei Tage warten und sich zwei Nächte nach ihrem König verzehren, bis es endlich soweit war.

Der Quartiermeister erschien persönlich, verbeugte sich vor ihr und teilte ihr mit: »Madame, der König wünscht Euch zu sehen.«

Es war ein Mittwoch, Anfang Oktober 1667. In einigen Tagen würde sie siebenundzwanzig Jahre alt werden. Sie war Madame Athénaïs de Montespan, von adeligem Geblüt und Hofdame der Königin. Man rühmte ihre Schönheit und verneigte sich vor ihrer Klugheit. Schon an ihrer Wiege hatte ihr Vater ihr eine glanzvolle Zukunft prophezeit. Nun schritt sie ihr stolz und hoch erhobenen Hauptes entgegen.

21.

Das Leben zog an Ambra vorbei, als würde es sie gar nicht mehr geben. Sie saß da und sah sich selbst dabei zu, wie sie dies erledigte und jenes tat. Wie Menschen kamen und gingen und etwas von ihr wollten und sie es ihnen gab. Es war seltsam, so tot zu sein, obwohl sie lebte. Gelähmt zu sein, obwohl sie gehen konnte und Dinge greifen und das tägliche Werk verrichten.

Wenn Babeline mit ihr lachte, war sie für einen Moment glücklich. Wenn Shibam seinen Kopf in ihren Schoß legte, wurde es ihr warm ums Herz, und sie faßte Mut. Das war es, was sie am Leben erhielt.

Zu tun hatte sie genug. Sie siedete Seifen und füllte damit die Regale. Bertrand, der Sohn des Nachbarn, ging ihr dabei zur Hand. Er beschaffte das Öl und die Asche, er stand am Feuer und rührte in den Kesseln und teilte die fertigen Seifenblöcke. Babeline verkaufte im Laden, Ambra zweimal die Woche auf dem Markt, und bei Dunkelheit kamen die Frauen zu ihnen, die sich einen Mann gefügig machen wollten und an einen Zauber glaubten. Immer mehr waren es, und Ambra mußte zwei neue Räume einreichten, einen, in dem ihre Besucherinnen warten konnte, einen, in dem sie die Damen empfing.

Längst hatte sie es aufgegeben, ihnen zu erklären, daß es keinen Zauber gab, daß der Zauber in ihnen selbst lag. Es war zu schwer zu verstehen für sie, die doch alle der Meinung waren, je stärker es roch, je süßer, schwerer, aufdringlicher, desto besser mußte es sein! Wie konnte da ein Hauch von etwas, eine Idee nur von einem Duft, so viel bewirken?

Inzwischen kannte Ambra ein junges Mädchen, eine Magd, die einer der Beschafferinnen bei Hofe zur Hand ging, auf dem Markt hinter ihr herlief und für sie Körbe schleppte. Von ihr erfuhr sie, daß der König in den Vormittagsstunden mit seinem Gefolge aufgebrochen war, seine Truppen an der flandrischen Grenze zu besuchen, und daß auch Madame de Montespan mitreiste, angeblich auf ausdrückliches Verlangen seiner Majestät.

Zufrieden nickte Ambra. Madame war ihrem Ziel also ein Stück nähergerückt! Das Schlechte an der Sache war nur, daß es Wochen, vielleicht Monate dauern konnte, bis sie wieder zurückkäme.

An jenem Abend erschien auch eine neue Kundin. Babeline brachte sie in den Raum, in dem Ambra die Damen empfing. Als Madame hereinkam, schloß Ambra die Augen und sog ihren Duft ein. Die Frau roch sauber, aber ihr Geruch war süßlich und schwer wie faulendes Fleisch, und Ambra sah ein aufgebrochenes Grab vor sich.

Wenngleich sie auch fehlerfrei Französisch sprach, war doch zu hören, daß Madame nicht aus Frankreich kam. Sie mochte Mitte Dreißig sein, war groß und blond und eine stolze, elegante Erscheinung. Trotz ihres Alters konnte man sie schön nennen, denn ihre Züge waren ebenmäßig, ihr Haar dicht, ihre Zähne fast vollständig.

Doch etwas Bedrückendes ging von ihr aus. Eine Unzufriedenheit und Bitterkeit, eine Kälte und ein Haß, der in ihren Augen war und Ambra schaudern ließ.

Auch Shibam schien das zu spüren. Immer lag er so still in seiner Ecke, daß Ambras Besucherinnen ihn kaum wahrnahmen, beobachtete sie nur, oft schlief er auch. Doch als diese Frau den Raum betrat, sprang er auf, stand da, die Rute erhoben, die Ohren gespitzt, die Lefzen unruhig in Bewegung. Als Ambra ihm befahl, sich niederzulegen, tat er es nur widerwillig, hielt dabei den Kopf erhoben und starrte die Fremde an.

Auch sie schien sich in Shibams Gegenwart unwohl zu fühlen, denn sie konnte kaum den Blick von ihm lassen. »Kannst du den Hund nicht hinausschicken, Seifensiederin?« fragte sie.

»Seid unbesorgt, er wird Euch nichts tun, Madame.«

»Aber ...«

»Er muß hierbleiben«, sagte sie fest und deutete auf einen Stuhl, damit Madame sich setzte.

Wie die anderen heimlichen Besucherinnen ließ sie ihr Cape an, legte nur die Handschuhe auf den Tisch und wartete, bis Ambra das Wort an sie richtete.

»Was kann ich für Euch tun, Madame?«

»Ich brauche eine deiner Seifen. Man sagte mir ...« Sie starrte auf Shibam.

»... man sagte Euch, ich sei eine Zauberin und der Hund der Teufel.« Ambra lächelte. »Beides sind nur dumme Gerüchte, aber ich kann Euch eine Seife sieden, die Euch helfen wird, Euren Geliebten zu betören. Dann müßt Ihr allerdings bereit sein, Euch zu waschen.«

Madame nickte. »Auch davon habe ich gehört. Es macht mir nichts aus, ich bin gewöhnt, mich zu waschen, wenn ich auch bislang keine Seife dazu benutzte.«

Die Kästchen und Karten hatte Ambra bereits auf dem Tisch stehen. Sie bat Madame, sie nach eigener Willkür in eine Reihe zu ordnen, dann, ohne zuvor nachzusehen, eine der Karten aus dem Stoß zu nehmen und sie auf eines der Kästchen zu legen.

Mit unbewegter Miene und ohne zu zaudern tat sie, was Ambra ihr angetragen hatte, legte die Karte dann auf das äußerste linke Kästchen.

Aufmerksam sah Ambra sie an. Kaum jemand wählte den äußersten linken Platz – der Platz, an dem das Dunkle herrschte und der Tod regierte. Es erstaunte sie jedoch nicht.

Als Madame die Karte auf Ambras Geheiß hin aufdeckte, war ein Vogel darauf zu sehen.

Ein Vogelmann! Ambras Herz schlug heftig. Auch Mathieu war ein Vogelmann. Ein Mann, zu dem das Licht, der Wind, die Weite gehörten. Der das Schöne dachte, die Freiheit liebte, den die Neugierde trieb. Doch auch ein Mann, der sich verlor, wenn er nicht wußte, zu wem er gehörte.

Mathieu – der Gedanke an ihn schmerzte Ambra.

Sie fragte Madame, welcher Vogel ihr zuerst in den Sinn komme, und sie antwortete: »Ein Falke.« Sie schloß die Augen, schien ihn vor sich zu sehen und flüsterte: »Es ist seltsam; obwohl er jagt, trägt er eine lederne Haube, die ihm eine Falknerin über den Kopf gestülpt hat. Doch auch im Blindflug ist er ein zierlicher, eleganter Jäger, der leicht und beschwingt gegen die

Sonne hin segelt. Klug und leidenschaftlich ist er, stark und mutig. Doch die Schreie, die er ausstößt, klingen gequält.« Dann wurde sie plötzlich blaß und fügte hinzu: »Nun hat er seine Kappe verloren, und er fliegt fort, über die Wipfel der Bäume hinweg gen Osten!«

Sie riß die Augen auf und starrte Ambra an, die vor diesem Blick erschrak, in dem sich der Abgrund aufzutun schien. Nur einmal hatte Ambra solch einen Blick gesehen – bei ihrer Mutter, als sie auf das Meer gestarrt hatte, das ihr ihre Söhne genommen hatte.

»Was hat das alles zu bedeuten?« fragte Madame. »Dieser Vogel ... diese gequälten Schreie ...«

»Ihr wißt es besser als ich. Die Karte steht für den Mann, den Ihr liebt. Und weil meist das, was wir an einem anderen Menschen lieben, das ist, was uns selbst fehlt, steht es auch für das, wonach Ihr Euch sehnt.«

Wie irre sah sie Ambra an. »Und das Kästchen?«

»Öffnet es! Ihr findet einen Stein darin. Er zeigt mir, wer Ihr seid.«

Madame griff danach, diesmal zögerlich, so als ob sie sich fürchtete, einer neuen, schrecklichen Wahrheit zu begegnen.

Und sie hatte recht – es war ein Hämatit, ein Blutstein. Um sie nicht noch mehr zu beunruhigen, hätte Ambra ihr diese Bedeutung verheimlicht, doch zu ihrem Erstaunen wußte sie es selbst.

»Blutstein«, flüsterte sie. »Trauerstein. Stein, in dem sich die dunkle Seele spiegelt!«

»Woher wißt Ihr das?« fragte Ambra.

Die Frau sah auf. »Ich bin mit Edelsteinen aufgewachsen und ...« Sie schlug die Hand vor den Mund

und schien sich zu besinnen. »Was hat das alles mit Seife zu tun?« Ihre Stimme klang plötzlich herrisch. Ihr Blick war wieder distanziert und kühl.

»Wenn ich weiß, wer Ihr seid und wonach Ihr Euch sehnt, weiß ich, welcher Duft zu Euch gehört, und ich werde ihm entsprechend die Seife sieden.«

»Ihr wißt, wer ich bin?« Die Fremde zog beide Augenbrauen hoch.

»Ich spreche nicht von Eurem Namen oder Eurem Titel. Ich spreche von Eurem Wesen.«

»Ich verstehe nicht, warum das für den Duft einer Seife wichtig sein sollte!« herrschte die Fremde Ambra an.

»Riecht und schmeckt an dem Blatt einer Minze und riecht und schmeckt an dem Blatt der Melisse, und Ihr werdet feststellen, obwohl beides grüne Blätter sind, die an einem Stengel wachsen, riechen und schmecken sie doch gänzlich verschieden. Es ist eben, weil das eine Minze und das andere Melisse ist. Im Wesen der Dinge liegt das Geheimnis.«

»Und *mein* Duft?«

Ambra stand auf und ging zur Tür. »Kommt in einer Woche wieder«, sagte sie ausweichend, »und Eure Seife wird fertig sein.« Dann rief sie nach Babeline, damit sie Madame hinausführte, ging zurück zum Tisch und setzte sich.

Ihre Hände zitterten. Warum, wußte sie nicht, aber sie spürte einen Sog, etwas Dunkles, Mächtiges. Etwas, das war wie das Meer, das still da lag, in der Sonne, glitzernd, die Knöchel umspielend, doch im nächsten Moment bäumte es sich auf, hoch wie ein Berg und riß alles mit sich fort.

Auch Shibam war seltsam unruhig. Er ging zur Tür, winselte, roch an dem Stuhl, auf dem diese Frau gesessen hatte, kam zu Ambra zurück und legte seinen Kopf in ihren Schoß.

Sie streichelte ihn, schloß die Augen und ließ die Bilder vor sich entstehen, von denen die Fremde ihr erzählt hatte. Ein Falke im Blindflug, der Sonne entgegen.

Und sie dachte an Mathieu und weinte und hatte wieder diesen seltsam schweren Geruch von aufgeworfener Erde in der Nase, der sie an etwas erinnerte, das mit ihr zu tun hatte …

Und plötzlich wußte sie es! Es war der Geruch von Ambra, *ambre gris*, der graue Bernstein des Meeres, nach dem sie benannt war.

Sie stand auf, holte die Truhe, in der sie ihre Schätze aufbewahrte, all das, was sie in ihrem Unterrock aus einem anderen Leben, einer anderen Welt bis nach Paris gerettet hatte. Das Erbe ihrer Eltern, das Erbe Marthes, das wenige, das ihr von Mathieu geblieben war.

Sie schob Fläschchen mit Duftölen beiseite, die chirurgischen Instrumente ihres Vaters, den Rest der Paste, die wertvolle Kette von Marthe. Auch das Buch, in dem Mathieu und sie so oft gelesen, den Beutel, in dem er sein Geld verborgen hatte. Dann hielt sie es in der Hand: ein kleines, weißes, verschnürtes Päcken, nicht größer als ihr halber kleiner Finger.

Sie band den Faden auf, schlug das Wachstuch zurück und betrachtete das graue Pulver. Ein süßer, aromatischer, etwas modriger Duft stieg ihr in die Nase. *Ambre gris*. Im Land ihrer Mutter wurde es mit Gold aufgewogen. Das war es, was sie für Madames Seife brauchte. Sie mußte sich selbst einbringen! Wieder schauderte es sie.

Um es für die Seife verwenden zu können, mußte sie das Pulver in Alkohol lösen und es möglichst lange reifen lassen. Eine Woche würde hier bei weitem nicht genügen. Sie würde die Blonde wieder fortschicken müssen, wenn sie zur verabredeten Zeit erschien.

Ambra holte eine Maßflasche, füllte sie zu einem Fünftel mit Alkohol, wog eine Viertelunze von dem Pulver ab, gab es in die Flasche, verschloß sie mit einem Pfropfen und ließ die Flüssigkeit eine Zeit lang kreisen. Anschließend trug sie die Flasche in die Seifenküche, stellte sie an einen warmen Ort und deckte sie mit Wolltüchern ab.

Als sie sich umdrehte, saß Shibam hinter ihr. Sie legte ihre Hand auf seinen Kopf und weinte.

Eine Woche später kehrte die blonde Frau wieder. Ambra erklärte ihr die Sachlage und schickte sie fort. Vor Enttäuschung wurde der Blick der Fremden kühl. Sie warf den Kopf in den Nacken und verließ das Haus ohne Gruß.

Am nächsten Morgen ging Ambra zum Markt nach Paris. Für die Seife der Blonden brauchte sie, neben *ambre gris*, zwei weitere Zutaten, die sie jedoch nicht besaß. Portugalöl, das aus Orangenschalen hergestellt wurde, und Tonkabohnentinktur. Dunkel und süß sollte die Seife duften, aber auch nach der Weite des Himmels, nach etwas Flüchtigem, Fruchtigem, Heiterem, das den Vogelmann ausmachte.

Es gab einen Händler, bei dem Ambra solche Dinge

bekommen konnte. Sein Geschäft lag in einer kleinen Seitenstraße nahe der Kirche Saint-Nicolas-des-Champs. Sie war zwei- oder dreimal bei ihm gewesen, das letzte Mal, als sie *Ambrette* brauchte, ein Destillat aus den Samenkörnern einer Hibiskuspflanze.

Sie suchte ihn auf, als sie am frühen Nachmittag von den Markthallen nach Hause ging. Es war nur ein kleiner Umweg. An Saint-Leu-Saint-Gille vorbei, eine Seitenstraße nach rechts, dann noch ein paar hundert Schritte.

Wie immer lief Shibam neben ihr her. Ihre Hand lag auf seinem Kopf, sie war in Gedanken versunken. Doch plötzlich jaulte der Hund auf, sprang nach vorne weg, blieb doch wieder stehen, winselte und wedelte mit dem Schwanz. Erstaunt blickte Ambra auf, und da sah auch sie das Unfaßbare.

La Blanche!

Die Stute stand, in Geschirr und Wagen, neben einem dreistöckigen Fachwerkhaus. Im Erdgeschoß des Hauses befand sich die Werkstätte eines Riemenschneiders und Beutelmachers. Wie in Paris üblich, war sie zur Straße hin offen, eine Verkaufstheke bildete statt einer Mauer den Abschluß. Hinter dieser Verkaufstheke machte sich ein junger Kerl zu schaffen, der allenfalls vierzehn Jahre alt war. Er sortierte Lederriemen, die er über verschiedene Bügel hängte, und redete mit jemandem, den Ambra von ihrem Platz aus nicht sehen konnte.

Fast wäre sie schon hingelaufen, hätte La Blanche umarmt, hätte sich weinend an ihren Hals geworfen, um ihren Anspruch auf sie geltend zu machen und nach

Mathieu zu schreien. Doch diesem ersten Antrieb folgte die Vernunft. Sie mußte Ruhe bewahren, mußte die Lage erforschen. Vermutlich hatte Babeline recht, und Mathieu war überfallen worden, um ihn auszurauben und das Fuhrwerk zu stehlen. Dann würde er jetzt wohl nicht hier sein, und sie hätte es vielleicht sogar mit dem Dieb zu tun!

Ambra drückte sich mit Shibam in eine Einfahrt, um von dort aus unbemerkt beobachten zu können, was vor sich ging. Ihr Herz pochte so wild, daß sie befürchtete, es könnte ihr aus der Brust springen, ihre Hände zitterten so sehr, daß sie kaum ihren Rock fassen konnte.

Ein Mann kam aus dem Hauseingang neben der Werkstatt, er schulterte einen der Kohlensäcke, die auf dem Wagen lagen, und verschwand wieder. Ambra kannte ihn nicht, es war nicht der Kerl, der sie damals ins Gasthaus geschickt hatte und mit Mathieu verschwunden war.

Dann entdeckte sie, daß vor der Verkaufstheke in einem Eisenkorb ein Feuer brannte, an dem man sich erwärmen konnte. Sie zögerte nicht länger, ging hin, stellte sich an das Feuer und hielt ihre Hände darüber.

Der Junge sah sie an. »Brauchst du etwas?« fragte er.

Ambra schüttelte den Kopf. »Wenn ich mich nur ein wenig aufwärmen darf.«

»Mhm«, machte er.

Nun sah Ambra auch, mit wem der Junge gesprochen hatte. Ein alter Mann saß weiter hinten an einer Werkbank und klopfte mit einem Hammer starres Leder weich.

Aus den Augenwinkeln betrachtete sie La Blanche. Ihre Mähne war verfilzt, links, auf der Brust, wo das Geschirr auflag, hatte sie eine offene Druckstelle, und links hinten war das Fesselgelenk geschwollen. Der Wagen, den sie zog, war nicht Mathieus Wagen, auch das Geschirr kannte sie nicht. Trotzdem war Ambra sicher, daß es La Blanche war! Der ein wenig geramste Kopf, der kurze Hals, der kräftige Widerrist und die leicht abgeschlagene Kruppe waren unverkennbar.

Der Junge deutete mit einer Kopfbewegung auf Shibam, der winselnd neben Ambra saß und La Blanche nicht aus den Augen ließ. »Dein Hund scheint einen Narren an dem Gaul gefressen zu haben.«

»Wir hatten mal eine Schimmelstute, die dieser recht ähnlich sah. Sie ist uns an einer Kolik eingegangen. Wem gehört das Pferd?«

»Kannst den Kerl selbst fragen – dort ist er!«

Ein großer, kräftiger Mann trat aus der Toreinfahrt des Nebenhauses. Sein Gesicht war so dreckig, als hätte er sich mit den Schweinen gesuhlt, und als er zu Ambra herübersah, erkannte sie, daß ihm ein Ohr fehlte.

»Was willst du, Weib?« Finster starrte er sie an.

»Du könntest für mich eine Fuhre in Saint Denis übernehmen.«

»Habt ihr dort keine Fuhrleute, daß du mich dafür brauchst?«

Sie zuckte die Schultern. »Ich kann dort einen nehmen, der die Fuhre nach Paris bringt, oder hier einen, der sie bei mir abholt. Was macht's aus? Aber wenn du nicht willst …«

»Wer sagt das? Ich mach's, wenn du genug bezahlst.«

»Ich bezahle den üblichen Preis, keinen Liard mehr. Sonst finde ich einen anderen Fuhrmann.«

Er warf ein paar leere Säcke auf den Wagen, klatschte sich in die Hände und sah Ambra wieder an. »Und was ist das für eine Ladung?«

»Ein Kasten, ein paar Stühle.«

»Und wann?«

»Jetzt gleich. Ich könnte mitfahren, dann müßte ich nicht nach Hause laufen.«

»Eine Stunde hin, eine zurück, eine aufladen, eine abladen. Dann wird es dunkel sein.«

Ambra lachte. »Na und? Hast du etwa Angst, ich könnte dir etwas tun?«

Der Fuhrmann grinste anzüglich und spuckte aus. »Und das Hundsvieh?« Er deutete auf Shibam.

»Was soll mit dem Hund sein? Er kommt mit.«

Eine Weile sah er Ambra an, dann nannte er seinen Preis. »Du gibst mir zwei Livre, jetzt und auf die Hand.«

»Ich sagte, ich bezahle den normalen Preis!« fuhr sie ihn an. »Zehn Sols.«

»Ein Livre.«

»Fünfzehn Sols, das ist mein letztes Wort, und da hast du immer noch ein gutes Geschäft gemacht.«

»Dann gib mir das Geld!«

Ambra lachte. »Als ob ich so viel Geld bei mir hätte! Du bekommst den halben Lohn, wenn wir bei mir zu Hause sind, die andere Hälfte nach getaner Arbeit.« Sie hielt ihm die Hand hin, und der Mann schlug murrend ein.

Ein Brett, das er vorne quer über die Seitenstreben des Wagens legte und mit Hilfe von Eisenscharnieren festklemmte, diente ihm als Bock. Darauf setzte er sich, und Ambra sprang mit Shibam hinten auf, kletterte dann aber nach vorne und hockte sich neben den Kerl.

Eine Weile fuhren sie schweigend dahin, und Ambra überlegte, wie sie ihn unauffällig befragen konnte. »Mein Mann und ich hatten auch mal so eine Schimmelstute«, begann sie. »Sie ist uns an einer Kolik eingegangen.«

Er sagte nichts.

»Da ist etwas von einem Camarguepferd drin.«

»Camarguepferd – kenn' ich nicht.«

»Die breiten Hufe, das Maul…«

»Und wenn schon!«

»Meine ja nur – wo hast du das Pferd denn her?«

»Das geht dich nichts an!« Er spuckte aus.

Ambra lachte. »So wie du tust, könnte man ja glauben, du hättest es gestohlen. Oder warum sagst du es mir nicht?«

»Gestohlen? Der Gaul war teuer genug, verdammt! Für so eine Schindmähre ein Louis d'or und fünf Livre hingeben zu müssen, da fragt man sich, wer der Bestohlene war!«

Ambra preßte die Lippen zusammen und schluckte ihren Zorn hinunter. So wie La Blanche nun aussah, konnte man sie vielleicht eine Schindmähre nennen, aber so hatte sie vor ein paar Monaten weiß Gott nicht ausgesehen!

»Ich habe sie auf dem Pferdemarkt gekauft«, murrte er.

»Und bei wem da? Hat der Händler mehr solche Pferde?«

»Was glaubst du, Weib, ich habe ihn nicht nach seinem Namen gefragt! Man handelt, schlägt ein, bezahlt und nimmt den Gaul.«

Sie spürte, daß es besser war, nicht weiterzufragen, und es hätte wohl auch gar keinen Sinn gehabt. Er kannte weder diesen Guilbert, noch wußte er etwas von Mathieu.

Sie passierten das Stadttor und kamen auf das freie Feld vor Saint Denis. Die ganze Zeit über überlegte Ambra, was zu tun war, aber ihr fiel nichts weiter ein, als sich wenigstens um La Blanche zu kümmern.

»Du hast einen Louis d'or und fünf Livre für das Roß bezahlt«, sagte sie. »Ich bezahle dir denselben Preis, und du überläßt es mir.«

»Wie?« Er wandte sich ihr zu und sah sie an, als ob sie nicht ganz klar im Kopf sei. »Warum sollte ich dir meinen Gaul überlassen?«

»Weil es ein gutes Geschäft ist. Schau dir die Stute an! Sie ist lahm und hat einen Druck auf der Brust. Auf dem Markt bekämest du nicht mal den halben Preis!«

»Und warum willst du sie dann?«

»Weil sie mich an meine Stute erinnert.«

Der Fuhrmann schob sich ein Stück Kauholz zwischen die Zähne und versank in Grübeleien. Nach einer Weile sagte er: »Du kannst sie für einen Louis d'or und zwölf Livre haben.«

»Ich handle nicht. Ich gebe dir, was ich gesagt habe, und du bekommt zehn Livre für Geschirr und Wagen dazu und läßt den Gaul gleich hier. So ein gutes Geschäft hast du deinen Lebtag noch nicht gemacht! Also schlag ein oder laß es und beiß dir morgen das zweite

Ohr ab vor lauter Gram über deine eigene Blödheit.« Ambra deutete nach rechts. »Halte vor dem zweiten Haus. Bis dahin solltest du wissen, was du willst, denn ich werde nicht auf deine Entscheidung warten.«

Er bog ab. Vor dem Haus blieb er stehen. »Du kannst den verdammten Gaul haben«, sagte er.

22.

Es war seltsam, welch absonderliche Gedanken einem in den Sinn kamen, wenn man in Gefangenschaft lebte.

Am Morgen flog ein Vogel gegen sein Fenster, immer und immer wieder. Es war Mathieu, als wollte er zu ihm herein, doch als er das Fenster öffnete, flog er fort. Was es für ein Vogel war, hatte er nicht erkennen können, nur seinen Schatten hinter den trüben Butzenscheiben gesehen.

Dann war ihm die Meise eingefallen, die er als Kind gefangen hatte.

Heimlich hatte er aus Hölzern einen Käfig gebaut und ihn auf einen freien Platz hinter dem Haus gestellt. Er hatte einen Faden an die geöffnete Tür gebunden, Getreidekörner ausgestreut und sich mit dem Fadenende in der Hand hinter einem Holzstoß versteckt.

Lange kam kein Vogel. Seine Mutter rief nach ihm, sein Vater rief nach ihm, doch er rührte sich nicht vom Fleck. Er wußte, daß er zur Strafe Prügel bekommen würde, aber das war es ihm wert. Er wollte einen Vogel, dafür waren Prügel ein Preis, den er zur Not bezahlen würde.

Dann kamen ein paar Meisen. Vor Aufregung hielt er den Atem an und biß sich die Lippen wund. Wieder rief seine Mutter nach ihm, doch er kümmerte sich nicht darum.

Endlich hüpfte eine der Meisen in den Käfig. Mathieu zog am Faden, die Tür klappte zu, und der Vogel war gefangen. Schnell verbarg er den Käfig samt seiner Beute hinter dem Holzstoß und ging sich seine Prügel abholen.

In der Dämmerung lief er zurück und versteckte den Käfig an einem geheimen Platz hinter dem Haus – ein Verschlag, in dem im Herbst der Mais getrocknet wurde, den seine Mutter seit neuestem anbaute.

Es war eine Blaumeise. Mathieu fütterte sie und gab ihr Wasser. Er bildete sich ein, sie würde ihn nach einiger Zeit lieben, er dürfte ihr Freund sein, und sie würde sich freuen, wenn er zu ihr käme.

In jeder ihrer Regungen glaubte er solche Zeichen zu erkennen. Sprang die Meise auf den Ast, den er ihr in den Käfig geklemmt hatte, dachte er: Nun ist sie froh! Schrie sie ihr »Zizibä, zizibä«, hielt er es für Gesang, und wer sang, war schließlich glücklich.

Er nannte die Blaumeise Zilip. Er versuchte, ihr einen schöneren Gesang beizubringen, indem er ihr Lieder vorpfiff. Er lockte sie mit Leckereien – ein Stück Talg, das er seiner Mutter stahl, ein paar Körner, die er auf dem Getreideboden aus den Ritzen pulte – und konnte sie schließlich sogar anfassen. Vermutlich war sie gelähmt vor Angst, doch er war überzeugt, es sei ein Zeichen von Vertrauen und Zuneigung.

Mathieu war glücklich! Er brauchte diese Liebe, brauchte diesen Vogel, weil er sonst niemanden hatte, dem er etwas bedeutete.

Dann band er der Meise einen Faden um einen ihrer Füße und nahm sie mit nach draußen, wo er das flatternde Tier hinter sich herzog. Hinüber zum Wald, den Berg hinauf, an der Hütte vorbei, in der er Jahre später Ambra versteckt halten würde.

Mathieu hatte seinen Spaß an diesen Ausflügen, es war ihm, als zeigte er seinem Vogel die Welt, die er mit einem Male selbst ganz neu zu entdecken glaubte.

So vergingen neun Wochen, in denen er seine Einsamkeit nicht spürte. Er hatte endlich einen Freund.

Dann lag die Meise eines Morgens tot in ihrem Käfig.

Er nahm sie heraus, versteckte sich mit ihrem winzigen Leichnam im Rübenkeller, einem Erdloch hinter dem Haus, und weinte, wie er nie geweint hatte. Keine noch so grausame Züchtigung seines Vaters hatte ihm je so viele Tränen entlockt.

Das fiel Mathieu ein, nachdem der Vogel gegen sein Fenster geflogen war. Die Erinnerung daran, wie er mit seiner Meise an einem Faden durch die Gegend streifte, ließ ihn bis in seine Träume nicht mehr los. Er sah sich in seinem feinen, hellblauen Anzug aus Linnen mit weißen Seidenstrümpfen verzweifelt an einem Faden flattern, den Madame Durand festhielt.

Es gab kein Entrinnen, er wurde von ihr totgeliebt.

Sein Leben im Generalspital war zu einer Abfolge von Handlungen geworden, die unabdingbar stattfanden, ohne daß er im Innersten daran beteiligt gewesen wäre. Morgens um sieben Uhr pochte Jeanne, die Untermagd, an die Tür und verlangte das Nachtgeschirr. Etwas später erhielt er Wasser, um sich zu waschen. Dreimal die Woche kam der Scherer. Mathieu zog sich an und aß seine Morgensuppe, dann wurde er zu Madame gebracht, damit er ihr vorlas.

Zurück in seiner Kammer, brachte man ihm ein warmes Essen. Es war gutes Essen, das gleiche, das auch Madame zu sich nahm. Mit Messer und Forke zu hantieren war ihm inzwischen zur Gewohnheit geworden, und er fand es auch nicht mehr so absonderlich wie zuvor.

Danach konnte er lesen, wonach ihm der Sinn stand, und hatte auch Schreibzeug, um seine Gedanken zu Papier bringen zu können. Die Blätter, die er beschrieben hatte, stapelten sich auf seinem Tisch, bis Madame sie holte, um sie binden zu lassen. Ein oder zwei Wochen später bekam er sie als eine Art Buch zurück – eingenäht zwischen zwei Pappdeckel, die mit Stoff überzogen waren.

Allerdings war er sicher, daß Madame Durand las, was er geschrieben hatte, deshalb hütete er sich, etwas zu notieren, das Ambra oder seine Vergangenheit betraf.

Gegen siebzehn Uhr wurde er wieder geholt und zu Madame gebracht, diesmal, um zu plaudern. Er konnte Fragen stellen, oder sie erzählte ihm etwas über Musik, Philosophie und Dichtkunst. Sie lasen Molières Stücke oder sprachen über Michel Eyquem de Montaignes Reisetagebücher. Madame Durand erklärte ihm die Ansichten von Mystikern wie Nikolaus von der Flüe, oder sie befaßten sich mit der Heilkunst von Hildegard von Bingen. Doch nie war er mit dem Herzen dabei. Alles, was ihm in Freiheit wohl große Freude bereitet hätte, war ihm in seinem Gefängnis nur lästige Pflicht und Mittel, die Zeit totzuschlagen.

Wünschte er sich neue Bücher, bekam er sie meist schon am nächsten Nachmittag. Er studierte und las darin, solange er genug Licht hatte, dann legte er sich in sein Bett und dachte an Ambra.

Die Nacht gehörte ihm und seiner Phantasie. Wenn es dunkel war und still, dann gab es keine Mauern, keine Gitter, keine Wachen und Tore mehr. Dann war die Welt grenzenlos, und er konnte gehen, wohin er wollte.

Im Geiste streifte er mit Ambra durch Wälder, fuhren sie auf Schiffen, schwammen nackt im See, ritten auf La Blanche, lachten und tanzten und liebten sich.

Es wurde Dezember, die Tage waren kurz, trist und kalt. Einen Kamin gab es nicht in Mathieus Kammer. Madame ließ ihm drei dicke Decken bringen, damit er sich wärmen konnte.

Dann passierte das Unglaubliche.

Er betrat wie an jedem Morgen Madames Salon, doch diesmal nahm er einen Geruch wahr, der ihm seltsam vertraut vorkam. Es roch nach Seife, nach guter Olivenölseife, und es roch nach *ambre gris*!

Damals, auf ihrer Flucht von Marly nach Clermont, hatte Ambra ihm ein kleines weißes Päckchen gezeigt, das in ihrem Unterrock versteckt war. Sie hatte es aufgebunden, hatte das Tuch zurückgeschlagen, und sie hatten an einem grauen Pulver gerochen, das süß und etwas modrig duftete.

»Das ist *ambre gris*«, hatte sie ihm erklärt, »grauer Bernstein. Danach bin ich benannt. Im Land meiner Mutter nennt man es auch ›das Gold des Meeres‹, denn wer es findet und verkauft, ist ein gemachter Mann. Es wird als Treibgut an Land gespült. Manchmal sind es kleine Klumpen, manchmal sind es Brocken, so riesig wie ein Kalb. Bei vielen Krankheiten hat es heilsame Wirkung, und es ist ein wertvoller Duftstoff für Seifen und Parfums. Doch weil es nicht so viel davon gibt, wie man brauchen könnte, wird es in Gold aufgewogen.«

Sie hatte das Päckchen wieder verschnürt und versteckt und dabei weitererzählt: »Es war unser Glück, daß meine Eltern eine Handvoll des Pulvers in einer Kiste in einem Kellerloch unter der Küche aufbewahrt hatten, so blieb es uns erhalten, als die große Welle kam und all unser Hab und Gut fortspülte. Wir konnten damit die Überfahrt nach Frankreich bezahlen und in Marseille eine Weile davon leben, bis meine Eltern Arbeit bei einem Seifensieder gefunden hatten. Nur dieser Rest ist uns geblieben.«

Später, bei Marthe, hatte Ambra ein wenig von dem Pulver in Alkohol aufgelöst, um es einer Seife beizumengen, und weil Mathieu den Duft so liebte, hatte sie auch ihm ein Stück von der Seife geschenkt.

Und nun roch er es hier, in diesem Raum. *Ambre gris!*

Seine Augen weiteten sich, seine Nase bebte. Er starrte Madame Durand an, und auch sie beobachtete jede seiner Regungen.

»Guten Morgen!« Sie kam zu ihm herüber, und je näher sie kam, desto stärker nahm er den Duft wahr.

»Guten Morgen.« Wie in einen Bann gezogen, streckte er seine Hände nach ihr aus. Er sah Ambra vor sich, nicht Madame Durand. Erst als seine Finger die rauhe Oberfläche der Nadelspitze berührten, mit der die Armstulpen ihres Kleides überzogen waren, wurde es ihm bewußt, und er fuhr zurück, als hätte er sich verbrannt.

Madame Durand lächelte. Ein Glanz war in ihren Augen, wie er ihn noch nie gesehen hatte. Eine Zufriedenheit lag in ihrem Blick, als hätte sich ein lang gehegter Wunsch erfüllt.

»Wie geht es dir heute?« Sie deutete auf das Sofa, um Mathieu zu zeigen, daß er sich setzen sollte.

Er nahm Platz, legte das mitgebrachte Buch neben sich und sah Madame wieder an. Er suchte in ihrem Gesicht nach einer Erklärung, suchte im Raum nach einem Zeichen, daß Ambra hiergewesen war.

Dabei überstürzten sich seine Gedanken: Ambra hatte ihn gesucht, und endlich hatte sie ihn gefunden! Sie hatte seine Entlassung bewirkt und Madame ein Stück Seife geschenkt, um sich für ihre Hilfe zu bedanken!

Aber wenn es so war, warum sagte Madame Durand es ihm nicht endlich, sondern ließ ihn in dem Glauben, erst noch mit ihr lesen zu müssen?

»Was hat dich eben bewegt, als du hereinkamst?« fragte sie. »Du hast mich ... nun, etwas seltsam angesehen.«

Er überlegte, was er antworten sollte. Es fiel ihm schwer, einen klaren Gedanken zu fassen. Er war so ungeduldig, wollte endlich hören, daß er ein freier Mann sein würde – doch bei aller Ungeduld mahnte ihn sein Instinkt zur Vorsicht.

»Es ist Euer Duft, Madame«, antwortete er schließlich und schlug seine Augen nieder. Er sah auf seine Hände, die in seinem Schoß lagen.

»Du magst den Duft an mir?«

»Das steht mir nicht zu, Madame.«

»Nein, sag es ruhig! Ist es das, was du denkst?« Ihr Blick hing an seinen Lippen.

»Ich finde den Duft sehr angenehm«, gab er ausweichend Antwort und fragte, als wüßte er es nicht: »Wonach riecht das?«

Sie zuckte die Schultern. »Ich kann es dir nicht sagen. Ein wenig nach Orangen, wie ich meine. Und nach ... Nun, ich weiß es nicht. Der Duft kommt von einer Seife, mit der ich mich gewaschen habe. Eine Seifensiederin hat sie für mich hergestellt, doch die Ingredienzien wollte sie mir nicht verraten.«

Mathieu öffnete den Mund und schloß ihn wieder. Seine Hände zitterten in seinem Schoß, darum faltete er sie schnell. »Eine Seifensiederin ...«, begann er, doch die Stimme versagte ihm.

Madame Durand plauderte ungezwungen weiter. Sie wirkte aufgeweckt, ja fast heiter. Nie zuvor hatte Mathieu sie so fröhlich gesehen. »Es ist eine neue Mode in Paris, zumindest in gewissen Kreisen, daß man sich selbst mit einer Seife wäscht. Diese Seifensiederin hat es eingeführt. Wie man sagt, kommt sie aus einem fernen Land.« Madame zuckte die Schultern. »Oder aus Marseille. Eigentlich weiß niemand so genau, wer sie ist und was es mit ihr auf sich hat. Aber es ist ja auch nicht wichtig. Wichtig ist alleine die Wirkung ihrer Seifen.«

Mathieu hob den Kopf, starrte Madame Durand an. Mit einem Mal begriff er: Sie war seinetwegen bei Ambra gewesen! Heimlich, nachts, so wie die feinen Damen in Clermont, die Marthe aufgesucht hatten, um mit ihrer Hilfe einen Mann zu betören. Aber wenn Madame bei Ambra gewesen war, und alles war so abgelaufen, wie er es von Marthe her kannte, dann wußte Ambra nicht, daß es bei jenem Mann um *ihn* ging! Sie hatte keine Ahnung … Großer Gott!

Zum ersten Mal, seit er von Madame Durand gefangengehalten wurde, vergaß er sich und tat etwas ohne ihren Befehl oder ihre Erlaubnis: Er sprang auf, ging zum Fenster und starrte auf die Butzenscheiben.

Nach einer Weile spürte er Madame Durands Hand auf seinem Arm. Langsam drehte sie ihn zu sich herum.

»Himmel, du bist ja ganz aufgewühlt!« Sie sah ihm in die Augen. Plötzlich lag ein Lächeln auf ihren Lippen, das so weich und zärtlich war, daß es ihn erschreckte. Sie liebte ihn, das wußte er längst. Doch in diesem Moment verstand er: Sie liebte ihn mit einer Leidenschaft, mit einer Endgültigkeit, aus der es kein Entrinnen mehr gab. Er war ihr Vogel, den sie im Käfig hielt und hin und wieder am Faden flattern ließ.

Für ein paar Augenblicke fühlte er so etwas wie Mitleid mit ihr. Er sah sich selbst, das Kind von damals, mit seinem Vogel im Rübenkeller sitzen. Weinend über den kleinen, leblosen Körper gebeugt. Nichts sehnlicher sich wünschend als den Tod, der sie beide vereinen konnte.

Doch dann erfaßte ihn das nackte Grauen. Zu wissen, daß Ambra mit Madame Durand in einem Raum gewesen war, daß sie eine Seife für sie gesiedet hatte, eine Seife, die dieser Frau helfen sollte, ihn zu verführen … daß Ambra nichts ahnte von alledem …

Er schlug die Hände vors Gesicht. Ein Jammerlaut drang aus seiner Kehle.

»Aber was ist denn? Nun weine doch nicht.« Madame Durand zog ihn an sich. »Alles wird gut! Ich bleibe bei dir, nie wirst du befürchten müssen, mich zu verlieren.« Sie küßte ihn, seine Wangen zuerst, dann auch seinen Mund, legte ihren Kopf an seine Brust und drängte sich an ihn wie eine Ertrinkende an ihren Retter. »Sei ruhig«, flüsterte sie. »Alles will ich für dich tun, alles!«

Da faßte Mathieu sie an den Schultern und schob sie von sich. »Alles ist zu viel, Madame«, sagte er mit verhaltenem Zorn und blickte dabei so tief in sie hinein, daß es sie schmerzte. »Nur eine Bitte habe ich: Könnt Ihr mich zu dieser Seifensiederin mitnehmen, damit auch ich eine Seife von ihr bekomme?«

Erstaunt lachte sie. »Aber nein, das braucht es doch nicht. Meine Gefühle für dich ...«

Sie brach ab, denn er schüttelte sie, als ob er nicht hören wollte, was sie sagte. »Madame, ich bitte Euch um eine Seife. Mehr verlange ich nicht!«

Eine Weile sah sie ihn an. Die Gedanken in ihrem Kopf jagten sich. Hatte er damals, als sie ihn aus seiner Zelle holte, um ihm hier ein besseres Leben zu bieten, nicht ebenso heftig nach Wasser verlangt, um sich waschen zu können? Sie wußte, wie reinlich er war. Warum sollte er also nicht eine Seife bekommen?

»Nun gut«, sagte sie. Als sie schon sah, wie ein Leuchten in seinen Augen aufging, schränkte sie aber ein: »Ich werde dir eine Seife besorgen, doch mitnehmen kann ich dich nicht. Das mußt du verstehen.«

Enttäuscht sah er sie an. »Warum denn nicht?«

Sie wandte sich ab. Weil ich dir nicht vertraue! Weil

ich Angst habe, du könntest fliehen! dachte sie, aber laut sagte sie: »Es ist mir nicht gestattet, jemanden aus der Anstalt mit nach draußen zu nehmen!«

Madame Durand setzte sich an den Tisch. Langsam folgte Mathieu ihr und nahm gegenüber Platz. Sie sah, daß er nachdachte, und hätte vieles gegeben, seine Gedanken zu erraten.

Plötzlich nickte er. »Ich sehe ein, daß ich Euch nicht begleiten kann, aber vielleicht erlaubt Ihr mir, einen Wunsch zu äußern. Es geht um einen bestimmten Duft. Von einer alten Seifensiederin in Clermont habe ich einmal eine Seife gekauft, die danach roch. Marthe hieß sie und ist längst tot. Wenn Eure Seifensiederin ihr Handwerk so gut versteht, wie es scheint, dann kennt sie vielleicht die Rezeptur, und es wird ihr möglich sein, mir so eine Seife herzustellen.«

»Und was ist das für ein Duft?«

»Fragt sie nach *ambre gris* aus Perim.«

Madame Durand wunderte sich über seinen Wunsch, aber dieser Mann hatte sie so oft schon zum Staunen gebracht, darum liebte sie ihn ja. Also gut, sollte er eine Seife bekommen, die mit diesem *ambre gris* aus Perim versetzt war – sofern die Seifensiederin fähig war, sie herzustellen.

Schon am nächsten Abend machte Madame Durand sich auf den Weg nach Saint Denis. Ihren Kutscher schickte sie mit der Nachricht nach Hause, sie würde den Abend bei einer Freundin verbringen, und nahm in der Rue Saint-Fiacre eine Mietdroschke.

Die Nacht war sternenklar, ein eisiger Wind blies von Norden her. Madame Durand wickelte sich in eine

Decke, die für die Fahrgäste bereitlag, und vertrieb sich die Zeit mit schönen Gedanken. Sie stellte sich vor, wie sie Mathieu die Seife überreichte, die er sich so sehr wünschte. Sie sah ein Strahlen in seinen Augen, sah ein Lachen auf seinem Mund, den sie küßte, immer und immer wieder.

23.

Madame Durand wurde jäh aus ihren Gedanken gerissen, als die Droschke vor Ambras Haus hielt und das dumpfe Bellen Shibams ankündigte, daß jemand kam.

Es war noch eine andere Kundin bei Ambra, daher mußte Madame Durand warten. Babeline führte sie in eine kleine Kammer, in der zwei Lehnstühle standen, und zündete drei Kerzen auf einem Leuchter an. Es waren teure Kerzen aus Wachs, wie Madame auffiel, als sie ihre Handschuhe auszog und ihre Hände an den Flammen wärmte.

Es mochte eine halbe Stunde gedauert haben, bis Ambra erschien, um sie zu holen. Sie ließ ihrer Kundin den Vortritt, löschte die Kerzen und kam ihr ins angrenzende Zimmer nach.

Shibam lag neben dem Kamin, in dem ein Feuer brannte. Er sprang auf, als Madame Durand den Raum betrat, gab ein leises Grummeln von sich, winselte und legte sich dann wieder hin, ohne sie allerdings aus den Augen zu lassen.

Ambra setzte sich an den Tisch, auf dem die sieben Holzkästchen standen und die Karten lagen, die sie als Orakel benutzte, Madame Durand nahm gegenüber Platz.

»Seid Ihr zufrieden mit Eurer Seife?« fragte Ambra.

»O ja, sehr! Kaum daß er den Raum betreten und

meinen Duft wahrgenommen hatte, ging ein Leuchten in ihm auf, seine Hände griffen nach mir, und er schwärmte, wie wunderbar ich rieche. Als er hörte, daß es eine Seife war, der ich diesen Duft verdankte, flehte er mich geradezu an, auch für ihn eine Seife zu besorgen. Und er hatte einen ganz speziellen Wunsch dabei: *Ambre gris* aus Perim sollte es sein, nur danach darf seine Seife duften.«

Kaum hatte Madame Durand die letzten Worte ausgesprochen, ging eine seltsame Wandlung mit Ambra vor sich. Zuerst wurde sie blaß, dann schien sie einer Ohnmacht nah. Sie hielt sich am Tisch fest, als würde sie fürchten, vom Stuhl zu rutschen. Madame Durand fragte sie, ob es ihr nicht gutgehe, doch da schüttelte Ambra den Kopf.

»Nur ein harmloser Schwindel. Nichts Besorgniserregendes!«

Ambra stand auf, verließ den Raum, kehrte nach einiger Zeit mit einem Krug und zwei Bechern zurück. »Verzeiht, ich muß etwas trinken. Darf ich Euch auch von dem Rotwein einschenken?«

»Nein, danke.« Madame schüttelte den Kopf.

Ambras Hände zitterten, als sie ihren Becher füllte, und ein wenig von dem Wein schwappte über. Sie stellte den Krug auf ein Bord, setzte sich, führte den Becher zum Mund und trank hastig und in kleinen Schlucken.

»Ambre gris«, sagte sie dann, als wollte sie wieder auf den Punkt kommen. »Schwarzer Bernstein aus Perim. Das ist sehr teuer.«

»Ich werde bezahlen, was du verlangst.«

»Und sonst hat er nichts gesagt?«

»Wie meinst du das?« Erstaunt blickte Madame Durand sie an.

»Nun ...«, Ambra zögerte. »Vielleicht noch einen anderen Wunsch, was die Seife betrifft.«

Madame Durand zuckte die Schultern. »Nein. Nur von einer Seifensiederin aus Clermont hat er gesprochen. Daß er von ihr einmal eine solche Seife gekauft hat, doch daß die Alte längst tot sei.«

Wieder griff Ambra nach ihrem Becher, nahm hastig zwei oder drei Schlucke, starrte Madame Durand dabei mit nervösem Blick an. Schließlich stand sie auf, stellte sich mit dem Rücken zu ihr ans Feuer und sagte: »Es wäre besser, Ihr würdet ihn mitbringen. Wenn die Seife für ihn Wirkung zeigen soll, muß ich ihn befragen.«

Madame Durand lachte auf. »Willst du mich liebestoll machen, Seifensiederin? Schon jetzt verzehre ich mich nach ihm mit jeder Faser meines Herzens! Nein, es reicht, wenn du einfach nur seine Wünsche erfüllst.«

Ambra fuhr herum. »Wenigstens seinen Namen muß ich erfahren!«

Madame Durand erschrak vor so viel Heftigkeit. »Mathieu«, sagte sie, »Mathieu Bartes.« Noch während sie es sagte, beschlich sie ein vager Gedanke. Etwas war hier absonderlich! Doch so sehr sie auch grübelte und sich wunderte, sie konnte ihr Mißtrauen nicht begründen.

»Gut.« Ambra schien sich gefaßt zu haben. »Kommt in zwei Tagen wieder, dann ist die Seife fertig. Oder besser noch, ich bringe sie Euch. Ich gehe in zwei Tagen ohnehin nach Paris auf den Markt.«

Zuerst wollte Madame Durand verneinen, denn sie wollte weder ihren Namen noch ihre Adresse nennen. Dann fiel ihr ein, daß Ambra in den Markthallen einen Stand hatte, und sie schlug vor, die Seife dort abzuholen.

Ambra war einverstanden, wenn auch zögernd. Doch als sie Madame Durand an der Tür verabschiedete, schien sie plötzlich wieder bester Dinge zu sein, ja sogar fröhlich und aufgedreht wirkte sie. »Übermorgen!« rief sie hinter ihr her. »Am Vormittag, zur üblichen Marktzeit!«

Als Ambra die Tür hinter Madame Durand geschlossen hatte, lief sie mit fliegenden Röcken zu Babeline und fiel ihr um den Hals. »Mathieu lebt!«

Sie setzten sich ans Feuer, und Ambra erzählte Babeline alles. Jedes Wort wiederholte sie, das Madame Durand gesagt hatte.

»Ich verstehe nur nicht, warum er nicht selbst zu dir kommt«, sagte Babeline. »Warum läßt er durch diese Frau, die ihn liebt und offensichtlich nicht weiß, daß er dein Mann ist, eine verschlüsselte Botschaft überbringen?«

Ambra zuckte die Schultern. »Mir fällt nur ein Grund ein – er kann nicht kommen! Vielleicht hält ihn jemand gefangen. Ich verstehe es nicht, aber es kann keinen anderen Grund geben.«

»Oder eine Krankheit, ein Gebrechen …«

»Dann hätte sie es ganz sicher erwähnt. Solche Dinge erzählen mir die Frauen. Ihren Namen verschweigen sie, aber alles andere müssen sie sich von der Seele reden!«

Babeline nickte. »Und was willst du jetzt tun?«

»Ich muß herausfinden, wo diese Frau wohnt und wer sie ist, und du könntest mir dabei helfen. Du begleitest mich nach Paris, hältst dich in der Nähe meines Standes auf und wartest, bis sie kommt. Wenn sie wieder geht, folgst du ihr heimlich.«

»Und wenn sie eine Droschke nimmt?«

Für diesen Fall wußte Ambra auch keinen Ausweg. Sie seufzte. »Wir müssen es versuchen und auf unser Glück hoffen.«

Doch dann fiel ihr der Junge ein. Elie hieß er, trug für einen Liard die schweren Körbe der feinen Damen über den Markt und begleitete sie auch nach Hause, wenn sie es verlangten. Ihn würde Ambra fragen. Vielleicht kannte er die Blonde, und wenn nicht, dann konnte er ihr ebenfalls folgen.

Von Saint Denis aus fuhr Madame Durand nach Hause. Dort schloß sie sich in ihr Zimmer ein, setzte sich ans Fenster und starrte in die Nacht hinaus. Wort für Wort wiederholte sie in Gedanken das Gespräch mit Ambra, ohne eine einzige verdächtige Silbe entdecken zu können – und doch sagte ihr der Instinkt, daß etwas hinter ihrem Rücken geschah. Etwas, das mit dieser Seife zu tun hatte, die sie für Mathieu besorgen sollte.

»*Ambre gris* aus Perim«, wiederholte sie seine Worte laut und lauschte ihnen nach, ob sie ihr etwas anderes sagen konnten, als ihre offensichtliche Bedeutung verriet.

Zum ersten Mal fragte Madame Durand sich, wo dieses Perim lag und wie *Ambre gris* wohl riechen mochte.

Sie mußte es herausfinden. Vielleicht stand etwas in den Büchern darüber, die sie für Mathieu besorgt hatte.

Mathieu – sie schloß die Augen und dachte an ihn, sah ihn vor sich, an jenem Morgen, als er zu ihr gekommen war, nachdem sie sich zum ersten Mal mit der Seife gewaschen hatte. Sie sah das Erstaunen in seinen Augen, sah seine Hände, die nach ihr griffen, wie nach etwas, das er verloren und plötzlich wiedergefunden hatte. Trotzdem blieb sie ratlos. Alles war seltsam und doch nicht wirklich verdächtig!

Plötzlich stand Madame Durand auf, zog sich das Cape von den Schultern und warf es achtlos auf den Boden. Sie mußte herausfinden, was *Perim* zu bedeuten hatte. War es ein Land, eine Stadt, eine Gegend vielleicht? Und wo lag Perim?

Als sie am Morgen in ihr Büro kam, suchte sie in den Büchern und Atlanten nach, die sie für Mathieu besorgt hatte und die sich in ihren Regalen stapelten. In dem Bericht eines Seefahrers fand sie endlich Auskunft.

»Perim«, las sie laut, »ist eine kleine, felsige Vulkaninsel. Sie liegt in einer Meerenge an der Südwestspitze vor Arabien. Weil sich in dieser Passage, durch eine starke Strömung verursacht, häufig Schiffsunglücke ereignen, wird sie von den Arabern *Bab el Mandeb* genannt – *Tor der Tränen*.«

Madame Durand klappte das Buch zu. Tausend Gedanken jagten sich in ihrem Kopf. Mathieu wußte nichts von der Karibischen See und wußte nicht, wo die Niederlande lagen, aber er kannte eine kleine, unbedeutende Insel vor Arabien? Er hatte nie eine Orange gegessen, aber er kannte *ambre gris*, den grauen Bernstein des Meeres?

»Tor der Tränen«, wiederholte Madame Durand laut. Konnte *das* ein Hinweis sein?

Dann war da plötzlich dieser Gedanke – die Seifensiederin ... hatte sie nicht das Aussehen einer Araberin? Sagte man nicht, sie stamme aus dem Orient? *Bab el Mandeb* – Tor der Tränen! Und was, wenn ... ihr Herz pochte heftig bei diesem Gedanken ... wenn gar *sie*, diese Seifensiederin, Mathieus Weib war?

Doch im nächsten Moment schob Madame Durand den Gedanken wieder beiseite: Unsinn! Was wäre das für ein absonderlicher Zufall! Und wie sollte ein Fuhrmann aus einem kleinen, nichtssagenden Dorf irgendwo in den Bergen eine Araberin zur Frau haben!

24.

Zwei Nächte lang hatte Ambra kaum ein Auge zugetan, hatte sich gewälzt, schlecht geträumt oder war unruhig auf und ab gelaufen. Nun stand sie noch vor den Hühnern auf und ging in den Stall, um La Blanche zu versorgen.

Die verfilzte Mähne hatte sie der Stute abgeschnitten, das geschwollene Fesselgelenk mit Kräuterumschlägen behandelt, die offene Druckstelle mit Salbe eingerieben. Das Bein war inzwischen gut, aber die Druckstelle auf der Brust noch nicht verheilt. Einspannen konnte sie La Blanche deshalb nicht und mußte weiterhin zu Fuß nach Paris gehen.

Nachdem die Stute versorgt war, fütterte Ambra das Schwein und die Hühner, dann bereitete sie für Babeline und sich eine Morgensuppe zu und goß auch Shibam etwas davon in eine Schüssel.

Als sie sich schließlich auf den Weg machten, ging über Paris bereits die Sonne auf.

Das Treiben auf dem Markt ließ sich an wie immer. Vor allem mit Lebensmitteln wurde hier gehandelt, aber auch mit Dingen, die man für den Haushalt brauchte. Töpfe und Irdenes, Seile, Stoffe, Seife und Körbe.

Als Ambra dem Jungen sagte, daß er sich einen Sol verdienen konnte, ohne sich dafür abschleppen zu müssen, war er Feuer und Flamme. Elie war der Sohn einer der Marktfrauen. Sie hatte elf Kinder und keinen Mann mehr; vor zwei Monaten war er beim Beladen eines Kahns in der Seine ertrunken. Elie und fünf kleinere Geschwister lebten noch bei ihr. Jeder Liard, den der Junge nach Hause brachte, half, die Not ein wenig zu lindern.

Madame kam kurz vor Mittag. Wie immer trug sie ein einfaches, schwarzes Kleid, das mit weißer Nadelspitze und Bändern in zarten Farben aufgeputzt war, und darüber ein Cape. Sie wirkte nicht mehr so glücklich wie vor zwei Tagen, das fiel Ambra sofort auf.

Ambra gab ihr eine der Seifen, die sie noch von Marthe hatte und die Mathieu am Stempel erkennen mußte. Ein M für Marthe, ein C für Campan, ihren Nachnamen. Sie hoffte, er verstand es als Hinweis, daß sie seine verschlüsselte Botschaft erhalten hatte und nach ihm suchen würde.

Madame nahm die Seife, bezahlte und ging ohne Gruß. Mit einem Kopfnicken gab Ambra Babeline und Elie, die sich an zwei verschiedenen Ständen in der Nähe postiert hatten, ein Zeichen, damit sie ihr folgten.

Zuerst kam Babeline zurück. »Sie ging zur Notre-Dame«, erzählte sie. »Der Junge blieb draußen, ich betrat hinter ihr die Kirche. Eine Weile betete sie, zündete dann eine Kerze an, verließ Notre Dame wieder und nahm eine Droschke. Zum Glück konnten wir hören, wie sie dem Kutscher die Adresse nannte – Rue Victor. Der Junge kannte die Straße und versprach, sein Bestes zu tun, um vor der Droschke dort zu sein. Er rannte los, als ob der Teufel hinter ihm her wäre. Das ist das Letzte, was ich von ihm weiß.«

Babeline ging alleine nach Hause, um La Blanche zu

füttern und die Öfen anzuheizen, Ambra wartete auf Elie. Er kehrte aber nicht zurück. Seine Mutter schrie Zeter und Mordio, aber was sollte sie tun?

Vier Stunden vergingen, und die Markthallen schlossen. Bald würde es dunkel werden. Ambra setzte sich mit Shibam an den Brunnen rechts neben dem Tor. So starrte sie auf die Kirchtürme von Saint-Lau, die sich wie zwei mahnende Finger in den Himmel erhoben, und lauschte auf das Getrappel der Pferde und Geratter der Wagen, die die Stadt auf der nahen Rue Saint Denis gen Norden verließen.

Plötzlich hob Shibam den Kopf und knurrte leise. Ambra sah sich um und entdeckte Elie, der aus einer ganz anderen Richtung angelaufen kam, als sie vermutet hatte.

Erschöpft ließ er sich neben ihr auf den Boden fallen und rang keuchend nach Atem. Es dauerte eine Weile, bis er sprechen konnte.

»Es war knapp, aber ich habe es geschafft! War kurz vor der Droschke in der Rue Victor und habe mich in einer Hauseinfahrt versteckt. Als die Droschke an mir vorbei war, bin ich ihr gefolgt. Sie hat vor dem Generalspital angehalten. Die Frau ist ausgestiegen, hat geklopft, und man ließ sie ein. Um zu sehen, wie lang sie dort bleibt und ob sie alleine oder mit jemandem wieder herauskommt, habe ich mich unter einem Karren versteckt und gewartet. War ganz schön kalt!« Elie deutete auf das dünne Hemd, das er trug, mit nichts als einer zerschlissenen Weste darüber.

Ungeduldig stieß Ambra ihn an. »Erzähle weiter! War jemand bei ihr?«

»Niemand! Sie war alleine. Diesmal ist sie in eine Kutsche gestiegen, die kurz zuvor gekommen war. Damit ist sie die Straße hinuntergefahren und dann zur Seine hin abgebogen. Ich bin der Droschke nachgerannt, aber in der Rue Ponte, kurz vor dem Quai, dort, wo sie die neue Kirche bauen, kamen zwei Militärs die Straße heruntergeritten, und da mußte ich mich verstecken. Da habe ich sie dann verloren.«

»Und mehr weißt du nicht? Nur daß sie in dieses Spital ging?« Enttäuscht sah Ambra ihn an.

Er zuckte die Schultern, dann grinste er. »Gib mir bis morgen abend Zeit, und ich kann dir alles über sie sagen.«

Ambra griff in ihre Tasche und drückte ihm das versprochene Geld in die Hand. »Gut«, sagte sie. »Je mehr du herausfindest, desto größer wird dein Lohn sein! Sobald du etwas weißt, kommst du zu mir nach Saint Denis.«

Lachend spuckte er auf die Münze, damit sie ihm Glück bringen sollte, dann ließ er sie in seiner Hosentasche verschwinden, sprang auf und rannte davon.

Wie versprochen kam Elie am nächsten Abend. Er schlotterte vor Kälte, sein Magen knurrte wie ein wütender Hund. Ambra gab ihm zu essen, und Babeline bereitete ein heißes Bad für ihn vor.

Während er die Suppe schlürfte, erzählte er Ambra, was er herausgefunden hatte: »Die Frau heißt Madame Durand. Dorothée Durand. Sie ist Niederländerin und mit dem Juwelier Rodolphe Durand verheiratet. Er hat ein Haus auf der Ile Saint Louis. Dort wohnt er mit ihr, und da hat er auch sein Geschäft. Es ist alles sehr vornehm und stinkreich! Sogar einen schmiedeeisernen Balkon hat das Haus und ein schweres, beschlagenes Portal vor dem Kutschhof. Aber die Frau scheint ihn nicht besonders gut leiden zu können. Die Küchenmagd behauptet sogar, daß sie ihn haßt. Jedenfalls ist sie kaum zu Hause, sondern meistens im Generalspital, wo ich sie gestern gesehen habe. Von morgens bis abends bleibt sie dort, kommt nur zum Schlafen nach Hause.«

Ambra sah ihn ratlos an. »Sie ist den ganzen Tag in einem Spital?«

Der Junge rollte mit den Augen. »Wie lange lebst du schon hier und weißt nicht, was ein Generalspital ist! So nennt man bei uns in Frankreich ein Arbeitshaus. Dort sollen Arme umerzogen werden zu anständigen Menschen.« Er hob den Finger und ließ ihn warnend vor Ambras Augen tanzen. »Aber Gott behüte dich davor, in ein Generalspital zu kommen, denn eigentlich ist es nichts anderes als ein Zuchthaus. Die hohen Herren behaupten, daß die Aufnahme dort freiwillig ist, aber da geht keiner freiwillig hin! Die meisten werden bei Streifzügen der Schergen des Präfekten aufgestöbert und dann hingeschafft.«

»Was sind das für Leute, die man da hinbringt?« fragte Ambra, das Unheil ahnend.

Elie zuckte die Schultern. »Bettler, Dirnen, ehemalige Soldaten, Straffällige oder Waisenkinder. Egal – wer auf der Straße herumlungert und aufgegriffen wird, hat eben Pech gehabt. Dann läßt man die Leute arbeiten, und wenn sie nicht tun, was man von ihnen verlangt, werden sie gezüchtigt.«

»Was heißt das?«

»Man schlägt sie, peitscht sie aus. Manche werden sogar auf die Galeeren des Königs geschickt.«

»Auf die Galeeren?« Entsetzt starrte Ambra ihn an.

Mit einer Kopfbewegung in Richtung des Kessels, der über dem Feuer hing, bat der Junge, ob er noch etwas von der Suppe haben konnte. Ambra füllte die Schüssel auf und schob sie ihm hin.

»Und Madame Durand?« fragte sie. »Was hat sie damit zu tun?«

»Sie leitet das Generalspital. Sie verwaltet das Geld und muß dafür sorgen, daß genug Bedienstete da sind, daß alles vorhanden ist, was gebraucht wird. Essen, Arbeitsmaterial ... Ein Zuchtmeister führt die Aufsicht über die Insassen, ein Werkmeister über die Manufaktur. Sie stellen dort nämlich Strümpfe her. Auf Webstühlen, an denen die Männer arbeiten. Und die Frauen müssen das Garn spinnen. Nur ein paar Gesellen und zwei Meister, ein paar Köchinnen und Beschafferinnen werden in Lohn beschäftigt und dürfen das Generalspital verlassen. Eine der Köchinnen kenne ich. Sie habe ich gefragt, was sie über Madame Durand weiß.«

»Und?« ungeduldig stieß Ambra ihn an.

»Ich mußte ihr den Sol geben, den ich von dir hatte, damit sie es mir sagt.«

»Du bekommst das Geld von mir zurück. Du bekommst doppelt so viel und ein Stück Seife für deine Mutter dazu, aber gnade dir Gott, wenn du mir Unsinn erzählst!«

»Alles habe ich genau so gehört, wie ich es dir jetzt weitergebe: Madame hat sich einen der Insassen zum

Liebhaber genommen! Er hat eine Zelle für sich allein im dritten Stock, gleich neben ihrem Büro. Und wenn sie Lust auf ihn hat, läßt sie ihn holen. Er heißt Mathieu, aber die Insassen nennen ihn ›Doktor‹, weil er mal einen Jungen behandelt und ihm das Leben gerettet hat.«

Entsetzt starrte Ambra den Jungen an. Diese Frau hielt sich Mathieu wie ein Hündchen! Sie sah sie vor sich, wie sie an ihrem Tisch saß und eine Karte aus dem Stoß auf eines der Kästchen legte. Wie sie von einem Falken erzählte, der im Blindflug jagte.

»Aber«, fragte Ambra, als sie sich wieder gefaßt hatte, »kann er das Arbeitshaus denn nicht verlassen?«

»Nein. Er ist ein Insasse wie alle anderen. Nur der Scherer sieht ihn und die Untermagd, wenn sie ihm das Essen bringt oder sein Nachtgeschirr leert.«

Elie nahm die Schüssel, setzte sie an die Lippen und trank den letzten Rest der Suppe. Dann stellte er sie wieder ab und wischte sich mit dem Ärmel den Mund. »Na, bist du zufrieden mit mir?«

Ambra nahm ihn am Kinn und sah ihm in die Augen. »Das hast du gut gemacht, aber jetzt ziehst du dich aus und nimmst ein heißes Bad, damit du dich nicht erkältest. Außerdem stinkst du wie ein Faß ranzige Milch. Nach Hause kannst du morgen, für heute ist es ohnehin zu spät.«

»Ein Bad!« Entsetzt verzog er das Gesicht. Dann grinste er plötzlich. »Machst du es jetzt mit mir wie die Durand mit ihrem Gefangenen? Werde ich dein Liebhaber?«

»Das würde dir so passen!« Ambra zog ihn am Ohr und lachte.

25.

Madame Durand hatte die Seife ausgewickelt und daran gerochen. Kein ungewöhnlicher Duft. Lavendel und Minze, das war alles. Auch an ihrem Aussehen war nichts Besonderes. Hellgrün war sie, durch einen Stempel gekennzeichnet – ein M und ein C ineinander verschlungen.

Sie holte Mathieu und legte ihm die Seife hin, beobachtete dabei jede seiner Regungen.

Er nahm das Seifenstück, starrte auf das Monogramm. Seine Hände zitterten, seine Augen füllten sich mit Tränen.

»Nun?« sagte sie. »Ist das die Seife, die du wolltest?«

Mathieu blickte auf. »Ja, das ist sie.«

»Und sie riecht nach *ambre gris*?«

»Ja, nach *ambre gris*.«

»Die Seifensiederin ist dein Weib, nicht wahr!« Madame Durand schrie es ihm ins Gesicht. Noch hoffte sie, daß sie sich getäuscht hatte. Sie konnte doch nicht wirklich und wahrhaftig einen solchen Unsinn glauben!

Aber nein, Mathieu war blaß geworden, wie man nur blaß wurde, wenn einem der Schreck in alle Glieder fuhr. Wie er da stand und sie ansah! Trotzig die Lippen vorgeschoben, die Fäuste geballt. Dann sagte er es, laut und voller Haß gegen sie: »Ja, mein Weib! Meine einzige Liebe! Und nichts wird sich je daran ändern, so wahr mir Gott helfe!«

So standen sie da. Keine zwei Schritte trennten sie, und doch war er ihr so fern wie nie zuvor. Sie starrten sich an und fochten einen stillen Kampf, den Mathieu gewann.

Madame Durand drehte sich um, lief auf den Flur und schrie nach dem Beschließer. »Schafft ihn fort! In eine Dunkelzelle zu den Ratten! Nur weg mit ihm!« Als Mathieu abgeführt worden war, warf sie sich auf das Sofa, auf dem er so oft gesessen und ihr vorgelesen hatte, und trommelte mit Fäusten darauf ein: »Weg, weg, weg!« schluchzte sie.

Mittags klopfte die Untermagd an ihre Tür. »Madame, ich bringe Euer Essen.«

Sie schickte sie fort.

Sie wußte nicht mehr, wie lange sie so dagelegen hatte. Mit den Knien auf dem Boden, ihr Gesicht in die Polster gedrückt, das Kissen, das Mathieu sich so oft in den Rücken geschoben hatte, umklammernd. Zeit hatte keine Bedeutung mehr für sie. Leer war sie, wie ausgehöhlt von innen.

Am Nachmittag kam die Magd wieder. »Madame, Euer Kakao – soll ich ihn servieren?«

»Laß mich in Ruhe!« schrie sie.

Sie hörte die Schritte der Magd auf dem Flur. Als sie fort war, nahm Madame Durand den Schlüssel zu Mathieus Kammer, schloß sie auf, warf die Tür hinter sich zu und sah sich um. Auf dem Bett lagen sein Nachthemd und ein Buch. Auf dem Tisch eine Kerze, daneben die Lichtputzschere, zwei weitere Bücher, ein Stapel Blätter, die zum Teil beschrieben waren, eine Schreibfeder, ein Tintenfaß. In der Ecke sein Nachtgeschirr und ein Gestell mit einer Waschschüssel, ein Trockentuch war fein säuberlich darüber gelegt.

Sie ging zum Tisch, fuhr mit der Hand über die Kante, griff nach der Feder, hielt sie eine Weile, stellte sie dann zurück. Sie nahm das oberste der beschriebenen Blätter, zeichnete mit dem Finger die Buchstaben nach und formte dazu die Worte mit ihren Lippen:

O Liebe, du bist mein Grab,
In dem ich sterbe,
An jedem Tag ein wenig mehr.
O Liebe, du bist mein Grab,
Wenn ich denn sterben muss –
Ich bin bereit,
An jedem Tag ein wenig mehr.

Die Hand, in der sie das Blatt hielt, zitterte. Sie legte es zurück, setzte sich auf das Bett und strich über das Nachthemd. Sie nahm es auf, drückte ihr Gesicht hinein und roch daran.

Dann packte sie plötzlich eine ungeheure Wut. Ein Haß, wie sie ihn nie zuvor in ihrem Leben gespürt hatte, stärker noch als der Haß auf den Mann, dessen Namen sie trug.

»Ich kann dich nicht gehen lassen! Wenn du gehst, ist das mein Tod! Du mußt bei mir bleiben!« Sie schrie ihre ganze Wut hinaus, packte plötzlich das Nachthemd, riß und zerrte daran, bis es in Fetzen vor ihr lag.

Es war bereits dunkel, als sie die Untermagd wieder hörte. »Madame, Eure Kutsche ist da. Schon seit mehr als einer Stunde. Der Kutscher läßt nachfragen, ob er noch länger warten soll.«

Sie stand auf, strich über ihr Kleid, ordnete ihr Haar und trat auf den Flur.

Als Madame Durand so plötzlich hinter ihr stand, zuckte das Mädchen zusammen und fuhr herum. Sie hatte sie im Büro vermutet.

»Bring mir mein Cape!«

»Ja, Madame.« Die Magd lief fort, kam zurück, legte ihr das Cape über die Schultern und reichte ihr den Hut. Madame Durand steckte ihn auf, schlüpfte in die Handschuhe, die das Mädchen ihr gab, und ging. Drei Treppen hinunter. Über den Hof.

Die Wachmänner schlossen auf.

»Ich komme zurück«, sagte sie. »Rührt euch solange nicht weg.«

»Ja, Madame.«

Sie ließ sich von ihrem Kutscher zur Place Royal Nr. 17 bringen. Dort wohnte Madame Protais, von der sie wußte, daß sie hin und wieder an Séancen teilnahm.

Obwohl Madame Durand nicht angemeldet war, wurde sie empfangen.

»Ein Besuch um diese Zeit? Wie ungewöhnlich, meine Liebe! Ist etwas geschehen?«

»Ich brauche eine Auskunft von Euch, Madame – eine Adresse. Man nennt die Dame, deren Rat ich in Anspruch nehmen muß, soweit ich weiß ›La Voisin‹.«

Ein Ruck ging durch Madame Protais. »Wie kommt Ihr darauf, daß ausgerechnet ich …«

»Ich bitte Euch«, unterbrach Madame Durand sie, »niemand wird etwas von mir erfahren!«

Madame Protais öffnete den Mund und schloß ihn wieder. Schließlich ging sie zur Tür, legte ihre Hand auf die Klinke und sagte: »Sie lebt am Rande von Paris in einem düsteren und baufälligen Haus inmitten eines großen, verwilderten Gartens. Eine Adresse gibt es nicht. Eine Freundin, die unlängst bei ihr war, sagte mir, sie sei an der Sorbonne vorbei in Richtung Montrouge gefahren und bei einer alten, verfallenen Kirche rechts abgebogen. Von da aus sei es nicht mehr weit gewesen. Hinter Bäumen könne man ein Haus erkennen, das von Efeu umrankt ist und an dessen Tür eine Krähe und eine Distel genagelt sind. Dort habe sie dreimal geklopft, und nach einer Weile sei ein Weib erschienen. Mehr weiß ich nicht. Und jetzt müßt Ihr gehen, bevor mein Gatte kommt und Fragen stellt.«

Sie öffnete die Tür, rief nach dem Mädchen, sagte dann: »Noch ein Rat – wartet, bis es Tag ist. Sie hat die Läden geschlossen, kein Lichtschimmer dringt durch die Fenster, alles ist dunkel, und so findet Ihr das Haus nicht.«

Nach ihrem Besuch bei Madame Protais ließ Madame Durand sich zu ihrem Büro zurückbringen, schickte den Kutscher nach Hause und bestellte ihn für den nächsten Morgen.

Die halbe Nacht lief sie durch die Flure des Arbeitshauses, hörte Männer schreien, hörte Frauen weinen, hörte das Wimmern eines Kindes. Sie fühlte kein Mitleid mit ihnen, fühlte auch sonst nichts, alles war ihr gleichgültig. Sie kam auch in den Keller, dort, wo die

Dunkelzellen waren, lauschte in die Stille und hörte nichts, ging wieder hinauf, legte sich in Mathieus Bett und vergrub ihr Gesicht in sein Kissen.

Das Blut pochte gegen ihre Schläfen. In ihrem Kopf dröhnte und surrte es.

Erst gegen Morgen schlief sie ein.

Als sie auf den Flur trat, saß die Untermagd vor ihrer Tür und starrte auf ihre Hände. Sie erschrak, sprang auf und machte einen Knicks.

»Mein Cape!« herrschte Madame Durand sie an.

Der Kutscher wartete bereits. Sie beschrieb ihm den Weg und stieg ein.

Etwa eine halbe Stunde waren sie gefahren, als er hielt. »Ist es dieses Haus, Madame?« fragte er.

Madame Durand sah den Vogel, der an die Tür genagelt war, und die Distel. »Ja, hier ist es.«

Auf ihr Klopfen hin öffnete ein mürrisches Weib, etwas zerzaust und in ein weites, mit mystischen Symbolen besticktes Gewand gehüllt.

Eine Weile starrten sie sich an. Madame Durand wußte über sie, was man hinter vorgehaltener Hand erzähle. Sie hieß Cathérine Voisin, doch man nannte sie »La Voisin«. Sie war Hebamme, führte Abtreibungen durch, weissagte aus den Karten und las aus der Hand, vollführte magische Rituale, erstellte Horoskope und hielt Séancen ab. Außerdem war sie eine Giftmischerin. Von Liebestränken bis zur tödlichen Medizin bekam man für gutes Geld alles von ihr.

»Nun, was wünscht Ihr!« fauchte sie Madame Durand an wie eine wütende Katze.

»Vielleicht solltest du mich zuerst einmal hereinbitten, Hebamme«, antwortete sie.

»Hebamme!« Die Voisin lachte. »Nennt mich ruhig bei meinem Namen, Madame. Oder seid Ihr etwa hier, um ein Kind zu gebären?« Während sie das sagte, trat sie zurück und machte ihrer Besucherin den Weg frei.

Madame Durand ging an ihr vorbei in das dunkle Innere des Hauses. Als die Voisin die Tür geschlossen hatte, fiel ihr ein schwacher Lichtschein auf. Er kam aus einem Zimmer am Ende des Flures.

»Dort hinein!« sagte die Voisin und folgte Madame Durand.

Der Blick der Voisin im Rücken war Madame Durand unangenehm, das ganze Weib war ihr ein Greuel. Ebenso das Zimmer, in das sie gingen. Die Läden an den Fenstern waren geschlossen, nur ein paar Kerzen spendeten ein wenig Licht, gerade genug, um die Hand vor Augen zu sehen. In der Mitte des Zimmers stand ein Tisch mit zwei Stühlen. Ein schwarzes Tuch war über den Tisch gelegt, das bis zum Boden reichte. Dorthin sollte Madame Durand sich setzen.

»Also, was wollt Ihr? Einen Liebestrank?«

»Ich brauche Gift«, sagte sie. »Genug, um einen Menschen zu töten.«

26.

Nichts hätte Madame de Montespan lieber getan, als sofort nach ihrer Rückkehr aus Avesnes die Seifensiederin aufzusuchen, um sich eine neue Seife zu besorgen. Das Stück, das sie ihr geschenkt hatte, war aufgebraucht, und sie merkte, daß sich nach und nach der alte Geruch wieder einstellte, und Seine Majestät gelegentlich die Nase rümpfte.

Doch sie hatte keine Zeit, denn da war ihr wahnsinniger Gatte, der den ganzen Hof in Aufruhr versetzte! Alle Hände voll hatte sie zu tun, ihn zu besänftigen, und am Ende war es ihr doch nicht gelungen.

Natürlich war ihr die Nachricht über ihren Triumph im Bett des Königs nach Paris vorausgeeilt. Ihr Vater, Herzog von Mortemart, hatte vor Freude seinen Hut in die Luft geworfen und gerufen: »Gott sei Dank! Endlich ist uns das Schicksal gewogen!«

Er hatte begriffen, daß ihr Erfolg ein Erfolg für sie alle war und welche Vorzüge sie in Zukunft genießen konnten. Doch ihr Gatte, dieser eifersüchtige Narr, führte sich auf wie ein wild gewordener Stier. Ihre Maman nannte er Kupplerin, gegen den König verfaßte er ein Pamphlet, in dem er alle Bibelzitate zum Thema Ehebruch aufführte und ihn schließlich aufforderte, er solle ihm »seine Gattin zurückgeben« und im übrigen »den Zorn Gottes fürchten«. Was für ein Skandal!

Doch damit noch nicht genug: Nachdem ihr Gemahl dieses provokante Papier an Philipp, den Herzog von Orleans und Bruder des Königs, ausgehändigt hatte, damit der es an Seine Majestät weiterleiten sollte, führte er einen wahren Veitstanz auf. Er raste brüllend und Türen schlagend durch den Louvre und schrie: »Ihr seid alle Kuppler, ehrlose Ehebrecher, dekadente Weichlinge!«

Seine Majestät, gerade mit seinem Lieblingsspiel, dem Billard, beschäftigt, ließ ihn daraufhin festnehmen und einige Tage in einem Kerker schmoren.

Wer konnte wissen, wie die ganze Geschichte ausgegangen wäre, hätte sich nicht Philipp als Vermittler hervorgetan. Er hatte von allen noch am meisten Einfluß auf den wahnsinnig Gewordenen. »Der König verbannt Euch auf Euer Schloß in der Gascogne, Marquis«, hatte er zu ihm gesagt, »und ich rate Euch, geht, ohne weitere Probleme zu machen. Und laßt Eure Gattin hier.«

Als Henri de Montespan dann endlich abfuhr, bestand er darauf, den Louvre durch das Haupttor zu verlassen, weil seine Hörner zu groß seien, um durch die kleinere Ufergalerie zu passen. Angetan mit Trauerkleidung, fuhr er in einem Leichenwagen davon! Und die Pferde hatte er mit schwarzem Behang geschmückt und schwarze Federn an alle vier Ecken der Kutsche gesteckt. Und als ihn Seine Majestät fragte: »Warum alles in Schwarz, Marquis?«, hatte er geantwortet: »Weil ich hiermit meine Frau zu Grabe trage, Sire. Für mich ist sie gestorben und tot! Ich werde sie nicht wiedersehen.«

Mon Dieu, wie Madame de Montespan sich für ihn schämte! Als ob es nicht eine Ehre wäre, auch für ihn und ihrer beider Kinder, daß der König gerade ihr unter all den Frauen bei Hofe seine Gunst erwies und sogar gedachte, sie ganz offiziell zu seiner »maîtresse royale en titre« zu machen.

So verging nach ihrer Rückkehr aus Avesnes eine ganze Woche, bis sie Zeit fand, nach Saint Denis zu fahren, um sich eine Seife zu besorgen.

Als Ambra Hufgetrappel hörte, sah sie nach, wer so spät noch kam. Es war Madame de Montespan – endlich! Sie war die Rettung!

Ambra brachte sie in das Zimmer, in dem sie ihre Besucherinnen empfing. Shibam war den Frauen gefolgt, legte sich neben den Kamin, in dem noch das Feuer brannte, und sah hechelnd zu, wie Ambra der Fremden einen Platz anbot.

»Bitte, setzt Euch doch, Madame.« Sie deutete auf einen der Stühle. »Und, ward Ihr zufrieden mit der Seife?«

»Sehr«, antwortete Madame, während sie ihre Handschuhe abstreifte und neben sich auf den Tisch legte. »Ich habe alles erreicht, was ich erreichen wollte. Doch nun ist die Seife verbraucht, und ich benötige neue. Nicht nur ein Stück, diesmal möchte ich mir einen Vorrat mitnehmen.«

Ambra verließ den Raum, kam bald darauf mit einem verschnürten Paket wieder, löste das Band und schlug das Wachstuch zurück. Vor Madame lagen elf Stück hellgrüne Seife, von denen ein angenehmer Duft nach Moos und Zitrone aufstieg.

»Ein Stück von dem Dutzend, das ich für Euch hergestellt habe, habt Ihr bereits verbraucht. Ein zweites Stück gebe ich Euch heute mit, Madame de Montespan. Und wenn Ihr Eure Schulden beglichen habt, lasse ich Euch die übrigen zehn in die Tuilerien bringen.«

Erschrocken sah Madame de Montespan sie an. »Woher kennst du meinen Namen?«

Ambra schüttelte den Kopf. »Es ist nicht wichtig. Und Ihr könnt Euch darauf verlassen, daß ihn aus meinem Munde niemand erfahren wird. Doch das hat seinen Preis.«

Madame de Montespan sprang auf. Wußte sie es doch! Alle Welt war immer nur hinter ihrem Geld her! Und war es nicht das Geld, war es die Macht! Wütend sah sie Ambra an. »Willst du mich etwa erpressen, Seifensiederin?«

»Ich will Euch nicht erpressen, Madame, ich bitte nur um einen kleinen Gefallen. Für Euch wird es kein größerer Aufwand sein, als eine Fliege totzuschlagen, doch für mich hängt mein Leben daran.«

Madame de Montespan setzte sich wieder. Sie ärgerte sich über Ambras Dreistigkeit, aber schließlich brauchte sie die Seife.

»Also, dann sag schon!« murrte sie widerwillig. »Was für ein Gefallen soll das sein?«

Ambra erzählte ihr eine, wie Madame de Montespan fand, ziemlich verworrene Geschichte von einem gestohlenen Fuhrwerk und ihrem Mann, der angeblich im Arbeitshaus an der Rue Victor gelandet war und dort von einer Madame Durand festgehalten wurde.

»Sie läßt ihn nicht gehen, weil sie ihn liebt. Dabei ist er mein Mann, und sie hat kein Recht, ihm seine Freiheit zu nehmen!«

Himmel, was ging Madame die Liebesgeschichte einer Seifensiederin an! Mon Dieu – sie hatte weiß Gott andere Sorgen! »Ich wüßte nicht, was ich da für dich tun könnte«, sagte sie ärgerlich.

»O doch, Ihr habt die Macht – nicht zuletzt dank meiner Hilfe.« Ambra kam zu ihr und sah sie bohrend an. »Ein einziges Wort zu Monsieur de la Reynie, dem Chef der Polizei, würde genügen, und Mathieu käme frei. Ihr habt den Weg zu mir gefunden, weil Ihr Euch den König gefügig machen wolltet. Ich habe Euch geholfen. Nun will ich meinen Mann zurück. Meine Liebe gegen Eure – das ist ein gerechter Lohn!«

Als Madame de Montespan nichts sagte und sich nicht rührte, fing Ambra an, die Seife wegzupacken. Sie schlug die Enden des Wachstuchs ein, band die Schnüre herum und verknotete sie. Ihr Blick war starr, keine Regung war ihr anzumerken. Dann nahm sie das Paket und ging damit zur Tür.

»Halt!« rief Madame ihr nach.

Ambra drehte sich um und sah sie an. So maßen sie sich einige Augenblicke, bis Madame de Montespan schließlich einwilligte. »Nun gut, ich werde tun, was ich kann.«

»Das genügt mir nicht, Madame. Ich brauche Euer Versprechen. Ihr wißt, alles, was wir geben, bekommen wir dreifach zurück. Das Gute wie das Schlechte. Wenn Ihr Euer Versprechen brecht, wird der Zauber, der Euch in Eurer Sache half, nicht mehr wirken. Und die Seife, die hier für Euch bereitliegt, werde ich an die Schweine verfüttern.«

Ambra schnürte das Paket wieder auf, knotete eines der Seifenstücke in ein Tuch aus weißem Musselin und reichte es Madame de Montespan. »Es gehört Euch. Und wenn Ihr Euer Versprechen eingelöst habt, werde ich euch den Rest bringen.« Dann sagte sie mit fester Stimme: »Es geht um Mathieu Bartes aus Marly!«

27.

Wie Messer fuhr Mathieu das Licht in die Augen, als plötzlich ein Wächter die Tür zu seiner Zelle aufstieß und ihm mit seiner Laterne ins Gesicht schien. »Steh auf und komm mit!« brüllte er ihn an und trat ihm dabei mit dem Fuß in die Rippen. »Madame wünscht dich zu sehen!«

Mathieu wußte nicht, wie lange er schon in diesem finsteren Loch gewesen war. Wenn man keine Sonne sah und keinen Mond, wenn man nichts hörte als Wassertropfen, die von der Decke auf den Boden fielen, dann dauerten Stunden Tage, und Tage schlichen dahin wie Wochen.

Dreimal hatte er eine heiße Kohlsuppe bekommen, mehr Wasser als Kraut. Dazu einen Kanten altes Brot. Das war alles.

Wie in einer Gruft war es dort unten im Keller gewesen, dunkel, kalt und feucht. Nicht einmal ein Lager hatte es gegeben, nur ein wenig Stroh, das Mathieu sich zusammengekratzt und in einer Ecke aufgehäuft hatte, gerade genug, um sich draufzusetzen oder im Liegen den Kopf darauf zu betten.

Wenn Zeit nicht verging, wenn man nichts sehen konnte und nichts hören und niemanden zum Reden hatte, dann wurde man sich selbst zum Feind. Man trat gegen die Tür, schrie und brüllte, und wenn man merkte, daß alles nichts half, richtete man seine Wut gegen sich selbst.

Zweieinhalb Schritt maß die Zelle in jede Richtung, dreieinhalb, wenn man sie von einer Ecke zur anderen durchquerte, was im Dunklen schwierig war.

Mathieu hatte sich Lieder und Tänze ausgedacht. Zwei Schritte zur Seite, eine Drehung, zwei Schritte zur Seite, eine Drehung – immer an der Wand entlang. La-la, tam-tam, la-la, tam-tam. Er hatte sich dabei vorgestellt, daß Ambra mit ihm tanzte, daß sie sich lachend und mit schwingendem Rock drehte und dazu in die Hände klatschte. La-la, tam-tam, la-la, tam-tam. Dazu hatte er im Rhythmus mit dem Kopf gegen die Wand geschlagen.

»Na, was ist, brauchst du eine Einladung?« Der Wächter zerrte ihn hoch, stieß ihn und schlug ihm die Pike auf den Kopf.

Mathieu ging vor ihm her.

»Na los! Dort, die Treppe hinauf!«

Sie kamen in den dritten Stock, gingen an Madames Kabinett vorbei, der Wächter riß die Tür zu der Zelle auf, in der er so lange geschlafen hatte, stieß ihn hinein und schloß hinter ihm ab.

Benommen sah Mathieu sich um. Alles war so, wie er es verlassen hatte, nur sein Nachthemd fehlte. Dafür lagen frische Kleider auf seinem Bett, und ein paar Schuhe standen davor. Bestickte Schuhe aus Stoff und ein roter Anzug, die Schöße des Rockes mit Borten verziert.

Er ging zum Fenster, öffnete es und sah hinaus. Die Luft war kalt und fühlte sich beim Einatmen schneidend an, dennoch sog er sie gierig auf.

Plötzlich wurde die Tür wieder geöffnet. Jeanne, die Untermagd, kam herein. Sie stellte zwei Eimer mit Wasser neben das Waschkabinett, legte das Stück Seife, das Ambra der Durand für ihn mitgegeben hatte, in die Schüssel und sagte: »Sie befiehlt dir, dich gründlich zu waschen und anzuziehen. Der Scherer kommt auch gleich.«

»Waschen und anziehen …« Verzweifelt warf er die Hände in die Luft. »Etwa diese Kleider dort, die aus mir einen Gecken machen?«

Jeanne nickte verlegen.

»Mein Gott, was will sie schon wieder? Warum läßt sie mich nicht endlich in Ruhe?«

Als das Mädchen die Tür geschlossen hatte, nahm er die Seife und hielt sie eine Weile in der Hand, betrachtete Marthes Stempel, der auf der Oberseite eingedrückt war. Dann überkam ihn plötzlich die irrsinnige Hoffnung, daß er sich waschen und ankleiden sollte, um als freier Mann dieses Haus zu verlassen. Ja, natürlich! Ambra wußte nun, wo er war. Sie hatte alles in die Wege geleitet! Vielleicht stand sie bereits unten vor der Tür und wartete auf ihn! Oder sie wartete gar schon in Madames Kabinett!

Plötzlich hatte Mathieu es eilig. Er riß sich die schmutzigen Kleider vom Leibe, goß Wasser in die Schüssel und rieb sich mit der Seife ab. Gute Olivenölseife, von Marthe und Ambra in Clermont hergestellt. Ein Duft von Lavendel stieg ihm in die Nase. Er schloß die Augen und dachte: Alles wird gut!

Doch als er später in Madames Kabinett gebracht wurde, war nichts von Ambra zu sehen, auch sonst war niemand da, außer Madame Durand, die ihn empfing, als wäre nie etwas gewesen.

Sie neigte den Kopf und lächelte. »Ich hoffe, es geht dir gut?«

Er sagte nichts. Ihre Höflichkeitsfloskel war eine Farce. Was sollte er darauf antworten?

Madame deutete auf das Sofa – das übliche Zeichen, daß er sich setzen sollte.

Als er sich umwandte, sah sie, daß der Tisch gedeckt war. Platten mit Gemüse, Fleisch, Obst und Käse waren aufgetragen, zwei Becher und eine Karaffe mit Wein dazu.

»Was zögerst du, nun setz dich schon!« Ihr Ton war plötzlich scharf.

Sie nahmen beide Platz.

Erst da wurde Mathieu bewußt, daß Madame Durand aussah, als würde sie zu einem Bankett gehen. Sie trug nicht das übliche Schwarz, sondern ein Kleid für den Abend. Es war, wie sein Anzug, in Rot gehalten, mit goldfarbenen Ornamenten bestickt, Ausschnitt und Ärmel mit Bändern und Spitzen verziert.

Sein Blick war ihr nicht entgangen. »Ich sehe, du wunderst dich über den gedeckten Tisch und mein Kleid«, sagte sie. »Ich habe etwas zu feiern, und du wirst mir dabei Gesellschaft leisten. Ein kleines Festmahl, nur für uns beide, und danach wirst du mir vorlesen.« Sie lachte schrill. »Ein letztes Mal, dann bist du frei.«

Er horchte auf. Frei! Sein Herz begann zu rasen. Also doch, sie wollte ihn gehen lassen!

Sie reichte ihm eine Platte mit buntem Gemüse, das kunstvoll zu einer Rosette angeordnet war. Es duftete köstlich. Gierig griff er zu, aß von allem, während sie selbst nur ein paar Gabeln hiervon und davon nahm.

»Nun, schmeckt es dir?«

»Ja, danke.«

»Dann iß so viel, wie du willst!« Sie hielt ihm eine andere Platte hin, auf der drei Fleischsorten angerichtet waren. »Es ist Schwan, Fasan und Truthahn.«

Nichts davon hatte er je gegessen. Er griff zu, stopfte in sich hinein, hastig, um seinen Hunger zu stillen. Dabei sah er ihr Lächeln, ein Lächeln wie aus weiter Ferne – so fremd, so krank, so irrsinnig. Er sah es und dachte sich nichts dabei.

Er griff auch nach den dunklen Kugeln, die auf einer Platte zu einem kunstvollen Gebilde aufgetürmt waren.

»Pralinés aus Dörrobstpastete«, sagte Madame Durand und nahm selbst eine der Kugeln. Sie zog sie von unten aus dem Gebilde und lachte, als alles in sich zusammenfiel, einige der Kugeln vom Teller rollten und über den Tisch kullerten.

»Da siehst du, so ist das auch mit dem Leben! Du nimmst einen einzigen Stein an falscher Stelle aus dem Gefüge, und alles bricht zusammen!«

Sie schob sich die Kugel in den Mund, lutschte ein wenig daran, biß dann hinein, kaute, schluckte und starrte Mathieu wie staunend an.

»Was ist?« fragte er. »Ist etwas nicht in Ordnung?«

»Alles ist so, wie ich es wollte«, antwortete sie. Dann gab sie ihm ein Buch – es waren die Feenmärchen. »Lies das erste der Märchen, so wie damals, als du zu mir kamst.«

Mathieu nahm es, schlug es auf und las: »Einst durchstreifte im Winter eines großen Königs ältester Sohn ganz allein die tiefverschneite Flur. Da sah er einen Raben, der seine Jagdlust reizte. Der Vogel fiel tot in den Schnee ...«

Er brach ab, denn plötzlich hustete Madame und klopfte sich auf die Brust, als hätte sie sich verschluckt.

»Lies – lies weiter!« befahl sie.

»Aber ...«

»Lies, ich bitte dich!«

»... der Vogel fiel tot in den Schnee und färbte ihn mit seinem Blut, und der Glanz des schwarzen Federkleides, das Weiß des Schnees und das Rot des Blutes vereinten sich zu einem Farbenspiel, das den Prinzen in Erstaunen versetzte. Der Eindruck blieb so tief in seinem Geiste haften ...«

Madame Durand kippte vornüber und schnappte nach Luft, als würde sie ersticken. Mathieu wollte ihr helfen, doch sie schob ihn von sich. »Das Märchen – ich will es hören!«

Er nahm das Buch wieder auf, fuhr fort: »... in seinem Geiste haften, daß er nicht mehr auszulöschen war. Unbemerkt entfachte er in seinem Herzen eine heftige Leidenschaft, die, wiewohl aus der Phantasie geboren, ihn glauben ließ, daß er nur glücklich sein könne, wenn er ein Mädchen finde, dessen weißer Teint und rote Wangen von tiefschwarzem Haar umrahmt seien.«

An dieser Stelle sank Madame Durand, nach Atem ringend, zu Boden, ihre Hände krallten sich in den Stoff ihres Kleides.

Mathieu warf das Buch neben sich, sprang auf, kniete

neben Madame nieder und nahm sie an den Schultern. »Was habt Ihr denn, um Gottes willen!«

Sie lächelte. Sie griff nach seiner Hand und preßte sie an ihre Wange. »Es ist nichts. Ich werde sterben. Ich habe Gift genommen. Siehst du, nun bist du erschrokken! Zum ersten Mal machst du dir Sorgen um mich.« Sie hustete. »Schon darum hat es sich gelohnt ... für diesen Blick ... Nun kannst du gehen, du bist frei. Wir sind beide frei, endlich frei. Nur hätte ich eines noch gerne – daß du mir verzeihst. Ich bitte dich, verzeih mir!«

In ihren Augen lag ein Flehen, das vielleicht einen Stein hätte erweichen können, aber ihn nicht. Er war so voller Haß! Er sah sie an und sagte nichts. Sie starb in seinen Armen, und er schwieg.

Aber wie hätte er ihr auch verzeihen können? Sie hatte ihn eingesperrt, hatte ihn seiner Freiheit und seiner Würde beraubt – und er war zwanzig Jahre jung! Was wußte man da schon über das Leben und die Abgründe, in die das Schicksal einen Menschen stoßen konnte.

28.

Gabriel-Nicolas de la Reynie, oberster Richter und Chef der lieutenance de police, hatte auf allerhöchsten Befehl hin Mathieus Entlassung bereits angeordnet, als die Nachricht bei ihm eintraf, daß man ihn bei der Leiche Madame Durands vorgefunden hatte.

In Fesseln brachte man Mathieu zu ihm. Es war klar, daß Reynie ihn nun nicht gehen lassen konnte. Der Fall mußte untersucht werden. Doch da sich Madame de Montespan persönlich für seine Freilassung aus dem Arbeitshaus eingesetzt hatte, wurde die Sache eilig behandelt.

Zuerst wurde Mathieu selbst über den Vorfall befragt, dann Jeanne, die Untermagd.

»Nachdem Madame Mathieu Bartes in eine Dunkelzelle hatte bringen lassen«, sagte sie aus, »ist sie vier Tage und Nächte wie eine Wahnsinnige im Haus herumgelaufen, hat geschrien und getobt. Zweimal ist sie mit der Kutsche fortgefahren, hat von ihrer zweiten Fahrt ein Fläschchen mit einer dunklen Flüssigkeit mitgebracht und es in eine Lade geschlossen. Am Morgen des vierten Tages hat sie dann das Mahl bestellt. Dabei hat sie hysterisch gelacht und gesagt, daß es ihre Henkersmahlzeit ist. Gegen Mittag hat sie dann den Wächter geschickt, er sollte Mathieu Bartes aus dem Keller holen. Mir hat sie aufgetragen, dafür zu sorgen, daß er sich wäscht und ankleidet. Dann sollte ich aus der Küche das Mahl holen und den Tisch decken.«

»Und diese Pralinés aus Dörrobst?« fragte de la Reynie.

»Die Pralinés hatte Madame selbst mitgebracht.«

Auch der Kutscher wurde befragt. Er erklärte, daß Madame zweimal zu einem verfallenen Haus am Stadtrand gefahren sei, an dessen Tür ein Vogel und eine Distel genagelt waren. Er beschrieb den Weg, und de la Reynie seufzte und nickte. Man wußte, wer dort wohnte. Cathérine Voisin. Sie war als Giftmischerin verschrien. Leider konnte man ihr nie etwas nachweisen.

Schließlich kam man zu dem Schluß, daß Mathieu gar nicht der Mörder sein konnte, denn es gab keine äußerlichen Einwirkungen an der Leiche, und an Gift hätte er in seiner Lage nicht kommen können.

Zwei Tage hatte man ihn in einer Zelle auf der Präfektur festgehalten, dann sagte man ihm, er könne gehen und sei ein freier Mann.

Als Mathieu das Gebäude verließ, war es früher Nachmittag. Es war kalt, und in seinen roten Kleidern kam er sich affig vor und schämte sich.

Hilflos sah er sich um. Paris war eine fremde Stadt für ihn, und er wußte nicht, wohin er sich nun wenden und wo er Ambra finden sollte.

Gerade hatte er noch verzweifelt über seine mißliche Lage nachgedacht, als er plötzlich hinter sich seinen Namen hörte. Er fuhr herum.

Es war Ambra!

Mit Tränen in den Augen sah sie ihn an. Ihre Lippen bewegten sich, ohne daß ein Wort über sie kam. Plötzlich warf sie die Arme hoch und fiel ihm um den Hals, lachte und weinte und rief seinen Namen: »Mathieu! Ja, du bist es! Mathieu! Daß ich dich wiederhabe!«

Er zog sie an sich, vergrub sein Gesicht in ihren Haaren und konnte es nicht fassen. Sie wiederzusehen, sie fühlen, ihre Stimme hören zu können war, als hätte man ihm ein zweites Leben geschenkt.

So standen sie da und bedeckten sich mit Küssen, bis sie atemlos waren.

»Woher wußtest du, daß sie mich heute entlassen würden?« Mathieu nahm Ambras Gesicht in beide Hände.

»Ich wußte es nicht. Ich wußte nur, daß man dich hierhergebracht hat, das hatte sich schnell herumgesprochen. Seitdem habe ich hier auf dich gewartet – komm!« Sie nahm ihn an der Hand und zog ihn hinter sich her. Über den Platz, in eine kleine Seitenstraße. Dort stand ein Fuhrwerk, das er nicht kannte – aber das Pferd kannte er, es war La Blanche! Und auf dem Wagen saß Shibam und jaulte vor Freude, als er ihn sah.

»La Blanche!« Mathieu umarmte den Hals der Stute und streichelte Shibam, der vom Wagen gesprungen war und sich winselnd an ihn preßte. Dann drehte er sich um und zog Ambra wieder an sich. »Laß uns fortgehen«, sagte er. »Paris hat uns kein Glück gebracht. Ans Meer … ja, das wäre schön. Ich möchte einmal das Meer sehen.«

Bis zum Frühjahr wohnten sie bei Babeline. Dann erschien ein bärtiger Kerl. Es war Richard, Babelines Schwager, der Mann, den sie liebte. Als Schiffbrüchiger war er zurückgekehrt, vor Kibris gesunken, von einem englischen Schoner aufgenommen. Eine Hand hatte er verloren.

Er blieb und wurde ihr Mann.

Ambra und Mathieu verkauften Marthes Kollier und verließen Paris. Mit einem Lastkahn fuhren sie auf der Seine bis zur Küste und erwarben dort, in einer kleinen Stadt namens Honfleur, ein Anwesen. Wenn sie vor ihrem Haus saßen, konnten sie weit über das Meer blikken, und manchmal, wenn Mathieu Zeit hatte, fuhr er mit den Fischern hinaus und half ihnen.

Ambra siedete Seife, die Mathieu auf den Märkten der Umgebung verkaufte, und alle halbe Jahr schickten sie eine Ladung davon nach Saint Denis zu Babeline, die den Handel in Paris betrieb.

Shibam lebte noch sieben Jahre, La Blanche fünfzehn. Ambra bekam drei Söhne und zuletzt eine Tochter. Die Hebamme legte ihr das Mädchen in den Arm und sah sie mitleidig an. »Sie ist ein Krüppel«, sagte sie. »Ein Bein ist zu kurz. Du wirst schon wissen, wofür Gott dich bestraft.«

Da lachte Ambra und küßte das Kind. »Wir nennen sie Marthe«, sagte sie. »Was Gott liebt, schenkt er uns zweimal.«

Von Madame Durand hatte Mathieu anfangs nur wenig erzählt. Er wollte sie aus seinem Leben verbannen, doch je älter er wurde, desto leichter fiel es ihm, auch mit ihr seinen Frieden zu schließen. Über die Jahre hinweg hatte er vieles gesehen und vieles verstanden. Er blicke auf ein langes, glückliches Leben an der Seite Ambras zurück. Was bedeuten da schon ein paar Monate, die er in einem Arbeitshaus zubringen mußte, um einer einsamen, verbitterten Frau etwas vorzulesen.

Nachtrag

Die Geschichte von Ambra und Mathieu ist frei erfunden. Die Marquise de Montespan lebte jedoch wirklich. Sie wurde am 5. Oktober 1640 als Tochter von Gabriel de Rochechouart, Herzog von Mortemart, und Diane de Grandseigne geboren, im Konvent Ste. Marie in Saintes erzogen und als Mademoiselle de Tonnay-Charente am französischen Hof eingeführt. Im Alter von zwanzig Jahren wurde sie Hofdame der Königin und heiratete schon bald darauf den ein Jahr jüngeren Louis-Henri de Pardaillan de Gondrin, Marquis de Montespan.

Die Marquise war nicht nur eine strahlende Schönheit, sondern auch eine gebildete und kluge Frau, die als charmante Unterhalterin galt. Trotzdem glaubte sie fest an Zauberei. Um an ihr Ziel zu kommen und »maîtresse royale en titre« zu werden, waren ihr alle Mittel recht, sogar in einen Giftmord war sie, wie man viele Jahre später entdeckte, verwickelt.

Wie aus Gerichtsakten zu ersehen ist, fiel ihr erster Besuch bei der Hebamme, Engelmacherin und Giftmischerin La Voisin in das Jahr 1665. Sie erhielt aus abscheulichen Zutaten zusammengebraute Aphrodisiaka, mit deren Hilfe sie Ludwig XIV. zu erobern hoffte. Ein Jahr später ließ sie von Etienne Guibourg, einem Priester, eine schwarze Messe lesen, wobei auch ein Säugling geopfert wurde. Im Juli 1667 erreichte sie endlich ihr Ziel und verdrängte Louise de La Valliere, die offizielle Maitresse des Königs, von ihrem angestammten Platz.

Im März 1669 gebar sie Ludwig XIV. das erste von acht Kindern. Sieben legalisierte er. Sie blieb dreizehn Jahre seine Maitresse. Erst als Gabriel-Nicolas de la Reynie, lieutenance de police, seinem König Beweise für ihre Verbindung zu La Voisin und deren Bande vorlegte, trennte Ludwig XIV. sich unauffällig von ihr und vernichtete die Schriftstücke.

Die letzten Jahre ihres Lebens verbrachte die Marquise de Montespan in Buße. Als sie starb, verbot der König ihren Kindern, Trauerkleidung zu tragen.

1688, also neun Jahre, nachdem König Ludwig XIV. sich von der Marquise de Montespan getrennt hatte, erließ er ein Reinheitsgebot für Seife. Es durften keine Farbstoffe und keine tierischen Fette verwendet werden. Für die grünen Seifen wurde Olivenöl und für die gelben das Öl der Copra-Palme genommen, und für die Duftnoten durften ausschließlich Extrakte von heimischen Pflanzen aus der Provence hinzugefügt werden.

EDIKT DES KÖNIGS
FÜR DIE HERSTELLER VON SEIFEN
VOM 5. OKTOBER 1688

I.
Die Herstellung von Seifen, gleich welcher
Qualität sie seien, hat während der Monate

Juni, Juli und August eines jeden Jahres vollständig zu unterbleiben, bei Strafe der Beschlagnahme der Seife.

II.
Die neuen[1] Öle dürfen zur Herstellung vor dem ersten Mai eines jeden Jahres nicht verwendet werden, ebenfalls bei Strafe der Beschlagnahme der Ware.

III.
Beim Herstellen von Seife mit Barille[2], Soda oder Asche darf man sich keines Fettes[3], Butter oder anderer Stoffe bedienen, sondern nur reiner Olivenöle, und ohne Beimengung von [sonstigem] Fett, bei Strafe der Beschlagnahme der Ware.

IV.
Die Seife soll einwandfrei mit allen notwendigen Zubereitungen hergestellt werden, bei oben genannten Strafen.

V.
Sie soll aus dem Kessel genommen und vorschriftsmäßig gelagert werden, anschließend in Stapeln, dann in Türmen, um an jeder dieser Stellen die nötige Zeit zum Klarwerden und zum Annehmen der hellgelben Farbe zu verbleiben.

VI.
Die Hersteller dürfen keine zwei Durchgänge auf einmal zubereiten, bei Strafe der Beschlagnahme der Ware und fünfhundert Pfund für jede Zuwiderhandlung.

VII.
Die Fenster des Leffugon[4] genannten Bereichs dürfen weder bei Tag noch bei Nacht geschlossen werden, solange dort Seife ablagert und das Wetter nicht entgegensteht.

VIII.
Die Käufer dürfen auf den Rechnungen für ihren Erwerb nicht mehr als zwei Pfund Mehrgewicht[5] bei jeder kleinen Kiste Seife und vier Pfund bei den großen abziehen.

IX.
Keinem Fabrikanten und keiner sonstigen Person wird erlaubt, Seifenfabriken zu unterhalten oder zu mieten, ohne sie tatsächlich arbeiten zu lassen, und ohne falsche Nutzung. Alle, die sie geschlossen halten und nicht arbeiten lassen, werden wegen Monopolbildung streng nach Gesetz verfolgt und bestraft.

X.
Die Fabrikanten dürfen sich entgegen der allgemeinen Freiheit[6] weder zum Einkauf der

Öle und anderer Materialien, die deren Herstellung dienen, noch zum Verkauf der Seife zusammentun, bei den im vorgenannten Artikel aufgeführten Strafen.

XI.
Wer bei Übertretungen dieses Reglements angetroffen wird, wird zu Strafen und Folgen verurteilt, und wenn sie rückfällig werden und ihnen Betrug nachgewiesen wird, werden sie aus der Provinz vertrieben.

XII.
Auf Befehl seiner Majestät sollen die Geldstrafen und Konfiszierungen von den ordentlichen Richtern, die für die auftretenden Zuwiderhandlungen hiermit als zuständig erklärt werden, zugunsten der Krankenhäuser der Städte, in denen diese begangen wurden, verwendet werden. Unter keinem Vorwand dürfen die Strafen, die durch diesen Erlaß angedroht werden, als widerruflich gelten, aufgeschoben oder ermäßigt werden.

XIII.
Die Stadtgemeinden der Provinz, in denen es Seifenfabriken gibt, ernennen zwei Bevollmächtigte, die in dieser Angelegenheit verhandeln und gehört werden, damit sie in besagten Städten und ihrem Umland für die vollständige Durchführung obiger Artikel

sorgen. Wenn sie Fabrikanten oder Händler finden, die zuwidergehandelt haben, sollen sie sie bei den ordentlichen Richtern anzeigen, damit sie nach den Erfordernissen des Falles bestraft werden.

XIV.
AUSGEFERTIGT in Fontainebleau am fünften Oktober Sechzehnhundertachtundachtzig. Unterzeichnet: LOUIS, und weiter unten: COLBERT.

(Aus dem Französischen übersetzt
von Dieter Walter)

Anmerkungen zum Edikt

1 Gemeint sind *diesjährige* Öle, etwa so, wie man von »neuem Wein« spricht.

2 Technischer Begriff, wörtlich: Kleines Faß. Wird aber nur bei der Seifenherstellung und im Uhrmacherhandwerk (dort ist es das Gehäuse für das Uhrwerk) verwendet, sollte daher unübersetzt bleiben.

3 Gemeint ist *tierisches* Fett im Gegensatz zum Pflanzlichen (huile/Öl). Dies ist der Kernsatz des Reinheitsgebots.

4 Hierfür gibt es nirgendwo eine Übersetzung. Wir müssen das Wort als feststehenden Begriff ins Deutsche übernehmen.

5 Gemeint ist die Tara (Verpackungsgewicht).

6 Gemeint ist hier wohl die Handelsfreiheit.

Danksagung

Mein Dank gilt allen DeLiA-Kolleginnen und -Kollegen, die mir bei meinen Recherchen behilflich waren. Insbesondere möchte ich aber Dieter Walter für die Übersetzung des Edikts des Königs und das Gegenlesen meines Manuskriptes danken.

Literaturnachweis

Dee, Andrea, 1000 Jahre Europäische Geschichte – das 17. Jahrhundert, Wien 2001

Julius, Cornelia, Alltagsleben einer Kaufmannsfamilie in Nürnberg um 1700, Weinheim und Basel 1984

Kühnel, Harry (Hg.), Alltag im Spät-Mittelalter, Graz Wien Köln 1986

Duby, Georges und *Perrot, Michelle*, Geschichte der Frauen, Band 3, Frankfurt/Main 1997

Wrede, Richard, Die Körperstrafen von der Urzeit bis zum 20. Jahrhundert, Wiesbaden 2003

www.buecher-von-angeline-bauer.de

Audienz am Dresdner Hof. Ignacy Kraszewski bei AtV

JÓZEF IGNACY KRASZEWSKI (1812-1887), in Warschau geboren, stammt aus einer wenig begüterten polnischen Adelsfamilie. Als Anhänger der polnischen Unabhängigkeitsbewegung flüchtete er nach dem Januaraufstand 1863 ins Exil nach Dresden, wo er zwanzig Jahre lebte. Kraszewski hinterließ ca. 240 Romane und Erzählungen, aus denen die Sachsen-Romane zu den bis heute meistgelesenen gehören.

König August der Starke
Kraszewski erzählt vom prunkvollen Dresdner Hof, den rauschenden Festen und unzähligen Mätressen Augusts des Starken, eines der schillerndsten Herrscher des europäischen Barocks.
Historischer Roman. Aus dem Polnischen von Kristiane Lichtenfeld. 320 Seiten. AtV 1309

Gräfin Cosel
Ein Frauenschicksal am Hofe August des Starken
Anna Constantia von Brockdorff (1680-1765), als Geliebte August des Starken zur Gräfin Cosel erhoben, war eine der schönsten Frauen ihrer Zeit. Neun Jahre lang war sie die mächtigste Frau Sachsens, danach wurde sie 49 Jahre auf der Festung Stolpen gefangengehalten. Kraszewski erzählt ihr anrührendes Schicksal und zeichnet ein prachtvolles Bild der königlichen Residenz in Dresden.
Historischer Roman. Aus dem Polnischen von Hubert Sauer-Żur. 305 Seiten. AtV 1307

Graf Brühl
Heinrich Graf Brühl (1700-1763) begann seine Karriere am sächsisch-polnischen Hof als Page Augusts des Starken. Bereits mit 31 Jahren war er Geheimrat und Minister. Auch nach dem Tod des Kurfürsten gelang es Brühl, sich unentbehrlich zu machen. Er übernahm die politischen Geschäfte für den trägen Friedrich August II. und diente sich an die erste Stelle im Staat.
Historischer Roman. Aus dem Polnischen von Alois Hermann. 303 Seiten. AtV 1306

Aus dem siebenjährigen Krieg
1757: Am Hofe Friedrichs II. ist man besorgt über die vielen Geheimdepeschen, die zwischen Dresden und Wien kursieren. Ziemlich naiv begibt sich ein junger Schweizer auf das spiegelglatte höfische Parkett. Brühls Pläne werden verraten, und die Preußen marschieren ohne Kriegserklärung in Sachsen ein.
Historischer Roman. Aus dem Polnischen von Liselotte und Alois Hermann. 311 Seiten. AtV 1308